# LUGARES COMUNES

Autores Españoles e Iberoamericanos

# ANDRÉS VELASCO

## LUGARES COMUNES

 Planeta

© 2003, Andrés Velasco

Diseño de cubierta: Peter Tjebbes
Composición interiores: Salgó Ltda.

Derechos exclusivos de edición en castellano reservado para
    todos los países de lengua castellana
© 2003, Editorial Planeta Chilena S.A.
    Santa Lucía 360, 7º piso. Santiago, Chile.

1ª edición: septiembre de 2003
2ª edición: octubre de 2003

Inscripción Nº133.863
ISBN 956-247-317-1

Impreso en Quebecor World Chile S.A.

*El actual afán de desplazamiento constante, al mismo tiempo que la facilidad intrínseca de los transportes modernos, hace con demasiada frecuencia que hoy día las vidas de unos y otros, bien se trate de particulares o de simples personajes, no sólo se junten sino que incluso se crucen, cuando lo bonito de las paralelas es que no se encuentran jamás.*

Eduardo Torres

# Uno

Al despertar, Cienfuegos pensó que el sol del norte alumbraba distinto. En el jardín helado la luminosidad era vertical y dura, tal como en la ciudad sureña donde había transcurrido su vida hasta ese momento. La diferencia estaba en los reflejos envolventes. Al atravesar la ventana, la luz rebotaba y se esparcía en direcciones arbitrarias, formando sobre él un halo santurrón. Frotarse los ojos le permitió develar el misterio: el cuarto estaba repleto de cojines forrados en una tela floreada singularmente capaz de reflejar la luz. Fue ése el momento en que Cienfuegos descubrió el chintz.

Los golpes en la puerta terminaron de despertarlo.

—Di-e-gou, Di-e-gou —el hiato inevitable, las sílabas alargadas, la vocal final irredimiblemente deforme.

No alcanzó a cubrirse: la entrada de la señora lo pilló con un muslo y media nalga visibles, y se sintió sonrojar. Ella no tenía tiempo para remilgos. Puso la bandeja sobre la cama y empezó a enumerar sus contenidos: jugo de naranja recién exprimido, pan integral con mermelada de arándano, café colombiano (la dueña de casa prefería el de Guatemala, pero no lo compraba para señalar su rechazo a las deplorables condiciones laborales en ese país, él creyó entender), fruta, yogur casero y un pote con una sustancia reseca que, ante la mirada atónita de su invitado, la anfitriona identificó: granola.

Cienfuegos reaccionó con lentitud. Estaba exhausto tras dos días de viaje, incluidas tres horas con un funcionario de inmigración del aeropuerto de Miami que se empeñaba en hacer preguntas a las que no tenía la menor idea de cómo responder. La señora lo instó a comer. Tras sacar un par de toallas blancas de un armario, indicó la puerta del baño con un gesto brusco y anunció: la reunión del grupo de apoyo partía en menos de una hora.

Ya en el baño, Cienfuegos se pasó revista frente al espejo. La frente alta y la nariz recta aún estaban en su lugar. La cicatriz diminuta bajo el labio inferior también. Sólo unas líneas en torno a los grandes ojos amarillentos revelaban el cansancio del viaje —o acaso los pocos años que le faltaban para cumplir treinta.

Visitante y anfitriona se aprestaron a salir. El lugar de reunión quedaba apenas a un par de millas de distancia, informó la señora; irían a pie. Cruzaron, a un paso demasiado rápido para el gusto de Cienfuegos, calles sepenteantes desde las que apenas se divisaban, escondidas tras la tupida vegetación, las casonas del barrio. De acuerdo al calendario el invierno ya había terminado, pero a esa hora de la mañana el suelo estaba escarchado y corría un vientecillo helado. Cienfuegos se alegró de haber acarreado su chaquetón de cuero y lana por varios aeropuertos calurosos.

Sabía por los documentos de inmigración que su anfitriona se llamaba Margaret Worth. Andaba por los cincuenta y cinco años.

—Mrs. Worth... —comenzó a decir.

—Por favor, llámeme Margaret.

Cienfuegos pidió detalles sobre el grupo a cuya reunión

asistirían. Apenas sabía que gracias a sus miembros estaba respirando el aire puro de Burlington y no el esmog de Santiago.

—Los del grupo de apoyo son gente muy buena. Personas muy comprometidas con la causa.

Mientras él se preguntaba de qué *causa* podía estar hablando, la señora Worth apuntó con un dedo hacia una capilla de tablones blancos y anunció que habían llegado.

«Una iglesia», pensó Cienfuegos, «yo metido en una iglesia…». Le asaltó entonces la tentación de contarle a Margaret la anécdota de su *bautismus interruptus,* la que siempre provocaba carcajadas cuando imitaba al padrino oveja negra y masón, que incómodo habría dicho que creía en Dios, pero que a las tentaciones de Satanás no renunciaría jamás. (El cura enfurecido al parecer se había negado a concluir el rito, dejando al crío con un pie en el cielo y el otro quién sabe dónde, pero de esa parte Cienfuegos no estaba muy seguro).

Al interior de la iglesia, una docena de mujeres vestía todos los colores del arcoiris. Cienfuegos reconoció gorros bolivianos y chombas altiplánicas en que los fucsias furiosos se mezclaban con el aguamarina, pero sus conocimientos terminaban allí. A la blusa estampada estilo piel de leopardo, sobre la que se incrustaban ocasionales insignias en verde, rojo y negro, la supuso africana. Al envoltorio púrpura que contenía las carnes de una mujer demasiado rubia lo imaginó de la India. Y así.

Todas saludaron a Cienfuegos tomándole ambas manos a la vez con delicadeza, como si fuera un niño frágil, mientras le prodigaban largas miradas bovinas. Este gesto se repitió con otro recién llegado, moreno y enjuto. Se llamaba Justo Oliva y era oriundo de El Salvador. ¡Qué felices estaban las señoras al verle de nuevo en la iglesia!

Los dos latinoamericanos dejaron de ser el centro de

la atención cuando apareció un tipo calvo, con lentes redondos de marco metálico. Ralph Amory, *our minister*, dijo Margaret. El cura llamó a los fieles a iniciar la reunión.

Sentados en un círculo, partieron entonando un himno —desconocido para el chileno—, que Oliva cantó con mucho aspaviento aunque pésima voz. De las tareas benéficas (ropa usada para algunos inmigrantes nigerianos, las galletas de chocolate que alguien hornearía en beneficio de la libertad del Tíbet) se deshicieron con rapidez, dejando un largo rato para discutir en detalle las recurrentes goteras en el techo de la iglesia. Después vino un largo informe, repleto de cifras de litros de leche y escuelas rurales, sobre los logros de la revolución sandinista —«los que se ven amenazados por el retorno de la derecha oligárquica al gobierno de Nicaragua», según concluyó con tono didáctico una pelirroja rugosa, a quien su camiseta con la leyenda Patria o Muerte le quedaba como carpa.

Amory finalmente tomó la palabra:

—Y ahora, amigos y amigas, pasamos al motivo principal que nos congrega esta mañana: recibir en nuestro seno a *dear* Diego, luchador incansable por la libertad de los queridos hermanos de Chile.

Cuando se dio cuenta de que el plato de fondo era él, Cienfuegos sintió que las orejas se le ponían rojas y la bufanda le apretaba el cuello.

—No necesito ahondar en los detalles de la vida de nuestro hermano —continuó Amory—, pues me imagino que todos ustedes habrán leído el documento, preparado amablemente por Polly...

(Una mujer de poncho y ojos claros se puso de pie y agachó la cabeza en señal de agradecimiento).

—...en que se narra su trayectoria.

Cienfuegos se preguntó a qué mierda se referiría.

—Lo que sí es muy importante —prosiguió el religioso— es que reciba un saludo personal, que se sepa acogido por cada uno de nosotros. Por algo somos un grupo de apoyo.

Comenzó entonces una serie de testimonios de diversa extensión y tenor. Polly dijo honrarse de haber sido elegida por el grupo para tramitar ante el Servicio de Inmigración la visa de Cienfuegos. Antes de hacerlo se había informado detalladamente sobre el caso. Las tribulaciones sufridas por el pueblo de Chile, la habían dejado atónita. La llamada «transición a la democracia» le parecía un verdadero insulto, pues este cambio cosmético sólo dotaba a la tiranía de un rostro que, justamente por ser más blando, era aún más insidioso.

—Habría que ser muy ingenuo para pensar que un dictador como el general *Pi-nou-shé* vaya a dejar el poder aun si pierde este plebiscito —concluyó la mujer.

A continuación, la rubia de vestimenta india anunció que ella dirigía el sub grupo de meditación del grupo de apoyo y que estaría encantada si Cienfuegos pudiera integrarse a sus ejercicios espirituales. Anotó también con desazón que el salvadoreño Oliva aún no lo hacía, a pesar de reiteradas invitaciones. La pelirroja de atuendo sandinista se excusó por aprovechar la oportunidad para dar a conocer algunas cifras sobre la escolaridad en Nicaragua que había omitido en la vuelta anterior, y se explayó al respecto por casi veinte minutos. Una chiquilla de trencitas estilo jamaiquino ofreció datos acerca de dónde comprar las mejores verduras orgánicas de la ciudad, información muy útil para Cienfuegos durante lo que terminaría siendo —ella suponía con congoja— una larga y obligada estancia en Burlington.

Después de varias otras peroratas, la de la piel de leopardo los llamó, con voz temblorosa, a reflexionar en silencio acerca de las múltiples luchas de liberación nacional que se libraban en el planeta, partiendo por la del Sahara español y siguiendo con varias otras que el chileno jamás había oído mencionar.

Llevaban más de dos horas reunidos cuando Cienfuegos se percató de que no le habían ofrecido la palabra. No supo si agradecerlo o lamentarlo. Pero a esas alturas poco importaba, pues los sones del himno de clausura (cantaban tomados de la mano, sin que él pudiese evitar la palma húmeda de Amory y los dedos resecos de Margaret), ya se elevaban por sobre los campos del estado de Vermont.

## 2

Al vagabundear por la casa de la señora Worth durante las semanas de ocio que siguieron a su llegada, dos cosas llamaron la atención de Cienfuegos: las fotos y el huerto.

Fotos había muchas, casi todas en marcos de platería lisa que no se parecían en nada a los trastos de plata más bien rococó que recordaba de la casa de su abuela. Un primer conjunto de imágenes, en colores desteñidos, retrataba a la familia de tarjeta postal que Margaret alguna vez tuvo. Michael, el marido, un hombre de contextura atlética y nariz aguileña, posaba con una raqueta de tenis en la mano o manejando un velero. Los dos hijos, de pelo claro y facciones regulares, se parecían en todo excepto en la actitud. J. J., la menor (quizás se llamaba Janet o Jennifer o Julia o Jill), sonreía burlona desde muy niña, mientras que en Berkeley era manifiesto un aire huraño. La foto de un picnic familiar dejaba este contraste en evidencia: J. J. ríe con la cabeza echada atrás, en respuesta a lo que parece ser una broma del padre; su hermano mayor, alejado del grupo, contempla sus zapatillas de lona blanca recién lavadas.

El quiebre en la secuencia fotográfica era imposible de

pasar por alto. Al entrar los hijos a la adolescencia, el marido salía de escena y las fotos pasaban del color al blanco y negro: la familia de Margaret presumía de cierto abolengo y la de Michael no; el divorcio le permitió a ella abandonar el color que siempre consideró vulgar. De allí en adelante, las fotos mostraban una Margaret demacrada, con el pelo súbitamente gris. A Berkeley la adolescencia le había dado los predecibles granos y una mirada algo opaca (rasgo atribuible, aventuró Cienfuegos, a un exceso de marihuana y no a una peculiaridad de su carácter), pero la melena y el gesto de quinceañera insolencia sugerían un desplante atractivo. Sólo J. J. parecía inmutable, retratada una y otra vez con un corte de pelo a lo paje que enmarcaba una sonrisa perenne.

El huerto era otra curiosidad. Margaret pasaba por lo menos un par de horas al día trabajando allí (después de la natación diaria, practicada casi al amanecer, pero antes de las clases de castellano que le consumían el mediodía). Cienfuegos no encontró excusa para saltarse la poda de enredaderas y la limpieza del terreno, del que pronto —Margaret le informó con entusiasmo— surgiría el zapallo en sus diversas variedades. Durante esas jornadas intentó, con toda la sutileza de que es capaz un chileno, averiguar qué había sido del marido, pero sólo logró arrancar respuestas vagas, que ella finalmente resumió en una frase: «Las cosas entre nosotros no funcionaron».

Entre palada y palada, Cienfuegos no pudo evitar hacer el precario balance de su situación. Conocidos en Estados Unidos: aparte de su tía Leonor (casada con un dentista venezolano y residente hacía muchos años en un suburbio de Los Ángeles), inexistentes. Inventario de bienes muebles: un gamulán, una bufanda, una maleta con ropa varia, dos docenas de libros, una caja con papeles y recuerdos.

Estado anímico: nublado e inestable, con tendencia a la precipitación.

Buscar trabajo debía ser su prioridad. Sus ahorros, nada cuantiosos, le durarían con suerte un par de meses. Cigarros (los que Cienfuegos se veía obligado a fumar a la intemperie, luchando contra el viento que insistía en apagarle los fósforos), las clases de inglés en que se había matriculado, la ocasional visita al cine: esos exiguos gastos diezmarían lo poco que le iba quedando. Temía gastar los mil dólares que su padre le entregara inesperadamente en el aeropuerto, refunfuñando: «No sé en que los gastarás, pero... tampoco sé por qué dejas tu país». No era el momento para tratar de explicarle una vez más, había pensado Cienfuegos, mientras doblaba los billetes y los guardaba en el bolsillo del gamulán.

La pregunta ahora era simple: ¿en qué se ganaría la vida? Su título de periodista poco le servía en un país cuyo idioma apenas balbuceaba. Prensa en castellano había, pero en Nueva York, no en el pueblo de Burlington, donde los únicos hispanoparlantes parecían ser el salvadoreño Oliva y él. Pensó en dárselas de traductor, pero los diez años de inglés en el colegio no le alcanzaban para atreverse a responder a un aviso en el diario local. Instructor de algo, ayudante de bibliotecario, esbirro de algún académico del college local…, todas las alternativas sugeridas por los del grupo de apoyo para aprovechar sus estudios universitarios parecían tan tediosas como improbables.

Margaret le sugirió pedir trabajo en una pizzería que ella frecuentaba. A regañadientes, Cienfuegos aceptó, y para su gran sorpresa fue contratado. Superado el recelo inicial, el cargo le pareció cómodo. Bastaba con instalarse cuatro noches a la semana tras el mesón, acarrear pizzas (pero no los platos sucios, de eso se encargaba un mexicano cuyos papeles de inmigración no estaban en regla), y sonreír de vez en cuando. Al cabo de un par de visitas todo quedó acordado: sus nuevas labores se iniciarían el lunes siguiente, casi exactamente tres semanas después de su llegada a Burlington.

## 3

La primera carta de Valentina venía escrita en ese papel aéreo que inevitablemente se rompe entre los dedos. Y con aquella caligrafía redonda que a Diego Cienfuegos, devoto de los trazos angulosos que enseñaban los curas irlandeses del Saint Brendan's School de Santiago, siempre le había causado una secreta desilusión.

*El regreso del aeropuerto fue horrible. Tu papá no dijo palabra y tu mamá no paró de discutir aspectos prácticos: frío, abrigo, maletas, dietas, dinero. El atochamiento en la Alameda nos tuvo parados cerca de media hora. Todavía estaban irritados cuando me dejaron en mi casa. Me quedé con la impresión de que no volvería a verlos por mucho tiempo.*

Cienfuegos se imaginó sin esfuerzo el Santiago otoñal, Valentina de boina bajo los cielos sucios. Recordó la casa ñuñoína que compartía con varios amigos cada día menos pudientes, a la que —gracias a los torreones inesperados concebidos por la imaginación alucinada de algún arquitecto de comienzos de siglo—, apodaban Versalles. Pero ni el sentimentalismo que produce la distancia podía cambiar el recuerdo de la despedida en Santiago. Los dos años que habían pasado juntos no lograron borrar la sensación de que el suyo era un amor pasajero. Pasión había existido, y de sobra. (Cienfuegos aún temblaba al recordar las formas finas del cuello de Valentina, la sonrisa a la que un diente levemente torcido liberaba de una perfección excesiva.) Afecto también. Pero ese afecto se estrellaba inevitablemente contra un techo invisible, una barrera del más latinoamericano fatalismo.

En otras circunstancias, Valentina habría partido con él o lo habría alcanzado en el extranjero después de los dos semestres finales de estudios universitarios. En momentos de exaltación pudieron haber soñado con vivir juntos, compartir la aventura, ser intelectuales de verdad en el gran Nueva York y no en el puto valle del Mapocho. Pero no habían alcanzado a delinear un futuro común. Las promesas —sabia o cobardemente— resultaron vagas. Entre señales confusas había llegado el instante de la partida.

## 4

Cuando la camioneta Volvo se negó a partir después de media hora de *crawl* y otra media de pecho, Margaret supo que su premonición había sido correcta: aquel día no pintaba bien. Las complicaciones posteriores —grúa, mecánico, espera, pago cuantioso— le aplastaron aún más el ánimo, que ya tenía por los suelos mucho antes.

Estaba sola hace años, desde que Michael, en un arrebato del peor gusto, se fugara con la recepcionista de la oficina. Esa mujer de moños aparatosos y demasiado maquillaje se lo había llevado a vivir a un condominio con jacuzzis burbujeantes en cada baño y espejos en el vestíbulo —esto Margaret no podía constatarlo, pero lo infirió al ver el frontis del edificio de marras en más de una angustiada ocasión. Precisamente para evitarse este martirio, había vendido el caserón de Greenwich en que la familia vivió por cerca de veinte años y se había mudado al entorno semi rural de Vermont. En ese momento, y para borrar al ex marido aún más drásticamente de su vida, Margaret dejó el apellido Barclay que orgullosamente había llevado por mucho tiempo, retornando al Worth de su juventud.

Quedarse en casa y lamentar su destino era inconcebible para una Worth calvinista, nacida en los campos gélidos del norte de Massachusetts. Sin proponérselo, llenaba sus días de afanes (deportes, clases de idiomas, reuniones de este grupo benéfico o aquél), intentando paliar así la melancolía. Margaret se resistía incluso a usar la palabra depresión, pues hacerlo le parecía una confesión implícita de debilidad.

A sus hijos los veía poco. Entre el internado, la universidad y los viajes posteriores, Berkeley llevaba trece años sin vivir con ella. J. J. poco menos. El primogénito tomaba de vez en cuando el tren desde Nueva York (generalmente durante la temporada de esquí en Vermont, Margaret advirtió más de alguna vez con amargura), pero esas visitas apenas si le entibiaban a ella el alma. Berkeley se había convertido en un joven de muy pocas palabras (demasiado pocas incluso para las preferencias anglosajonas de Margaret). Bastaba que la madre esbozara alguna pregunta —amigos, novias, salud, departamentos— para que el puercoespín se refugiara tras su maraña de púas. Y ahora, cuando Margaret más lo necesitaba, menos disponible estaba Berkeley, convertido —al igual que padre y abuelo— en banquero. El cambio había sido súbito: poco antes su niño deambulaba por el campus universitario con un aro en la oreja y una indomable melena, pregonando las virtudes de la comida orgánica y la ecología profunda. De repente, sin previo aviso, cursó breves estudios de posgrado, se mudó a Nueva York, se vistió con traje azul de buen sastre y logró un cargo en Wall Street.

Con J. J. la cosa era distinta. Sus andanzas de bailarina de danza moderna la llevaban de Los Ángeles a Boston o Chicago y de allí al ocasional festival europeo. Margaret no sabía nunca dónde estaba y no podía evitar sorprenderse al recibir a medianoche un llamado intempestivo y casi siempre por cobrar: «Hola, madre, qué haces en casa, por qué no andas por ahí divirtiéndote». Era su saludo habitual, al que no esperaba respuesta. Acto seguido le transmitía sin parar anécdotas varias, logros y reveses profesionales, chismes del ambiente e incluso algún esbozo de aventurilla amorosa. Tras media hora en que Margaret apenas pronunciaba palabra, la conversación terminaba tan abruptamente como había comenzado: «Tengo que cortar. Mis amigos me esperan».

Superado ya el percance de la camioneta y conduciendo por los caminos ondulantes de las afueras de Burlington, Margaret sintió que sus nubarrones internos se disipaban levemente. El campo de Vermont apaciguaba sus ansiedades. Pasó junto a un viejo granero colorado y observó una vez más el contraste con el verde intenso de la vegetación primaveral. Un puente de madera tembló bajo las ruedas del Volvo. Al salir del bosque, se abrió ante ella el valle generoso, con las White Mountains a lo lejos. Margaret Worth suspiró y tomó un sorbo de la botella de agua de vertiente que siempre llevaba consigo.

En ese momento advirtió que faltaba algo en ese resumen de vida. Su familia, se dijo, ahora incluía a Diego Cienfuegos, ocupante hacía un mes de la buhardilla que ella, alguna vez, reservó con ilusión para Berkeley. Por sus rutinas diarias se topaban poco. Cuando él regresaba de la pizzería pasada la medianoche, su anfitriona ya llevaba al menos un par de horas de descanso, cortesía de algún somnífero. Pero durante los desayunos saludables que aún insistía en servirle, la señora se había permitido observarlo. Margaret no sabía qué pensar de Cienfuegos. Cuando el grupo de apoyo le pidió que acogiera en su casa a un refugiado sudamericano, Margaret no dudó. Pero había esperado a alguien más... «desvalido». Su vecina Sarah Ludlow había recibido sin sobresaltos al señor Oliva, de El Salvador, cuyas manos callosas eran testimonio innegable de una vida sufrida en los cafetales. Otra conocida adoptó a una huérfana vietnamita de flacos y demacrados cuatro añitos. Amory albergó a un atribulado birmano, cuya sabiduría oriental parecía evidente hasta que la ama de llaves lo descubrió vendiendo revistas porno (*For the Gentleman Who Likes an Asian Lady...*) en el sótano de la mismísima iglesia.

Cienfuegos era diferente. Se le veía complaciente, saludable, excesivamente... fornido. Y ese acento británico (¿o era irlandés?) no dejaba de confundirla. Margaret Worth no sabía qué pensar.

## 5

«Cuéntame de tu familia», le pidió un día Margaret mientras desayunaban. «Y de tu país».

La pregunta tenía una raíz clara: el *quid pro quo* implícito en la oferta de albergar a Cienfuegos, un pacto cuyo rigor no disminuía por existir sólo en la mente de la anfitriona. Él recibía albergue y comida; a cambio, debía entreabrir para Margaret las puertas que llevaban al mundo más allá de Burlington.

No era ésa la primera vez que Margaret se sumergía en la América morena, pero hasta el momento sólo acumulaba frustraciones. Aquel verano que, cuando joven, dedicó al estudio del español en México (San Miguel de Allende, academia para gringos adinerados) le había dejado el recuerdo de la pérdida demasiado abrupta de su virginidad a manos de un jovenzuelo local, inexperto y maloliente. En otra ocasión, durante un viaje a la sierra peruana, le había irritado tener que trasladarse de Cuzco a Machu Picchu en el tren para turistas, herméticamente sellado, y no en el convoy tambaleante en que, acompañados de sus cerdos y gallinas, viajaban tan pintorescamente hordas de peruanos.

Lo latino, lo embriagadoramente exótico, a Margaret seguía siéndole esquivo. A esas alturas, Cienfuegos bien podía ser su última oportunidad.

—¿Mi familia? No hay mucho que contar —respondió él—. Papá, mamá y un hermano. Mis padres llevan treinta y cinco años de casados, y, aunque rara vez se hablan, jamás se separarán. Mi hermano, Tomás, se dedica a las vacas: las compra y las vende; trabaja con caballos también...

A Margaret se le iluminó la cara. Finalmente, algo tenía sentido.

—Entonces... ¿tu familia es del campo? ¿Son campesinos?

—Uno de mis abuelos era del campo, agricultor —aquí Cienfuegos sintió que el vocablo *farmer* no daba cuenta ni remotamente de lo que implica ser latifundista, pero prefirió no entrar en detalles—. Llegó a ser senador por el Partido Conservador. Mi hermano Tomás administra lo poco que queda de su fundo. ¿Qué más le cuento? Mi otro abuelo era médico. Tengo un tío cura y otro almirante.

Margaret se sintió feliz. Todos esos cursos de cultura latinoamericana al fin daban frutos:

—Como una familia de Botero —dijo sonriente.

—No, no. Somos todos flacos.

Y aprovechando el privilegio genético de poder comer a destajo sin perder la línea, Cienfuegos se zampó una *omelette* descomunal.


6

Un cuarto para las siete de la mañana. Margaret Worth (cincuenta y cinco años, divorciada) viste buzo plomo y camiseta del mismo color. Su cuarto es amplio pero austero: muros blancos, muebles de madera oscura, una manta azul petróleo a modo de cubrecama. Sentada en el suelo, asume una postura yoga; alarga los músculos uno a uno, elevando los brazos hacia ese cielo que apenas ilumina el sol naciente. Respira hondo, se detiene, exhala.

Lleva quince años en lo mismo, pero la verdad es que este maldito ejercicio cada día le cuesta más. Margaret insiste: estira una pierna, luego la otra... Al girar el cuerpo, su mano roza inesperadamente la cadera derecha. En aquel trecho en que el borde del pantalón deja campo abierto a la piel aún suave, detecta una ondulación inesperada: un rollo formado por la presión que ejerce el elástico de los *sweat pants*, aunque no por eso menos chocante. A los pliegues del vientre, hace ya mucho que se ha resignado; también ha hecho las paces con las ancas demasiado generosas heredadas de su madre. Pero, ¿un rollo sobre la cadera? Ese destino miserable lo creía exclusivo de los hombres.

Contrariando las instrucciones tajantes del manual respectivo, Margaret interrumpe el ejercicio y se palpa el costado. Después amasa el muslo testarudo que rehúsa estirarse. Son muchos los rasgos entristecedores: las patas de gallo, la piel que empieza a combarse bajo la barbilla, el pelo que poco a poco pierde su brillo, las ojeras endémicas, el doblez cada día más pronunciado que separa a nalgas y muslos... Margaret contempla uno a uno estos detalles, sintiéndose al mismo tiempo culpable por su vanidad, mientras el sol comienza a colarse por los visillos.


7


Por supuesto que Cienfuegos había visto a un negro. Había visto a Pelé y a un Sidney Poitier joven y muy *british* impartiendo lección tras lección a sus alumnos blancos en *Al maestro con cariño*. El problema era que a ambos los había visto en una pantalla. Distinto era observar las manos de Witherspoon desde cerca, y percatarse de que tras los dorsos oscurísimos se escondían unas palmas rosáceas. Witherspoon era joven y enérgico, y sus manos saltaban de perinola en perinola al explicarle cómo operar la lavadora de platos de la pizzería. Aquella distracción cromática costó cara a Cienfuegos. Puso una ración doble de detergente en el recipiente equivocado y al encender la máquina, se formó un verdadero *tsunami* jabonoso que se abalanzó sobre el mostrador, desplazando a su paso pizzas recién horneadas y potes gigantescos con tomates frescos y hongos enlatados. Las consecuencias fueron desagradables. Aparte del gritoneo de Costas (el dueño del restaurante de comida italiana era, por supuesto, griego), Cienfuegos debió sufrir un indigno confinamiento a la bodega, donde pasó un par de días acarreando latas de los mismos hongos que tan jabonosamente había estropeado.

La cadena jerárquica de la pizzería era simple. Costas yacía aletargado en la caja, procesando cuentas en una inmensa calculadora que daba un chillido al completar cada operación aritmética. Sólo suspendía su modorra para impartir órdenes a Witherspoon, encargado de recibir los pedidos, asignar los clientes a la media docena de mesas del local y atenuar las iras ocasionales de Costas. Witherspoon supervisaba a su vez a Panos, el cocinero, un griego que, a pesar de un cuello rechoncho y de los muchos kilos que portaba orgullosamente en torno al vientre, no le hincó jamás el diente a pizza alguna. El eslabón entre Panos y Cienfuegos era el más débil: el chileno era tan nuevo en el cargo que aún no conocía los nombres de las cosas, y el griego debía indicárselas con el dedo. Premunido de esa información, Cienfuegos zigzagueaba por el recinto acarreando pizzas grandes de *pepperoni* con pimientos y pequeñas de cebolla y doble queso, *hold the anchovies,* cuyos restos eran retirados (y a menudo comidos) por un chiapaneco de pómulo salidos y ojos casi inexistentes.

Estudiantes de caras espinilludas y chaquetas de *blue jean*, jubilados prematuros, ex hippies, rebeldes variopintos, constituían la mayoría de la clientela del restaurante, y también de la población de la República Socialista y Popular de Burlington. A la pregunta más común, Cienfuegos respondía que sí, *of course*, tenía pizza vegetariana: con brócoli, espinaca y brotes de alfalfa, todo orgánico. Incluso podía reemplazar el queso por tofu. *Great*, respondían los clientes. En tales menesteres se le pasaban los días.

## 8

Ese domingo, Margaret se levantó tan temprano como siempre. Tras media hora de yoga, se dirigió al huerto. Allí desenterró una mata frondosa de achicoria y la imaginó aderezada con un chorro del vinagre añejo que ella misma preparaba. Después ideó el plato de fondo: *zuchinis*, de aquellos que se dan como mala hierba en el suelo ácido de Vermont, y unas pequeñas calabacitas de sabor dulzón. Los serviría hervidos y con un *sprinkling* de salsa de soya, junto a una porción generosa de arroz integral. Margaret ponderó largamente los pros y contras de diversos postres. Finalmente eligió unos largos tallos de hinojo que, mezclados con grosellas de la estación, rellenarían un *pie* magnífico.

Cuando Cienfuegos salió de su cuarto, a eso de las doce (se había amanecido cerrando la pizzería), Margaret ya llevaba horas en la cocina.

—Hoy cenaremos juntos —le informó—. Yo cocino.

\* \* \*

Llegado el momento de comer, Cienfuegos se topó con la novedad de que Margaret había descorchado una botella de vino y un par de velas iluminaban la mesa. La cena fue breve. En cuanto terminaron el plato principal, la señora Worth acarreó el *pie* y lo que quedaba del vino a la sala, y se instaló junto a la chimenea encendida. Cienfuegos prefirió la punta del sofá.

—No tan lejos —protestó ella, intentando alcanzarle un trozo de pastel.

Sirvió más vino. El pelo canoso, que esa noche no llevaba atado, le caía sobre la cara. Se lo despejó en un gesto que pudo ser coqueto.

—Quiero estar más cerca de ti —dijo repentinamente, arrellanándose en los cojines hasta apoyar su cabeza en el hombro de Cienfuegos.

Allí quedaron, sin que ninguno supiera qué hacer. Ella trató de tomarle la mano, pero el intento falló, y sus dedos terminaron en el muslo de Cienfuegos. Así constató lo que ya había atisbado hace unos días, mientras lo espiaba saliendo del baño: el chileno tenía las piernas bien torneadas. «*A real runner*», pensó ella, «todo un chasqui incaico». Y como Cienfuegos no se movía, añadió en su fuero íntimo: «hierático, escultural, pétreo». Ya se lo imaginaba la señora montado sobre un templo del Tahuantinsuyo, blandiendo una antorcha fulgurante. Él, por su lado, trató de alejarse, pero tan torpemente que acabó con la mano de Margaret sobre la ingle. Ella se llevó entonces una desilusión: Cienfuegos tenía el muslo duro, pero el miembro blando. «Qué gran control», se asombró. «No quiere sacar provecho de mi vulnerabilidad, de mi soledad».

La señora se detuvo, alarmada por sus propios pensamientos. ¿Vulnerabilidad? ¿Soledad? ¿Se había permitido ella esos vocablos de utilería, esa confesión digna de revista de vanidades? «*Yes, god damm it*». Y, quizás por la confirmación de que estaba abandonada como perro callejero, o porque se había permitido la indigna admisión de que era así, se largó a llorar. Cienfuegos se enderezó con cuidado y la abrazó, mientras tanteaba la mesa en busca de una servilleta con que secarle las lágrimas. Entre sollozo y sollozo, ella lo miraba con ojos azules llenos de congoja avergonzada.

Fue una de esas miradas la que lo conmovió inesperadamente. Los meses de soledad, la distancia y el recuerdo de Chile se le agolparon en la garganta. Cienfuegos no sólo lloró, sino que berreó. Le salieron desde muy adentro unos aullidos largos, hondos, dolorosos, pero finalmente reparadores. Margaret no había escuchado cosa igual desde la última vez que tuvo a J. J. en el regazo. Le tocó a ella el turno de enderezarse y tomar la cabeza húmeda de Diego entre sus manos.

—*It's all right* —repetía—. *It's all right.*

Así continuaron por largo rato. Hasta que, mientras él se sonaba la nariz moquillenta, Margaret se puso inesperadamente de pie, arguyendo que alguien tenía que lavar los platos.

# Dos

Berkeley Barclay aún no se recuperaba de la sorpresa recibida el primer día de trabajo. Una gran oficina con muros de cristal y vista majestuosa de la bahía de Nueva York era parte de la imagen glamorosa que, consciente o inconscientemente, lo había llevado a dedicarse a la banca de inversiones. Pero la realidad distaba mucho de esa imagen. Tras recibirle en un despacho más bien pequeño junto a los ascensores, la jefa de personal lo escoltó hasta un cubículo de dos por dos, separado del vecino por pequeños tabiques plásticos. Era uno entre decenas de otros cubículos iguales, repartidos en hileras simétricas a lo largo de un gran salón demasiado alumbrado. Oficinas con vistas majestuosas —Berkeley se enteró pronto—, sólo tenían los *managing directors* con diez años de servicio en el imperio financiero de Dunwell & Greid.

Los ocupantes de aquel entramado cubicular se dividían en dos grandes tribus. En el centro del recinto, premunidos de demasiados teléfonos y pantallas centelleantes, estaban los *traders*: muchachos egresados de *colleges* que Berkeley jamás oyó mencionar, dotados de la testosterona financiera del que desesperadamente intenta perder de vista al abuelo labrador en Calabria o minero en Minsk. Repartidos por los costados del recinto cavernoso estaban los analistas, orgullosos de sus cartones de la Ivy League y de su papel (al menos ellos así lo creían) de cerebros del gran conglomerado financiero. Las relaciones entre estas dos tribus siempre fueron tensas. Los analistas presumían de una cierta superioridad, pero eran los *traders*, con sus conversaciones telefónicas llenas de groserías, quienes ganaban plata para los herederos del Dr. Dunwell y Mr. Greid.

Berkeley, por supuesto, era analista.

Su labor consistía en seguirles la pista a empresas y gobiernos latinoamericanos varios, tratando de decidir cuáles pagarían sus deudas en el futuro (en cuyo caso convenía comprar los títulos respectivos) y cuáles no lo harían (en cuyo caso sólo quedaba hacerse parte de la inevitable estampida financiera). Como resultado de las largas horas invertidas en el análisis minucioso de los activos y pasivos de Alpargatas S.A. de Buenos Aires o de Minera El Cóndor de Tocopilla, su manejo del castellano evolucionaba de modo peculiar: aún no podía pedir un plato en un restaurante, pero sabía distinguir entre una remuneración, un ingreso o una gratificación. Ese día, el desempeño precario de Laboratorios Pichincha, una empresa ecuatoriana de artículos de tocador, exigía toda su atención. Era viernes y Berkeley estaba inquieto. Agosto en Manhattan es húmedo y desagradable, incluso para los que habitan celdas con abundante aire acondicionado en el piso diecisiete de un rascacielos. El sol hace rato que se había puesto, y los jefes iban camino a sus casas de playa en East Hampton. Nick Porter, quien ocupaba el cubículo contiguo al de Berkeley, tuvo una súbita inspiración:

—¿Qué tal si pasamos por algún bar del South Street Seaport?

Berkeley conocía a Nick desde que ambos coincidieran en el tercero de primaria de un colegio privado de

Greenwich, Connecticut. Juntos habían ido de bar en bar en promedio dos veces por semana durante los últimos ocho años, y Berkeley no encontró razón para alterar esa tradición.

—Vamos —respondió.

Se dirigieron hacia las antiguas bodegas del puerto, convertidas hoy en bares y restaurantes de gusto y distinción variable. Debieron elegir entre Dixie (sucedáneo barato de los antros de Nueva Orleans, mucho bronce falso y planta de invernadero) y el Sail Loft (atrio de tres pisos de altura cubierto de banderas náuticas, simulacro de los clubes de yates de Long Island); optaron por este último. El *happy hour* ya había terminado y el bar comenzaba a despoblarse. Estar allí un viernes a las nueve de la noche era, de acuerdo al código social de Wall Street, un signo irrefutable de desadaptación; cualquiera que aspirase a subir en su escalafón social debería estar cenando en una *brasserie* de Soho o Tribeca.

En la barra se apostaban mujeres con pelos escarmenados que para Berkeley y Nick indicaban claramente una cosa: eran secretarias. Dos chicas de uñas falsas y acentos viscosos de Brooklyn se acercaron a ellos:

—Y ustedes, ¿dónde trabajan? Tienen pinta de ser de J. P. Morgan. ¿O quizás de Dunwell & Greid?

A los banqueros les bastó asentir con la cabeza.

—*Really?* Deben ser vicepresidentes.

Berkeley dudó. No quería alternar con mujeres que le recordaban dolorosamente a su madrastra. Nick se le adelantó, libre de complejos:

—Por supuesto. ¿Quieren tomarse una cerveza con nosotros?

—Cuidado con quemarte las cejas —dijo Witherspoon al sacarle las primeras chispas al encendedor—. ¿Jamás has usado una de éstas, no?

Cienfuegos se echó hacia atrás hasta dejar la enorme pipa de agua en posición semihorizontal, con el carburador a una distancia prudente de su cara. Witherspoon le insistió que chupara con todas sus fuerzas, hasta que la llama envolviera a los cogollos.

—*Good weed, man*. Lo mejor que hay.

El humo repletó la cámara de plástico azul y de allí pasó a los pulmones. Cienfuegos lo retuvo con esfuerzo, sintiendo el cosquilleo en la garganta. Cuando le vino el ataque de tos, creyó que el humo le salía por la nariz y las orejas. Trató de llenarse el pecho de aire puro, pero el intento sólo logró provocarle más tos.

Eran unos cinco o seis tipos sentados en un semicírculo en el suelo, con el *bong* al centro. Ninguno dijo nada, comportándose muy *cool*. Apenas dejó de toser, Cienfuegos empezó a gozar. El efecto calmante del humo se expandió de los pulmones hacia las extremidades, y a los pocos segundos el único cosquilleo que sentía era en la punta de los dedos. De espaldas sobre un montón de cojines hindúes, cerró los ojos y, por primera vez desde su llegada a Burlington, se sintió feliz.

El departamento que Witherspoon compartía con un *roomate* estaba repleto. Tras una pila de cajas de pizza bailaban dos chicas: camisetas blancas y cortas que dejan al descubierto el ombligo, pelo desordenado, piel brillante. Cienfuegos admiró su talento para contonearse a toda velocidad sin pisar ninguna de las latas de cerveza vacías repartidas por todas partes.

Al pie de las bailarinas, el semicírculo de los congregados en torno a la pipa crecía. Witherspoon repartía las porciones de *sinsemilla* con autoridad. Llenaba el carburador, ordenaba los turnos y operaba el encendedor. Terminado el proceso, y tras una limpieza no muy concienzuda del instrumento, le bastaba una mirada para decidir quién sería el próximo afortunado en gozar de los dotes tonificantes de la hierba.

—¿Qué pasa, hombre? *Having a good time?*

Witherspoon pronunció estas palabras con todas sus letras. La dicción impecable lo delataba: imposible ocultar los muchos años de educación universitaria, y tantos talleres de fonología y voz. Como muchos meseros en restaurantes de Connecticut a California, quería ser actor. Las horas que la pizzería le dejaba libres las consumía en clases de actuación. Llevaba en eso los cuatro años desde su graduación en Middlebury, un *college* pequeño y elitista en el que Witherspoon se había distinguido no sólo por tener el papel de Lucky en la producción estudiantil de *Esperando a Godot*, sino también por ser el único negro del campus.

—*Time to go* —anunció Witherspoon—. Vamos a nadar al lago.

Las dos bailarinas recibieron la propuesta con entusiasmo. Diego Cienfuegos también.


3

Ese día, Berkeley se levantó temprano y caminó con energía inusitada las treinta cuadras que separaban su departamento en el West Village de la torre de Dunwell & Greid. Antes de entrar a trabajar recaló en el café de un siciliano que se decía milanés. Pidió un *espresso macchiato.*

Mientras sorbía, hojeó el libraco olvidado en su departamento por la chica con que cenara la noche anterior. El título (algo sobre la salud de los pobres) apenas le llamó la atención. Aunque Berkeley se consideraba *liberal,* más le importaban el medio ambiente y las especies en peligro de extinción que las malas condiciones sanitarias del Tercer Mundo. Las ilustraciones sí eran llamativas: mapas donde cada país tenía un color, y cada color indicaba la intensidad de alguna lacra del subdesarrollo. Número anual de casos de diarrea por habitante: Sudamérica aparecía como un manchón amarillento, partiendo en el norte con un ocre intenso y destiñéndose gradualmente hasta llegar al amarillo pato en el cono sur del continente.

El último mapa del libro hizo detenerse a Berkeley. Él había sufrido de las encías en la adolescencia, de modo que sabía a qué parte de la anatomía afectan las enfermedades periodónticas. El mapa era rosado, y un fucsia singularmente intenso cubría una región que, estimó, debía corresponder a Ecuador. La secuencia de ideas que entonces le cruzó la cabeza fue más o menos así:

malas encías ➤ hilo dental ➤ Laboratorios Pichincha ➤ Ecuador ➤ nuevo mercado ➤ suculentas ganancias

El resto lo hizo una vez instalado en su cubículo del piso diecisiete. Berkeley recordaba que en su residencia estudiantil de Amherst College vivía un ecuatoriano: un tipo flaco cuyas botas de cuero de cocodrilo dejaban en claro las anchas espaldas financieras de su parentela del Guayas. Sus ambiciones políticas resultaban manifiestas para los pocos compañeros que alguna vez le prestaron atención. El guía de ex alumnos de Amherst confirmó tales sospechas: tras completar estudios de posgrado, Abelardo Ayala ocupaba un alto cargo en el Ministerio de Hacienda de su país.

Los corcoveos de la línea telefónica demoraron, pero no hicieron imposible, el contacto. Ayala apenas recordaba a Berkeley, y sentía por él la misma antipatía que por cualquier otro egresado de Amherst: cuatro años de desprecios y vejaciones en ese campus verde no habían sido en vano. Pero Ayala difícilmente podía negarse a recibir el llamado de un emisario de Dunwell & Greid, banco líder del consorcio internacional al que Ecuador debía varias veces su producto anual.

En quince minutos Berkeley reunió la información necesaria. El nuevo gobierno ecuatoriano había sido electo gracias a sus promesas de revertir el impacto de la crisis de la deuda. Sumiso, el Banco Mundial estaba a punto de conceder un gran crédito para financiar tan grandiosos planes. Pocos días más tarde, el Presidente anunciaría con mucho bombo un vasto programa de asistencia social: la salud dental era parte prioritaria del asunto.

El gobierno compraría dentífrico y cepillos a destajo para repartirle a la población necesitada.

—¿No comprarán también hilo dental? —preguntó Berkeley.

Al otro extremo de la línea telefónica se produjo un silencio sorprendido que a Berkeley le pareció eterno.

—¿Hilo dental...? Sí, por qué no —respondió finalmente Abelardo.

De ahí en adelante, Berkeley fue presa de un verdadero frenesí. Revisó con esmero toda la documentación disponible sobre la economía ecuatoriana, y se cercioró de que Laboratorios Pichincha estuviese en condiciones de producir los miles de rollos de cinta encerada que rasparían las encías hinchadas de la población serrana. Se sometió incluso a un video de la Dirección Turística de Quito hallado en el centro de documentación de Dunwell & Greid: «Ecuador: sus bellezas naturales, su cultura, su pueblo.»

Esa noche a Berkeley le costó dormir. Al cerrar los ojos, la mente se le repletaba de indios otavalos con sus atuendos blancos, dientes lustrosos y encías singularmente rosadas.

Mientras acarreaba una pizza extra grande, Cienfuegos se percató de que hacía semanas que no pensaba en Chile. Recordaba a Valentina, por supuesto, a su familia, al trabajo que había dejado; pero el Chile con mayúsculas, el gran drama histórico, «el problema de este país», como se solía decir ansiosamente en las sobremesas santiaguinas, todo eso se le había caído por las rendijas del alma.

Cienfuegos tenía apenas doce años cuando ocurrió el golpe de Estado; el trance de Chile en la década siguiente le había dado la excusa perfecta para renunciar a sus anhelos. ¿Quién podía aspirar a la cultura en un país en que se queman libros en las calles? ¿Cómo soñar con el amor cuando quizás en la casa del lado o la del frente le estuviesen sacando las uñas, una por una y con alicate, a la muchacha deseada a lo lejos en la biblioteca universitaria? La tragedia de Chile era su tragedia; el país se iba al carajo y Cienfuegos y sus amigos se iban al carajo también.

Ahora, en este pueblo de casas de madera al borde de un lago resplandeciente, Cienfuegos se sorprendía a sí mismo riendo con las parrafadas que largaba Witherspoon, deleitándose con los coqueteos altaneros de la clientela femenina de la pizzería (en su mayoría chiquillas universitarias que, una vez superada la sorpresa que les provocaba el directísimo galanteo sudaca, respondían con la misma moneda), todo ello a título personal, como manifestación única y exclusiva de un pendejo mundito privado, de una arrogancia individualista manifiestamente desbocada. ¿Dónde cabía allí el gran drama histórico del que Cienfuegos, plausible o implausiblemente, alguna vez se había sentido parte?

Como penitencia, se impuso la obligación de ponerse al día con lo que pasaba en el lejano valle del Mapocho. Pero esa tarea, trivial para un habitante de Amsterdam o Buenos Aires, no era fácil en Burlington. El periódico local solía titular con el incendio del fin de semana, la muerte prematura de algún prócer del lugar o los interminables debates acerca del «verdadero» nivel de contaminación del lago; si la política de Washington parecía remota, la de Chile era derechamente extraterrestre. Las pocas publicaciones extranjeras que vendían los quioscos céntricos eran canadienses y se especializaban en asuntos forestales. Sólo al cabo de largas caminatas por el pueblo, Cienfuegos creyó hallar lo que buscaba: Revolution Books.

La pequeña librería ostentaba las obras completas de Lenin en la vitrina (edición en inglés, Progress Publishers, Moscú) y una colección de números atrasados de *L'Unitá* de Roma. Recibía además cada tarde, por algún medio inesperadamente expedito, la edición del día anterior de *El Combatiente*, órgano oficial del Partido Socialista Unitario de México. *El Combatiente* traía noticias de Chile: «La insurrección armada cada día más cerca del triunfo final. Sólo el fusil podrá derrotar al dictador».

Un gigante barbudo, que había perdido un ojo en Vietnam y el sentido del humor poco tiempo después, regentaba la tienda. Cienfuegos lo encontró sentado en un rincón, leyendo.

—Busco algún diario de Sudamérica..., de Chile. *El Mercurio*, por ejemplo.

El tendero, militante del Vermont Chapter del Partido Comunista de Estados Unidos, activísimo miembro de los Vietnam Veterans Against Foreign Involvements, lo contempló boquiabierto.

—...

—Tiene una edición internacional... Sale una vez por semana, creo.

—¿*El Mercurio*? —respondió finalmente—. ¿*El Mercurio*...? ¿No es ése el diario que derrocó al presidente Allende?

Cienfuegos balbuceó algo sobre «información deportiva... mi país... algún diario...».

—No lo tenemos —lo interrumpió el gigante, y continuó subrayando un ensayo sobre la influencia de Rosa Luxemburgo en el pensamiento del Khmer Rouge.

## 5

El día siguiente, Berkeley Barclay hizo lo que a un analista *junior* puede costarle el puesto: cruzó el entramado cubicular del piso diecisiete y se encaminó sin rodeos a la oficina del jefe máximo de la tribu de los *traders*.

—Las acciones de Laboratorios Pichincha están por los suelos —dijo—. Emita una orden de compra, lo más grande posible.

El tipo a quien se había dirigido dejó de chupar su puro por un momento. No había analista pendejo que supiera más que él, un pobretón muchacho de Queens que, al cabo de treinta años de esfuerzo, se había convertido en el más poderoso comprador de acciones de la casa de inversiones más poderosa del planeta.

—¿Laboratorios Pichincha? Una empresa ecuatoriana, ¿no? Llevan tres trimestres con utilidades negativas. ¿Por qué quieres comprar esa mierda?

Berkeley se embarcó en una larga explicación que el jefe no escuchó. Estaba demasiado absorto contemplando detenidamente al joven analista, el brillo en su mirada, la frente cubierta de sudor, el flujo de adrenalina. El ojo avezado del *trader* vislumbró al instante las potenciales ganancias de capital.

—No me digas más. Emitiré la orden de inmediato.

Nueva Inglaterra es una comarca que huele. En el invierno huele a pinos escarchados; en el verano, a pasto recién cortado, y durante la primavera, a un polen omnipresente que hace sufrir a los alérgicos. Esa tarde de octubre, Cienfuegos se llenó las narices con aroma de otoño: olor a agridulces hojas rojas que tapizan los caminos. Merodeando por los cerros descubrió que al patear el colchón de materia vegetal la sensación se incrementa, pues las hojas húmedas de las capas inferiores añaden el efluvio meloso de la semiputrefacción.

Caía la noche cuando regresó sediento a casa de la señora Worth. En la repisa superior del refrigerador estaba el *six-pack* de la proletaria Budweiser que él había comprado; en la inferior, inesperadamente, dos botellones verdes de Grolsch.

Cienfuegos no dudó.

—*Hey*—la voz surgió a sus espaldas—. ¡Te estás tomando mi cerveza!

La joven estaba apenas a un par de metros de distancia.

—En todo caso, yo haría lo mismo. ¿A quién se le puede ocurrir comprar Budweiser? Tómate una de las mías. Pero antes tendrás que decirme quién eres.

Cienfuegos apenas alcanzó a balbucear algo.

—*Ah, yes, I know. Mommy* me habló de ti. Eres de Bolivia, ¿no? O de Perú.

—…

—Bueno, lo que es yo, me muero de hambre. Hace rato que busco un lugar donde comer algo, pero está todo cerrado. No entiendo por qué mi madre insiste en vivir en este pueblo moribundo.

En el refrigerador halló los restos de una ensalada de apio y un trozo de queso. Sentada a horcajadas sobre una silla de cocina, se largó a comer con los dedos.

—*By the way*, soy J. J.. Aunque ya debes haberlo deducido. La boca llena la dejó en silencio. Cienfuegos aprovechó para observarla: del peinado estilo paje de las fotografías no quedaban rastros. Sólo un mechón químicamente cobrizo había escapado al rape inexorable. Tenía los ojos centelleantes y, entre mascada y mascada, desplegaba una sonrisa burlona. «Ésta no ha sufrido nunca», pensó, sorprendiéndose con su propia observación.

J. J. adivinó a medias qué concitaba la atención de Cienfuegos:

—¿Te gusta mi corte de pelo?

Él se apresuró a decir que sí.


7

La mañana del día D, Berkeley alteró su recorrido habitual. En vez de transitar del ascensor a su cubículo por el perímetro discreto del piso diecisiete, se lanzó a campo traviesa por el medio del campamento de los *traders*. Eran cinco para las ocho y el mercado de Nueva York aún no abría, pero el sector de los muchachos de suspensores y mal cutis bullía en plena actividad. En Londres, Francfort y Zurich hacía ya cinco horas que se compraban y vendían acciones, bonos, futuros, *forwards*, opciones... Los encargados de las operaciones europeas consumían famélicos, aunque sin soltar el teléfono por un instante, grandes sándwiches encargados a las *delicatessens* del barrio.

Berkeley pasó frente al *trading desk* y un tipo a quien apenas conocía lo palmoteó al pasar; otro, que comía con la boca abierta y los pies sobre el escritorio, se las arregló para mascullar *way to go, man*; un gordo de pelo ralo y grandes mofletes desplegó un par de dedos rechonchos en el gesto de la victoria. Se sucedieron vítores, silbidos y gestos rudos.

A Berkeley Barclay, enfundado en un traje nuevo de Barney's, nada de esto lo sorprendió. Llevaba bajo el brazo, en un cartapacio de cuero heredado de su abuelo, los testimonios incontrovertibles de su triunfo. Aullaba el titular a ocho columnas de *El Tiempo* de Quito: «Presidente Anuncia Nuevas Medidas: Cada Ecuatoriano Tendrá Su Rollo de Hilo Dental». Afirmaba confiado *La Jornada* de Guayaquil: «Seremos un Pueblo de Encías Sanas». A partir de la conferencia de prensa ofrecida por el Presidente de Ecuador al mediodía anterior, el nombre de Laboratorios Pichincha se farfullaba con euforia por las líneas telefónicas que conectan a los grandes centros financieros del mundo. Las acciones de Laboratorios Pichincha, recién listadas en la Bolsa neoyorquina, subían, subían y subían..., registrando su ascenso en los tableros electrónicos con un despliegue de luminosidad rayano en lo navideño.

Berkeley llegó a su cuchitril con paso seguro, resistiendo apenas la tentación de desplegar sobre escritorios y aparadores los periódicos del día. Iba a preguntarse ¿y ahora, qué?, cuando vio al líder de los *traders* acercarse por el laberinto de cubículos.

—Berkeley, querido amigo, qué haces instalado aquí. Tenemos que encontrarte una buena oficina.


## 8

—¿Siempre caminas así de lento? —preguntó J. J.—. ¿Ya estás cansado?

Cienfuegos intentó un cálculo rápido. Las piernas de J. J. eran aproximadamente veinte por ciento más largas que las suyas y su carga de energía más o menos el doble. Eso daba una rapidez promedio superior a la suya de... Cienfuegos no llegó a calcular el resultado, temiendo que si gastaba mucha energía, J. J. lo dejaría irremisiblemente atrás.

Iban por la calle principal de Burlington, en la primera etapa de lo que J. J. denominó «Tour de Burlington para extranjeros». No se trataba de un recorrido por la ciudad, sino de una peregrinación por la historia personal de J. J.. Las salas de clase que contuvieron sus años púberes resultaron parecidas a las del St. Brendan's; al cine-arte en que por primera vez vio *Casablanca* sólo lo distinguía su ordinariez. Tras mucho caminar llegaron al parque frente al lago:

—Allí besé a mi primer chico —dijo J. J., señalando un claro entre los matorrales.

Momentos más tarde, con el mismo tono de voz:

—Y allí a mi primera chica.

Cienfuegos contó cuatro pasos, rumiando la duda.

—Por favor, no seas predecible. No me preguntes cuál me gustó más.

Almorzaron en un restaurancito cuyo letrero pregonaba las mejores hamburguesas de la comarca. Y con razón: la carne era sólo de ganado al que las travesías por las escarpadas laderas de Vermont han privado de toda grasa. Cienfuegos no aceptó la leche malteada que la dependienta de tez curtida por el frío le recomendó. La mujer recibió esta negativa con un mohín.

Mientras comían, J. J. no preguntó por la heroica lucha del pueblo de Chile ni por la gesta personal del ciudadano Cienfuegos. Sólo discutió sus propios «planes». Recién terminaba una larga gira con su compañía. Tres semanas de reclusión en el claustro pastoral de Burlington le vendrían bien, siempre que lograra resistir los afectos demasiado ansiosos de su madre superiora. Había otras razones para este retiro, pero J. J. no iba a contárselas a este perfecto desconocido. ¿Para qué repasar un amor fallido, consuetudinario enredo de gira artística?

—Yo pago —dijo finalmente, y dejó a Cienfuegos con el

brazo estirado en un gesto poco convincente de tomar la cuenta.

9

—¿Chile? —preguntó sorprendido Berkeley Barclay—. ¿Me quieren mandar a Chile?

En ése, el momento culminante de su carrera, Berkeley descubrió que la camisa que había comprado en su único viaje de negocios a Londres le quedaba chica.

—Es una oportunidad única —replicó el jefe de los jefes, *vice chairman* del imperio Dunwell & Greid—. Dirigirás tu propio banquito. Te lo mereces, después de ese acierto con las acciones de... ¿de dónde eran?... ah, sí, de Ecuador.

Terció el líder de los *traders* y nuevo ángel protector de Berkeley:

—En Chile está la gran oportunidad. En 1982 una docena de bancos quebró y terminó en manos del gobierno. Compramos el ex Banco de Linares en medio de tamaña recesión: resultó ser una verdadera ganga. Ahora la economía está despegando, y allí estará presente Dunwell & Greid, ¿no es así, mi estimado Berkeley?

El interrogado miró a su alrededor. Nada en esa oficina del piso sesenta de un rascacielos de vidrio y acero sugería las décadas finales del siglo veinte: muros enchapados en madera, sólido escritorio de encina, escenas de cacería de zorros, una chimenea cuya tubería de gas iba discretamente oculta tras dos troncos falsos. Sólo el cuello grueso y acento proletario del anfitrión estropeaban aquella fantasía de la Inglaterra eduardiana.

—Supongo que sí —respondió Berkeley tras una pausa demasiado larga.

El gran hombre insistió:

—Será un banco pequeño, pero emprendedor. Éste es

el plan: partimos deshaciéndonos de todos los préstamos que nunca nadie pagará: se los vendemos al gobierno a cambio de unos bonos de jugoso rendimiento. Después reducimos personal y costos: *lean and mean,* ¿no es así?

Esta vez, Berkeley se apresuró a asentir con la cabeza.

—Y de allí en adelante, a buscar negocios —concluyó el jefazo.

—Ésa será tu responsabilidad —añadió el *trader*—. El ex Banco de Linares, futuro Dunwell & Greid Chile, está en buenas manos.

«¿Está?» pensó Berkeley. «Me acaban de ofrecer el cargo».

Pero al levantar la vista se percató de lo ocioso de esa reflexión: el *vice chairman* de Dunwell & Greid, hombre que desde su metro noventa de estatura dirigía operaciones financieras en todo el globo terráqueo, se había puesto de pie y avanzaba hacia Berkeley con una manaza en ristre:

—Felicitaciones, Mr. Barclay.

Berkeley respondió con la única fórmula que cabía:

—¿Cuándo comenzamos, *sir*?

# Tres

Para ningún vecino pasaría inadvertida la actuación de Ramón Ulloa y Los Cóndores Latinos: los organizadores se habían asegurado de que los carteles empapelaran casi todos los muros de Burlington. La mala calidad de la impresión artesanal —sólo en rojo y negro—, apenas dejaba ver a una regordeta paloma que se las emplumaba hacia la cordillera nevada. «¡Por la libertad de América Latina!», exclamaba combativa la sentencia. El pobre pájaro, de pico entreabierto y expresión bobalicona, parecía abrumado ante tanta responsabilidad iconográfica.

En el tablero de noticias de la pizzería, el cartel ocupaba un lugar destacado junto a las ofertas de masajes *shiatsu* a domicilio y la citación al próximo encuentro de la sociedad de poetas macrobióticos de Burlington. Cienfuegos lo había puesto allí y en decenas de otros tableros similares, siguiendo las instrucciones expresas del pastor Amory: primero que nada, ubicarlos muy visibles, pero evitando la «contaminación visual»; segundo, insistir («cordial, pero firmemente», había enfatizado el pastor) que los afiches fueran reciclados una vez pasada la fecha del evento.

Pegar los carteles fue la única labor que Cienfuegos debió cumplir. Del resto —reservar tres asientos en la segunda fila, interceder ante Costas para conseguirle la noche libre— se encargó Margaret, organizadora principal del evento. Cuando Cienfuegos y J. J. llegaron a la iglesia de Amory, Margaret llevaba más de seis horas de trabajo voluntario. Él se percató inmediatamente del contraste en el vestuario de madre e hija. Margaret vestía una larga y vaporosa falda de algodón crudo y una blusa de batik de insoslayables ecos tercemundistas; J. J., por su parte, con sus *jeans* negros, camiseta verde oliva, bototos militares y nuca recién rapada, bien podría haber pertenecido a la milicia mercenaria enviada por un imperio europeo a reprimir a los sublevados artesanos fabricantes del batik.

—*Sit down, sit down* —susurró la madre con más ansiedad que de costumbre—. El señor Ulloa ha insistido en comenzar puntualmente su show.

La luz de la sala se fue diluyendo, hasta que ésta quedó a oscuras. Los minutos pasaron y Ramón Ulloa no daba señales de vida… artística. Cienfuegos estiró las piernas y J. J., sin dejar de mirar al techo con expresión distraída, le tomó la mano. Un haz de luces multicolores finalmente anunció la llegada del grupo. Recién ahí, Diego advirtió de que las manos de J. J. eran del mismo tamaño que las suyas.

Ulloa tocaba el bombo con tanta energía que al final del segundo huaino se tuvo que quitar el poncho, revelando una barriga puntuda apenas cubierta por una camiseta negra. J. J. bostezaba. En uno de esos bostezos arrastró hacia su boca la mano de Cienfuegos, aprovechando de besarla con una mezcla de ternura y desgano. El revoltijo estridente de guitarra eléctrica y zampoña andina sonó con dulzura por un instante.

Ulloa no sabía hablar inglés, pero no por eso guardaba silencio entre canción y canción. Al comienzo no se apartó de los consabidos es-un-honor-para-mí-estar-aquí-junto-austedes y todos-sabemos-que-un-músico-se-nutre-del-apoyo-del-público. Tras terminar un candombe especialmente transpirado, no pudo evitar una perorata:

—Nuestra música es de todas las Américas, pero esta noche celebra especialmente a nuestros hermanos de Chile.

La capilla quedó en silencio. Ulloa, envalentonado, prosiguió:

—Ahora, el dictador trata de burlarse de ellos, prometiendo un plebiscito que todos sabemos quién va a ganar.

—¡Sí! —aulló una voz en castellano desde la platea.

—Y por eso le decimos al señor Pinochet, aquí desde Burlington, que no queremos su transición a la democracia. ¿No es así?

—¡Sí! ¡Sí! —aulló un centenar de voces.

—Ni queremos su plebiscito mentiroso. ¿No es así?

—¡Sí! ¡Sí! ¡Sí! —resonó en la capilla un sinfín de asentimientos fervorosos. Lo mismo ocurriría, unos meses más tarde, en los barrios adinerados de Santiago de Chile.

\* \* \*

Tras el concierto, rematado con una versión rockera de *El cóndor pasa* que los miembros del grupo de apoyo corearon de pie, el pastor Amory ofreció un vino de solidaridad. Lubricadas las almas por un tinto dulzón, las señoras de pelos lacios y rubios alternaron alborozadas con los músicos de pelos lacios y negros.

En medio de la sacristía, Ulloa dictaba cátedra sobre las influencias del barroco en su música.

—¿Cómo dijo que se llamaba ese instrumento largo y flaco? —le preguntó la pelirroja huesuda, que esta vez había reemplazado su atuendo sandinista por uno alusivo al Congreso Nacional Africano.

—Trutruca —respondió sin mayor interés el músico mientras ojeaba a una adolescente de rizos rubios—. Se llama tru-tru-ca —repitió, pasándose la lengua por los labios.

La pelirroja, cuyo profundo interés en la revolución nicaragüense no le había dejado tiempo para aprender el idioma de ese país, sonrió confundida.

La agenda pacifista del grupo de apoyo omitía las conflagraciones domésticas: vegetarianos, activistas y devotos de las religiones orientales practicaban con pericia el empujón disimulado y el codazo sutil con el fin de acercarse al visitante extranjero. El remolino en torno a Ulloa desplazó a Cienfuegos y J. J. a un rincón, junto al vino.

El tipo que controlaba el flujo de tinto (y también repartía con equitativos criterios unos *brownies* viscosos especialmente horneados para la ocasión) había oído hablar de Cienfuegos, y decía tener mucho interés en conversar con él. En su viña orgánica producía vinos que, claro, quizás no fueran tan buenos como los de Chile. Se moría de ganas de visitar ese lindo país. Pero mientras gobernara «el tirano…»

Al cabo de una eternidad, la jovencita de las trenzas jamaiquinas alabó las virtudes de las tinas de agua caliente del *spa* local. Ulloa decidió al instante que eso requería, precisamente, su agotada corpulencia de artista. Con la *rastafarian* partió a chapotear, rechazando las insistentes ofertas de acarreo que le formulaba la pelirroja sandinista.

Cienfuegos, ya con varias copas en el cuerpo, apenas se dio cuenta de en qué momento salió al *parking lot* y cómo llegó J. J. a sus brazos. Pero no tardó en constatar que la hija de Margaret besaba con la boca abierta —sin remilgo odontológico alguno— y que poseía unas tetas pequeñas y duras, con pezones de biberón que se endurecían aún más al tacto.

Cuando J. J. le metió una mano bajo el pantalón y comenzó a desabrochárselo, Cienfuegos alzó la cabeza y contempló el cielo estrellado de Vermont. Pero en vez de sentir lo que hace mucho añoraba, escuchó atónito una carcajada.

—Jamás había visto uno de éstos —dijo J. J. entre risas, apuntando al miembro semierecto y no circuncidado.

## 2

Noche de invierno tardío. Una mujer joven lee en una casa vieja. Las proporciones elegantes del cuarto caverno-so apenas pueden disimular su decrepitud. El olor a gas licuado recién quemado se esparce por el ambiente. Valentina Hurtado, veinticinco años, licenciada en letras, viste un suéter tejido a mano y pantalones de pana. La chi-ca aleja la vista del libro y se pregunta qué recodo maldito del destino desembocó en esa vida de mierda en ese país ídem. El día no ha sido propicio: horas transitando por los pasillos de la facultad (edificio de los sesenta, muros ende-bles, techos diseñados para pigmeos, ventanas demasiado pequeñas, linóleos grasientos que se encrespan en cada vértice del suelo), para conseguir un certificado inútil. Ob-jetivo final: poco claro.

Del vagabundeo burocrático pasó más tarde al estudian-til. Con una pandilla de compañeros tan letrados como ella se instaló en una fuente de soda a tomar cerveza. Dos preocupaciones les robaron la tarde. La primera: contar los pesos a ver si les alcanza para una botella más. La se-gunda: tratar de decidir quién, al cabo de su cercana gra-duación, tiene peores posibilidades de empleo. A uno, tras interminables gestiones, le han ofrecido operar la máquina de fotocopias en una oficina. Valentina no se atrevió a confesar que podría ejercer de profesora en el colegio bilingüe de su tía Lucinda. Nada cercano al oficio de crítica literaria al que aspira, pero algo es algo... Valentina oyó a sus compinches sintiéndose vagamente culpable. Con su último billete de quinientos pesos les compró una cerveza.

Para más remate, hace más de un mes que Valentina no sabe de Cienfuegos. Por eso le acaba de ser infiel (casi). Un ex compañero la acarreó a Ñuñoa desde un bar en el otro extremo de la ciudad. La calefacción del minúsculo auto japonés no funcionaba. Justo al llegar frente a Versalles, Eric anunció que tenía frío. Valentina opinó lo mismo. Subieron en busca de una taza de café. Juntos se quejaron de «la situación». Él trató de besarla. Ella se dejó besar. Después no. Finalmente le pidió que se fuera.

Ahora Valentina está en su cama, sintiendo que la acidez le sube por el esófago. Se retuerce una y otra vez sobre el colchón.

—Maldito Cienfuegos —dice en voz baja—. Maldito país.


3

«No puede ser», pensaba una y otra vez Berkeley. «Tiene que haber algún error», insistía, aunque en su fuero interno sabía que la cosa era efectivamente así. No podía tolerar aquella manchita insoslayable, aquel pequeño desagrado que mancillaba lo que de otro modo habría sido un cargo perfecto: a ese país de desiertos, volcanes, bosques y glaciares con el que ya creía estarse encariñando lo gobernaba con mano dura un general.

—*I can't believe this fucking shit* —dijo en voz alta.

En el corazoncito de Berkeley, bien irrigado por diez kilómetros de trote diario, aún quedaban resabios del rebelde que en sus años universitarios había marchado contra el *apartheid* y se había alisado el trasero en un *sit-in* de tres días contra la invasión de Reagan a la isla de Grenada; de aquel rebelde que en California del norte, cinco años antes, había participado en un intento audaz por impedir la tala de bosques milenarios. En ese preciso instante, Berkeley recordó con orgullo haber seguido al pie de la letra las instrucciones del líder medioambientalista: no se le había movido un músculo cuando la policía lo arrastró por los suelos, separándolo del *redwood* majestuoso cuya defensa había asumido como causa personal.

De ningún modo. No por ser banquero iba a claudicar en sus principios. Le planteó el dilema a su amigo Nick Porter.

—La política es el negocio de los políticos —respondió éste—. Nuestro negocio es prestar dinero. Los holandeses protestantes le prestaban a los Habsburgos católicos; el Citibank capitalista le presta a la China comunista; nosotros le prestamos al Chile de Pinochet. Y qué.

—¿Realmente crees eso? —preguntó Berkeley, no convencido, mientras recordaba las lecciones aprendidas en Amherst College. El profesor Richard Beasley, sociólogo de chaqueta de cuero y Harley Davidson que insistía que los alumnos le dijeran Dick, había sido muy claro: la depredación del medio ambiente es consecuencia inevitable del capitalismo tardío en su fase de globalización; agentes de este proceso son las corporaciones transnacionales que, habiendo agotado sus ganancias monopólicas en los países del centro, extienden sus tentáculos hacia la periferia del sistema mundial; las dictaduras militares surgen para garantizarles a estas corporaciones, aliadas con la burguesía tercermundista local, una jugosa tasa de rentabilidad. ¿Y cómo lo logran? Despanzurrando a los sindicatos, encarcelando a los opositores, permitiendo el trabajo infantil, estimulando la discriminación de género y, claro está, explotando los recursos naturales.

Berkeley Barclay —sensible por naturaleza a la injusticia e impresionado por la facilidad con que el profesor Smith terminaba encamándose con cuanta chica guapa seguía su curso— le había creído. Y ahora, años más tarde, la relevancia de las enseñanzas de Beasley se volvía patente. Para Berkeley, la secuencia lógica era irrefutable:

Augusto Pinochet ➤ dictadura implacable ➤ depredación del medio ambiente

¿No ayudaría él, joven *liberal*, a sustentar las prácticas expoliadoras de ese gobierno represivo? Por indirecta que fuera la ruta, ¿no contribuirían las ganancias que sin duda obtendría su banco, los impuestos que puntillosamente cancelaría, a financiar las tropelías de aquel cabrón de charreteras? Con este doloroso temor entre ceja y ceja debió laborar el resto del día, hasta que Nick Porter lo convenció de que se fueran a tomar unas cervezas.

## 4

*Tú te fuiste a la tierra de los puritanos, pero soy yo la que anda con una A escarlata cosida en el pecho: A no de adúltera, sino que de abandonada, abatida, abochornada, abrumada, acosada, afligida, agotada, agraviada, aislada, alterada, amargada, angustiada, ansiosa, apenada, aporreada, asombrada, asustada, atormentada, aturdida por tu ausencia.*

*Atravesando la aldea advierto la atención de los amigos: soy aviso aparente del abuso.*

*Acaso alcanzaste a sentir afecto hasta que algo te arruinó el alma. Te volviste áspero, abúlico.*

*A veces se apodera de mí un arrebato y me largo a aullar. Adefesio, animal apestoso.*

*A pesar de todo, admito: no se agota aún mi amor.*

Valentina acarreó la carta en el bolso por quince días. Más de alguna vez, se detuvo frente a la oficina de correos.

Al fin rompió la hoja de papel aéreo en un sinfín de pedacitos.

## 5

—Falta la etapa final del *tour* de Burlington —dijo J. J., y lo guió hacia los altos del viejo granero que hacía las veces de garaje—. Aquí perdí la virginidad —añadió, señalando el montículo de paja que Cienfuegos ya adivinaba.

Eran las cinco de la tarde. Margaret llegaría en cualquier momento de la reunión semanal del grupo de apoyo. Hicieron el amor a saltos, Cienfuegos oyendo en cada bramido ronco de J. J. el motor del Volvo de la señora.

## 6

Berkeley Barclay no tardó en hallar la solución a su dilema: ejercería de banquero en Chile para combatir la pobreza.

Toda la información necesaria la obtuvo de la misma chica del libro con los mapas de colores, quien además le entregó su cuerpo en una lacrimosa despedida. A las dos semanas, Berkeley podía citar las estadísticas sociales de Chile con la misma fluidez que las tasas de rentabilidad de empresas varias. ¿Déficit habitacional? Cerca de medio millón de viviendas. ¿Años de escolaridad promedio? Apenas siete. ¿Mortalidad infantil? Doce de cada mil niños nacidos vivos. «Hay tanto que hacer en Chile», pensó. Berkeley no hallaba el momento de emprender la tarea.

Las cosas serían muy distintas que en Wall Street, tanto más… tangibles. En el centro del imperio financiero, el capital es peculiarmente insustancial. Bastan un par de teclazos en el computador para que los fondos producto de una millonaria emisión de bonos, queden albergados en las arcas del banco. Y con sólo un par de teclazos más, se efectúa el giro y los fondos desaparecen en un hoyo negro cuyo único desagüe, si es que lo tiene, conduce a un feo proyecto industrial en el Mid West que Berkeley de ningún modo habría querido visitar.

«¿Cuál es el producto tangible de tus labores?», le había preguntado hace poco un compañero de Amherst, ex banquero convertido en carpintero, productor de tangibilísimas sillas. Berkeley, al pensar en el hoyo negro, había enmudecido.

En Chile, todo sería distinto. Sus teclazos se convertirían —directamente, vívidamente, indesmentiblemente— en una casa para la señora que nunca la tuvo, o en un campo recién arado en el que se cultivarían las gloriosas vides chilenas, o en una nueva planta industrial (con los más estrictos controles ambientales que él, *of course,* exigiría) para dar empleo a mucha gente. Los campos de Chile serían orgánicamente productivos, sus bosques australes prístinos, a pesar de aquel *fucking* dictador.

«Aquí va Berkeley Barclay a traerles capital a los que más lo necesitan», concluyó. «Good-bye, hoyo negro. Hello, desarrollo sustentable».

## 7

Cienfuegos se percató de que llevaba seis meses en Estados Unidos cuando descubrió que sus onomatopeyas cambiaban. *Drip, drip...* sonaban las gotas de agua en un cómic de habla inglesa que había caído en sus manos en una sala de espera. *Drip, drip...* repicaban ahora los goterones de escarcha recién derretida al desprenderse de las ramas de los árboles y caer sobre el techo metálico de la cabaña. *Drip, drip...*, no *plop, plop,* como había pensado Cienfuegos desde su más temprana edad. No *plop, plop,* ni *plim, plim,* ni siquiera *glup, glup...* ¡sino *drip, drip*! Unos meses más en el mundo angloparlante, pensó, y los perros empezarían a ladrar *ruff, ruff* en vez de *guau, guau,* y los gallos recibirían el día con un *cock-a-doodle-doo,* desterrando para siempre el castizo *quiquiriquí.*

Por el ángulo del sol y el olor dulzón de unos panqueques que Witherspoon preparaba en la cocina, Cienfuegos calculó que serían las diez de la mañana. Semanas antes, ahí en las White Mountains de Vermont, los granjeros habían cosechado sus manzanas, transformándolas en sidra, y extraído la savia del arce, transformándola en miel. Horas atrás, ese domingo glorioso de noviembre, los mismos granjeros se habían levantado de sus camas para beber la sidra y deleitarse con la miel. En ese preciso momento, acaso dejaban sus huellas sobre la primera nieve, persiguiendo a una vaca descarriada o cruzando potreros camino a una iglesita de torre blanca.

Cienfuegos, por su parte, yacía en cama junto a su amada. Desde el cuarto principal de la cabaña alcanzaba a vislumbrar un pedazo de cerro verde y blanco. El compás de la respiración de J. J. lo conmovía. Con cada suspiro su cabeza se alzaba levemente y los pelos cobrizos de su único mechón apenas alcanzaban a rozar la barbilla de Diego.

*Drip, drip* perseveraron las gotas, haciéndose notar sólo porque la cabaña estaba en silencio. Arrimado junto al cuerpo cálido de J. J., Cienfuegos no fue capaz de encontrar razón alguna para no dormitar media hora más.


8


La tijera de uñas se prestaba para la tarea. Valentina recortó con esmero.

Cienfuegos salió primero de una foto de curso; después de una de almuerzo familiar. Valentina tomó confianza y las emprendió contra las fotos más queridas: Diego fachoso en una fiesta, atlético sobre un roquerío, abrazándola en Buenos Aires, dormido junto a ella en un sofá. Satisfecha, levantó una foto trunca y la contempló a la luz de la lámpara de velador. Sorpresa: la silueta de Cienfuegos se proyectó imponente sobre la pared.

A Valentina le tembló la mano y Cienfuegos se estremeció con ella. Pronto descubrió que doblando la foto entre los dedos podía variar la silueta: Cienfuegos alargado o chico y rechoncho; estirándose a saltos, incómodo en cuclillas, tendido patas arriba.

Al fin, Valentina apagó la luz y la imagen de Cienfuegos desapareció por completo.

## 9

«Para llegar a ser adulto hay que matar a los propios padres». ¿No había dicho Freud algo así? Cienfuegos no estaba seguro. Sí le parecía evidente que J. J. estaba empeñada en cumplir literalmente esta máxima, induciéndole a Margaret un paro cardíaco.

¿Cómo entender, de otro modo, la pertinacia de los pies desnudos de J. J. bajo la mesa del desayuno, a los que Cienfuegos había respondido con torpeza, posando su pata peluda sobre la zapatilla de Margaret? Con esos pies juguetones y esos poco disimulados pellizcones a pocos metros de su madre, ¿no revelaba J. J. una dosis de exhibicionismo inconfeso, un deseo de comer pan a todo carrillo ante su hambrienta progenitora?

Claro que en esos juegos, J. J. tenía una contrincante nada de inocente. Por algo Margaret intentaba dejar de lado a J. J. mediante repetidos diálogos con Cienfuegos en un castellano chapurreado. ¿Acaso eran fortuitos los comentarios que deslizaba a la hora de la cena, justo antes de que J. J. bajara de su cuarto, tildándola de tozuda e impredecible desde muy niña? ¿O aquel hábito de acomodarse en el sillón, con el pretexto de entrenar el oído, mientras Cienfuegos seguía paso a paso una teleserie mexicana?

La pista definitiva, el rastro incontrovertible, surgió la mañana de domingo en que Margaret apareció ataviada en un coqueto y ajustado buzo, en cuya tela de fibras sintéticas y coloración púrpura-tornasolada ella misma —de haber tenido la cabeza más fría— habría identificado de inmediato la estética de la recepcionista que muchos años antes le robara a su esposo.

Al verla bajar las escaleras vestida así, J. J. arqueó las cejas y preparó un comentario cáustico. Cienfuegos se metió a la cocina, cerrando la puerta a sus espaldas.

## 10

Berkeley despertó con una resaca tremenda. Oleadas sucesivas de dolor le atravesaban los hemisferios del cerebro. Al reventar cada ola, su cabeza parecía llenarse de agua, espuma, arena, conchillas de bordes filosos, todo metido a presión entre las paredes del cráneo. Y al retirarse la marejada, la succión amenazaba con arrastrar a Berkeley a unas profundidades de negrura inimaginable.

La jaqueca galopante pudo deberse a la repugnante champaña rosé con que lo despidieron las secretarias de Dunwell & Greid a las cinco de la tarde, o a los vodkas que lo instaron a beber Nick Porter y los otros analistas pasada la medianoche. Por suerte, pensó, había rehusado entrar al bar *topless* en que sus colegas querían culminar la parranda.

En estos casos —Berkeley lo tenía muy claro— no queda otra. La masturbación es el camino más seguro a un sueño tranquilo, y un par de horas más de sueño eran precisamente lo que necesitaba su cabeza hinchada. No se dio la molestia de recurrir a su archivo mental de escenas eróticas. Ni la jugadora de hockey sobre césped de sus años escolares, ni la gimnasta de sus jornadas universitarias fueron necesarias. Bastó con el estímulo manual para inducir un clímax que llegó piadosamente pronto.

Al cerrar los ojos, Berkeley regresó al océano. La calma del amanecer había reemplazado a las oleadas furiosas. Se adentró en el agua y comenzó a nadar. Del otro lado del océano surgió un resplandor y bajo ese resplandor estaba Chile.

Hacia allá dirigió Berkeley Barclay sus brazadas.


## 11

A las seis de la mañana, Margaret Worth tomó el bolso del lavado como pretexto y se encaminó a la buhardilla.

Faltando tres escalones para llegar, escuchó unos gemidos inconfundibles. Por la puerta entreabierta los vio: Diego y J. J. formaban un revoltijo de brazos y piernas sobre las sábanas arrugadas. Margaret se quedó tiesa, sin poder apartar la vista. Los cuerpos se movían lentamente, y luego más rápido. Inconscientemente, la señora comenzó a respirar al mismo ritmo.

Un tablón del suelo crujió cuando finalmente intentó desandar el camino.

—*Mommy*, ¿eres tú? —gimoteó J. J.—. ¿*Mommy*? ¿*Mommy*…?


## 12

Para la cena de Navidad, Margaret Worth hizo una gran excepción a sus principios vegetarianos: puesto que la familia no había celebrado Thanksgiving, aceptó servir pavo.

Eligió uno de proporciones hercúleas en una tienda local que garantizaba que sus aves de corral no eran tal, pues no habían pasado un día de sus vidas en tan indigna forma de cautiverio. Lo adobó con especias varias que Cienfuegos no conocía y, tras meterlo al horno, se enfrascó en la preparación de una salsa de *cranberries*.

Al mediodía del 25, Berkeley aún no llegaba. J. J. se había ido de paseo al lago, dejando a Margaret —«como siempre», reflexionó ésta— plantada con las labores caseras. Cienfuegos pelaba zanahorias en un rincón de la cocina.

—Haces bien en no decirme nada —le espetó Margaret de repente.

Cienfuegos esbozó una mueca de no-sé-de-qué-me-habla, y cuando se aprestaba a decir lo mismo, ella insistió:

—No, *please*, prefiero no saber detalles.

Vino un silencio eterno. *Chisk, chisk*, chasqueaba la navaja al desprender la cáscara rugosa de las verduras orgánicas. *Splash, splash*, susurraba la brocha con que Margaret volvía a aderezar el pavo.

*Chisk, chisk. Splash, splash.*

—¿Te falta mucho con las zanahorias? —preguntó finalmente la señora.

\* \* \*

Esperaban aún a Berkeley. La madre de Margaret —llegada la noche anterior desde Marblehead— tomó la palabra. Se quejó del trayecto en bus y de allí pasó a una anécdota que para Cienfuegos resultó confusa: el cuento involucraba al hermano de Margaret (un tal James, residente en Canadá, de cuya existencia recién vino a enterarse Cienfuegos), un lago congelado y una práctica llamada *camping* de invierno.

—James pasó más de veinte noches durmiendo sobre la nieve —informó con orgullo la abuela—. Comiendo sólo avellanas y los peces que él mismo capturaba. Cortan un círculo en el hielo para poder pescar, *you know.*

Finalmente pasaron a la mesa. La abuela pidió que se tomaran de las manos y se aprontaron a rezar. *We thank you Lord...* entonaba ya la viejecilla, cuando entró al comedor un joven con la nariz enrojecida por el frío.

—¡Berkeley! —exclamó J. J..

La anciana apenas levantó una ceja.

Berkeley se abalanzó sobre la silla que le correspondía. Su abuela le tomó la mano y, tras cerciorarse de que todas las cabezas estaban debidamente gachas, reiteró la plegaria.

—Amén —respondieron todos, menos Cienfuegos.

Margaret hizo las presentaciones del caso. Acaso Diego *from* Chile tendría algunos datos útiles para que Berkeley se instalara en Santiago.

Quizá fue el aire puro de Vermont o el efecto de un vino que descorchó J. J. con la molestia consiguiente de la abuela, o la insistencia con que Berkeley formulaba preguntas. Lo cierto es que a Cienfuegos le salió de adentro el santiaguino nostálgico. Describió una ciudad rodeada de montañas, unos atardeceres de verano en que el sol rehúsa ponerse y unas plazas olorosas a pasto recién cortado; las callecitas de Villavicencio que desembocan sorprendidas en el peñón del Santa Lucía, y un bar de barrio en que se puede tomar tranquilamente la cerveza seca de Punta Arenas. Y, por supuesto, le habló a Berkeley de sus amigos; el contacto sería fácil de establecer; bastaría con llevar una carta para una amiga llamada Valentina; «sí, compañera de curso en la universidad». Feliz le presentaría a sus amistades.

Al terminar su filípica, los ojos de Cienfuegos se encontraron con los de J. J.; la miró sin verla, pues en su mente estaba clavada la imagen de Valentina y en sus tripas se anunciaba un retortijón. J. J. sonrió y sus dientes reflejaron el brillo de la nieve que se colaba por las ventanas. Ambos estaban demasiado absortos para advertir que desde el otro lado de la mesa, agazapada tras el gigantesco pavo, Margaret los observaba con amargura.

# Cuatro

¿Coincidencia? ¿Inusual conjunción de los astros? ¿O ejemplo del más puro determinismo histórico? Ejercicio del libre albedrío no fue. Otros decidieron por él y Cienfuegos no opuso resistencia. J. J. y Witherspoon deliberaron largamente, con la asesoría no solicitada de Margaret. Resolución final: se informó al señor Diego Cienfuegos que la última semana del año debía abandonar la ciudad de Burlington, estado de Vermont, para dirigirse a Nueva York.

Puede que las fuerzas de la historia se concatenaran por siglos para llegar a ese desenlace inevitable, la tesis y antítesis de la dialéctica deviniendo finalmente en síntesis. Pero a Cienfuegos más bien le parecía un golpe de suerte. La oferta para que Witherspoon actuara en su primera obrita *off-off-Broadway* había resultado providencial. También el viaje de Berkeley a Chile, que dejaba disponible un departamento cuyo alquiler Witherspoon no alcanzaría a costear solo. Y, claro está, la insistencia de J. J.:

—¿Realmente crees que podrías tolerar la vida en Vermont sin mí?

No fue entonces el búho de Minerva, sino Cienfuegos quien emprendió el vuelo. Y no lo hizo al atardecer, sino al alba de un día muy frío, a bordo de una camioneta sobrecargada y aguijoneado por la insistencia de Witherspoon: era preciso llegar con luz a Nueva York.

## 2

Mientras sobrevolaba Santiago, Berkeley se admiró de la sequedad del terreno. El libro guía que llevaba en su bolsón de lona le había informado que en abril comenzaba la estación de las lluvias, pero del verdor sudamericano que Berkeley había anticipado poco y nada se veía desde el aire. Potreros polvorientos, un par de álamos raquíticos, un tipo en bicicleta pedaleando con desgano; ése era el paisaje que captaba su atención cuando el aplauso de los pasajeros le indicó que habían aterrizado. Una voz aguda informó por los altoparlantes que faltaban diez para las siete de la mañana.

A la salida de la aduana lo esperaba un tipo de corbata granate y calcetines del mismo tono.

—¿Don Berkeley Barclay? Soy del Banco de Linares. Permítame que le lleve la maleta.

El chofer lo miró con una sorpresa que bordeaba en el desagrado cuando el recién llegado insistió en arrastrar él mismo su bolso. Salieron del aeropuerto sin detenerse frente al garito de policía custodiado por un guardia con casco de combate y metralleta que Berkeley no pudo dejar de mirar.

En el camino a la ciudad abundaban las industrias, y la gente que se dirigía presurosa a trabajar en ellas. Los trabajadores caminaban por la berma (de veredas ni hablar), peligrosamente cerca del tráfico motorizado. Berkeley se inquietó cuando el camión de adelante hizo flamear la chaqueta del niño que caminaba de la mano de una mujer encorvada.

Para Berkeley Barclay, gerente general del banco Dunwell & Greid Chile, ésta era la primera visita al sur de América —o al sur del mundo. Su única y anterior recalada tercermundista había ocurrido durante el verano universitario que pasó mochileando por Guatemala. Allí, Berkeley había visitado valles verdes y aldeas serranas en que unos chiquillos pastoreaban cabras maltrechas. «Santiago no se parece a Totonicapán», pensó, mientras el auto descifraba laboriosamente el tráfico de la ciudad.

—Bienvenido a su nuevo hogar —dijo súbitamente el chofer, deteniendo el auto. Acto seguido, indicó con gesto orgulloso el edificio frente al que se habían estacionado, un armatoste recién construido que, a no ser por los vidrios polarizados contra el sol y el gran cartel que anunciaba *Departamentos de Lujo,* no habría desentonado en los arrabales de Kiev o alguna otra ciudad del bloque soviético.

Después de subir en un ascensor demasiado estrecho, Berkeley examinó el departamento amoblado en tonos pardo y naranja que le había alquilado el banco. Los ventanales con marcos de aluminio temblaron al abrirlos. Los platos y cubiertos (el departamento venía equipado) no tenían el peso al que Berkeley estaba acostumbrado. Poco más tarde, su primer *six-pack* de cerveza local apenas cupo en el refrigerador esmirriado.

«En Chile todo es endeble», pensó, mientras contemplaba la ciudad desde la altura.


3

Epistolarmente se enteró Cienfuegos de que Valentina había pasado de roja a verde. Así se informó también que estaba a punto de mandarlo al carajo. En la carta, esto último venía primero:

*Hace mucho que te tragó la tierra. O algo te tragó, no sé qué. Al comienzo te imaginaba perdido en un parque de diversiones, vagando entre americanos gordos y gigantescos muñecos del Ratón Mickey que te hacían muecas horribles. Después te vi flaco y demacrado, corriendo por calles lluviosas a entregar una pizza que feliz te habrías comido. Hoy ya no te imagino.*

*No quiero recordarte los muchos momentos felices, el crecer juntos, los sueños —espero— compartidos. Tampoco le echo la culpa a las difíciles circunstancias. Como dijo el amigo Marx, la historia la hacen los hombres (y las mujeres).*

*Qué habrá sido de mí, quizá te preguntes (o quizá no). No te voy a aburrir con sentimentalismo. Pero te cuento una cosa: no doy más con la política. He bajado la mira; me contento con que tengamos árboles y algo de aire puro para respirar. A veces colaboro con un grupo ecológico. Esta militancia (si así la quieres llamar) es menos dura que la de antes. Basta la marcha ocasional en defensa de los bosques y los ríos, o contra las pruebas nucleares. Los pacos, para no perder la costumbre, igual nos siguen moliendo a palos. Y —lo más importante— en este nuevo grupo rara vez me mandan a dejar paquetes. Todo un alivio.*

La alusión era inequívoca. El incidente había ocurrido durante el tercer año de universidad, cuando Cienfuegos y Valentina eran sólo amigos de casino: largos recreos conversados, demasiado café instantáneo, caminatas por el parque. Aunque ella tenía ya bastante experiencia política, él no pasaba de ser un tímido simpatizante. Siete años más tarde, Cienfuegos aún se preguntaba si la petición de Valentina había sido una prueba o, como ella afirmó, el resultado de una emergencia. Aquel encargo parecía simple: llevar los originales de un panfleto a la imprenta clandestina donde se harían cientos de copias con letra borrosa.

Si se trataba de una prueba, Cienfuegos la había reprobado sin remedio. Al llegar frente a la imprenta, un taxi estacionado cuyo chofer leía el diario lo puso nervioso; un tipo de pelo muy corto que caminaba por la vereda del frente acrecentó su ansiedad; hasta el silencio del arrabal pareció indicar una trampa. Temblando de miedo, Cienfuegos siguió de largo. Tuvo que devolver el sobre a Valentina, deshaciéndose en excusas que ni ella ni los otros miembros de la célula aceptaron. Jamás volvieron a pedirle algo. El activismo político de Diego Cienfuegos había sido, como en la canción, una noche de debut y despedida...

4

Las primeras semanas en Nueva York le recordaron a Cienfuegos sus años púberes en el Saint Brendan's de Santiago: de repente, sin el menor aviso y en las circunstancias menos apropiadas, le brotaba una persistente erección. La ciudad era una sobredosis para los sentidos; y así como todos los caminos conducen a Roma, en Cienfuegos todos los sentidos conducían a la entrepierna. Debió caminar incómodo por las calles repletas, tironéandose cada cierto trecho los pantalones para acomodar el bulto.

Se percató por primera vez del paquete pertinaz al asistir con J. J. a la inauguración de una galería de arte en el East Village. La invitación anunciaba cóctel a las siete, pero a las ocho aún había poca gente en la galería. Las paredes eran blancas, el suelo apenas grisáceo, y el arte tan estilizado que a Cienfuegos le costó darse cuenta de que las estalactitas metálicas surgidas de techo, suelo y muros, iluminadas por una multitud de focos halógenos, constituían el meollo de la exposición.

A poco andar descubrió que el arte, más que en los objetos expuestos, estaba en su entorno. No por tratarse de una *instalación* (Cienfuegos desconocía el concepto), sino porque la arquitectura era mucho más interesante que las estalactitas. A pesar de los colores fríos, el ambiente era cálido; la luz se reflejaba en las superficies bruñidas. Cienfuegos feliz se habría revolcado sobre el piso y sobado el trasero con las columnas relucientes. Fue ése el momento en que empezó a apreciar el *sex-appeal* de lo mínimo, y también el momento en que advirtió que tenía el miembro duro.

Pronto encontró otras fuentes de estímulo. «Te quiero presentar a...», le dijo J. J., y Cienfuegos se halló besuqueando a una mujer asiática vestida de riguroso negro. El fenómeno se repitió una y otra vez. «Ésta es una querida amiga...», decía alguien, y otro cuerpo joven se le venía encima. Los elementos comunes no tardaron en volverse evidentes: todas las chicas llevaban el pelo corto; ninguna usaba perfume; al saludarle no le ofrecían la acostumbrada mejilla, sino que en un gesto altanero ponían frente a sus labios el territorio que corre de la quijada al cuello, pasando bajo el lóbulo de la oreja correspondiente. Cienfuegos besó una y otra vez ese trecho sin que estorbaran pelos o aromas artificiales. El olor a piel joven, mezclado con el de las chaquetas de cuero que vestían casi todos los invitados, le llenó las narices. Al ritmo de sus inhalaciones deambuló por la fiesta, sintiéndose eufórico y mareado al mismo tiempo.

J. J. anunció que le presentaría al artista, obligándolo a cruzar la galería en dirección a una tromba de invitados. Sobresalía del grupo un tipo larguirucho con la cabeza rapada. Antes de que J. J. maniobrara en dirección a él, Cienfuegos tuvo la certeza de que se trataba del creador en carne (poca) y hueso.

Durante los apretones de manos, el artista no abrió la boca. Las explicaciones se las dejaba a la galerista, una mujer de acento vagamente extranjero.

—Hubieras visto el show de Hans en la Bienal de Venecia —decía—. Los perros descuartizados se veían divinos sobre el suelo del *palazzo*.

## 5

Trotar a diario no requiere gran disciplina: quien lo hace sabe que su hábito es una adicción. De otro modo, Berkeley, contemplando desde su noveno piso el esmog santiaguino, habría decidido cambiar el trote por una actividad bajo techo, lejos de los tubos de escape de los grandes buses que los chilenos paradójicamente llaman micros. Pero esa mañana a Berkeley le dolía la cabeza y tenía las articulaciones tiesas, aflicciones que sólo se curan con una hora de carrera.

Extendiendo un plano de Santiago sobre la cama, estudió la ruta que lo llevaría desde su departamento en Providencia, por el borde del río Mapocho, hasta la Plaza Italia y después el Parque Forestal. Calzó sus zapatillas especiales para trotar y emprendió el camino.

La avenida Andrés Bello resultó tener un parque de árboles añosos por un lado y una hilera de mansiones por el otro. Tras las grandes rejas de fierro forjado se vislumbraban sobrias casonas cuyos estilos europeos eran copias casi plausibles del original. De un caserón emergió una anciana de pelos blancos en busca de flores del jardín; de otro, un niño de pantalón corto acompañado de un par de perros labradores. ¿Mansiones de estuco rosa con helipuerto, cataratas y canódromo, de las que puede aparecer un coronel de gafas negras o un salsero con traje de lino blanco y bigotín? En esa avenida, Berkeley no pudo hallarlas.

Más allá, los caserones le cedían el paso a edificios de departamentos de innegable clase media. Ciertos inmuebles, con fachadas de granito y estilos de la preguerra, le recordaron a Berkeley el Madrid que apenas había visto desde las ventanas del auto durante un viaje relámpago de trabajo; otros, de construcción más reciente (años setenta, estimó), eran versiones anteriores del *block* cuasi-soviético en que el banco lo había instalado. Para completar el popurrí estilístico y cronológico, la muchedumbre que circulaba por el sector algo tenía de los años cincuenta: los caballeros con corbata y trajes de liquidación, las damas con peinados de peluquería, demasiado maquillaje y atuendos de blusa y falda plisada (Berkeley pronto se enteraría de que en Chile no sólo los escolares, sino también las dependientas y recepcionistas y secretarias, visten uniformes).

Al cruzar el Jardín Japonés, tras veinte minutos de trote, descubrió que el otoño santiaguino no es anaranjado como el de Nueva Inglaterra, sino grisáceo: así al menos se veían los árboles pelados, borrosos en el esmog. Tras la magra protección de cada tronco desnudo había una pareja besándose. Apenas amparado por un tilo retorcido, un muchacho le metía la mano falda arriba a su compañera con un descaro (para Berkeley) sorprendente.

En los alrededores de la Plaza Italia, que identificó por el obelisco esmirriado que ya había avistado en las postales, una manifestación callejera lo esperaba. Un centenar de jóvenes protestaba contra los diques en un río que Berkeley nunca había escuchado mencionar y contra una docena de otras tropelías —en el Mato Grosso, Alaska, el Pacífico Sur— que sí conocía, y muy bien. Los manifestantes corrían con sus pancartas; la policía, con perros y palos, corría tras ellos; y un enjambre de reporteros con cámaras corría tras ambos.

«Qué fuerza para defender el medio ambiente», suspiró Berkeley, y se llenó los pulmones de gas lacrimógeno.

Mientras lloraba, Berkeley sintió que la cabeza se le inundaba de imágenes: California del norte, bosques milenarios, un estudiante que se amarra al *redwood* majestuoso cuya defensa ha asumido como causa personal, policías brutales que arrastran al joven por los suelos. Como en un sueño, Berkeley siguió acercándose a la batahola. Sólo lo separaba de la plaza una calle angosta. En ese momento, en el respiro entre un acceso de tos y uno de lágrimas, Berkeley Barclay fue testigo de una aparición angelical.

La chica tenía pelo rizado, alrededor de veinticinco años y unos pechos grandes que no se compadecían con su condición de ángel. Celestial era, eso sí, la agilidad con que corría por el pasto tratando de eludir la persecución policial, y también la mirada que dirigía al firmamento implorando la ayuda de sus divinos protectores. Huía a toda velocidad, pero más rápido avanzaba el carabinero con la luma en ristre, arrastrado por un pastor alemán al que un collar de púas apenas lograba contener. Pocos pasos faltaban para que porra y fauces alcanzaran a la criatura.

Uno, dos, tres segundos tardó Berkeley en reaccionar. Y cuando consiguió hacerlo... ya era tarde.

Un gigantesco bus lleno de pasajeros, y al instante otros dos más, irrumpieron en la calle que separaba a Berkeley de la plazuela. Los manifestantes se dispersaron, despavoridos. El primer bus sólo disminuyó la velocidad cuando un botellazo le trizó el parabrisas. Berkeley perdió de vista a la chica, y el coro de bocinas le impidió escuchar los alaridos de terror que en ese instante (no tenía dudas) ella había de estar lanzando.

Cuando terminaron de pasar los buses, se acalló el alboroto de motores y la bruma tóxica comenzó a disiparse... la criatura angelical había desaparecido. Berkeley deambuló por la plaza, tosiendo aún, mientras se apagaban los últimos estertores de la manifestación. Ella no estaba tras los castaños macizos, ni tras los setos donde suelen orinar los mendigos. Tampoco entre los detenidos que la policía amontonaba eficientemente dentro de un bus con ventanas enrejadas.

Berkeley exhaló con fuerza, tratando de eliminar los residuos tóxicos y la imagen de la joven con el mismo resoplido. No trotó de regreso a casa. Sólo caminando lentamente pudo cubrir las treinta cuadras que lo separaban de su departamento.

6

Cada tarde se apodera de los taxis de la Quinta Avenida un afán migratorio. Una manada de vehículos amarillos y relucientes se desplaza desde el Central Park al sur. La coordinación de estas bestias mecánicas es admirable: avanzan, avanzan, y tras cierto trecho se detienen, todo al son metódico de los bocinazos, para después avanzar lentamente una vez más. Ni los *sex shops* de la calle 42, ni los camiones que se les cruzan en la 23 pueden distraerlas de su obsesión. Quien observa su marcha desde el balcón de un edificio inevitablemente se pregunta si se arrojarán al mar tras alcanzar los muelles del extremo sur de la isla.

En medio de esta multitud, avanza Cienfuegos en bicicleta. Pedalea con entusiasmo inusitado y se cruza por delante de cuanto taxi se le pone en el camino, ganándose un millar de insultos gritados en un millar de lenguas.

Pronto llega al lugar donde la Quinta Avenida desemboca en una plaza con un arco de pretensiones parisinas. Haciéndole apenas el quite a un par de universitarios, cruza raudo Washington Square y sus árboles frondosos, aquellos que años atrás sirvieron para que Nueva York colgara a sus malhechores. Con una mueca de displicencia se interna por la maraña de bloques modernistas donde habitan hacinados los académicos de la universidad local. Pronto cruza Houston Street y llega a Soho, con sus callecitas plenas de tienduchas bellas y tenderas más bellas aún. El empedrado del barrio se le manifiesta con saña en las asentaderas. El asfalto retorna con el cruce del Canal Street y los efímeros efluvios de Chinatown que a la carrera alcanza a olfatear. Ya está cerca de su objetivo final. Dobla a la derecha por Lispenard Street con un mero golpe de caderas, sin tocar el manillar.

Un último pedaleo agitado y ya está: a pocos metros se abren las fauces de la inmensa bodega que yace junto al río como un saurio prehistórico, dotado de una rectangular aleta dorsal que ofrece mensajes rápidos por toda la ciudad. Cienfuegos salta de la bicicleta, deja en el suelo la mochila repleta de documentos, y orgulloso mira su reloj: menos de nueve minutos le tardó el recorrido desde el rascacielos en *midtown*.

El ajustado uniforme de mensajero ciclístico sólo deja al descubierto unas pantorrillas hiperdesarrolladas por su infancia demasiado futbolera. «Lindo tu disfraz de salchicha», le dijo J. J. cuando se puso la malla de *spandex* por primera vez.

Embutido en ese mismo traje le rinde cuentas a su jefe y después se encamina a casa de J. J.. Se detiene en el almacén del barrio a comprar un litro de leche y otro de jugo de naranja. Desde un muelle abandonado contempla la puesta de sol sobre el Hudson. Incluso las decrépitas chimeneas industriales de Nueva Jersey, al otro lado del río, le parecen hermosas.

7

Se aproximaba el invierno y Valentina volvía a extrañar la calefacción central de la casa de sus padres. Durante los meses fríos, los techos altos y las ventanas de madera de la residencia ñuñoína de Valentina y su pandilla se transformaban en un desastre climatológico: por ahí circulaban libremente gélidos ventarrones cordilleranos. En el caserón de cuartos amplios pero escaleras angostas, el rito anual de transportar estufas y balones de gas escaleras arriba implicaba forcejeos e inevitables golpes contra los muros, los que dejaban manchones en la pintura ya borroneada.

Valentina buscó la ayuda de alguno de sus convivientes, pero todos dormían, recuperándose de la parranda de la noche anterior. Había logrado arrastrar el balón un piso y medio cuando apareció, a los pies de la escalera, un desconocido de pelo rubio y mejillas rozagantes jamás vistas en ese albergue de bohemios demacrados. Su rubor y mirada desencajada no se debían a la semana de esquí que hacía poco había gozado en las montañas de Vermont, sino lisa y llanamente, a que el muchacho estaba en estado de shock.

Valentina se sobresaltó:

—Y tú, ¿quién eres?

Él la siguió mirando con la boca abierta, sin decir palabra. En su mente se sucedían imágenes de una chica que corre huyendo de la policía, acosada por una jauría de mastines babosos, hasta alcanzar, en el claro de un bosque milenario, la protección de una familia de indios otavalos dotados de saludables encías.

Finalmente logró balbucear que buscaba a Va-len-ti-na Hur-tad-o, y se largó a escarbar en un bolso de cuero que le colgaba del hombro. Mientras buscaba, un mechón de pelo rubio cayó sobre su frente. Lo apartó con un gesto abrupto, pero el mechón porfiado volvió a taparle los ojos. Valentina se quedó absorta observando esta rutina.

—Es de Di-e-go Ci-en-fu-e-gos —dijo él, al entregarle un sobre.

Conversaron por varios minutos en la escalera. Cuando ella lo invitó a subir, Berkeley Barclay se topó con el balón de gas que bloqueaba el paso. Echándoselo al hombro sin dificultad, siguió a Valentina escaleras arriba.

\* \* \*

Cuando salieron de la pieza de Valentina una hora más tarde, surgió también un aroma de buen café: ella había abierto el paquete traído de Brasil que guardaba para una ocasión especial. Bajó a dejar a Berkeley hasta la calle y le indicó cómo tomar el colectivo que lo llevaría de vuelta a Providencia. Los del banco insistían en que se comprara un auto, le contó él, pero aún se negaba.

Llegó el momento de despedirse bajo el sol otoñal. Berkeley le extendió la mano, y Valentina, quien ya estaba doblada en posición de beso-en-la-mejilla, no alcanzó a retroceder. Resultado: el beso se le clavó a él en la oreja y la mano se le clavó a ella en las costillas. Rieron nerviosos. Recuperada la compostura se reiteraron que sí, por supuesto se encontrarían pronto, deberían volver a compartir un café.

De pie en la acera, mientras contemplaba alejarse a Berkeley, le tocó a Valentina el turno de soñar. Emprendió un recorrido por las calles y caminos de Norteamérica. Se vio a sí misma caminando por el Boston de Henry James, el Nueva York de Edith Wharton, el Chicago de Saul Bellow, y el Miami de *Miami Vice*. Junto a ella, galante, Berkeley acarreaba una gran maleta.

Valentina siguió al sueño hasta la esquina. Allí se detuvo, parpadeó y tiró a un basurero la carta nunca abierta de Diego Cienfuegos.

# Cinco

Los ejecutivos del ex Banco de Linares se formaron ordenadamente en la cola del besamanos. Lideraba el grupo Remigio Irureta, presidente honorario del directorio desde los inicios del gobierno de Alessandri hijo y víctima de una prematura senilidad desde mediados del mismo período presidencial; su presencia inusual indicaba una reunión del más alto rango. Lo seguía en la formación Feliciano Impruneta, hasta ese instante gerente general subrogante. Tras estos líderes se alineaban sumisos los otros miembros de la plana directiva.

El tintineo de las tazas de café que se preparaban tras bambalinas alertó a los participantes; un gesto nervioso del jefe de protocolo de la institución les indicó que la llegada del personaje podría ocurrir de un momento a otro; los máximos ejecutivos del recién rebautizado Banco Dunwell & Greid Chile alisaron el ceño y levantaron la diestra para recibir a su nuevo jefe. De estar disponible un tambor, un redoble no habría estado fuera de lugar.

Las puertas dobles revestidas en cuero color sangre de toro se abrieron, y Berkeley Barclay, flamante gerente general, entró a la sala del directorio.

Las reacciones fueron dispares. La primera impresión

de Berkeley fue que se encontraba ante una asamblea escolar: mucho pantalón gris y chaqueta azul, pelo embadurnado, sonrisa obsecuente. Primaba entre los ejecutivos la pierna corta y la baja estatura, lo que confirmaba la apariencia colegial. No se debía ello a un rasgo étnico, pues las caras rozagantes y ojos claros que muchos ostentaban con orgullo indicaban un claro ancestro europeo. A Berkeley se le ocurrió que podía estarlos viendo a través de un espejo cóncavo de parque de diversiones.

Los banqueros chilenos se admiraron ante la juventud del recién llegado, que no todos aquilataron con los mismos sentimientos. Los caballeros mayores, devotos del traje marrón, funcionarios desde la época en que el Banco de Linares fuera (breve, pero orgullosamente) institución estatal, no dudaron de que se trataba de otro atentado contra la supervivencia de su ya menguado contingente. Los jóvenes legionarios vestidos de gris y azul, contratados tras la privatización del banco, concluyeron lo mismo, pero con alborozo.

Irureta e Impruneta hincharon el pecho. Don Remigio rompió el silencio:

—Bienvenido al Banco de Linares, señor Barclay —afirmó entusiasta (sus colaboradores no habían encontrado la ocasión adecuada para informarle del cambio de nombre)—. Bienvenido a este salón en que nuestros antecesores se vienen reuniendo desde la fundación del banco en 1898.

Y, sin darle oportunidad a los ejecutivos alineados en la cola del besamanos para llevar a cabo tal actividad, don Remigio se embarcó en una detallada historia institucional de la que Berkeley entendió poco. Al concluir realzando «la trayectoria del banco al que he brindado los mejores años de mi vida...», don Remigio se veía cansado. El jefe de protocolo aprovechó la coyuntura para instalarlo en la cabecera de la mesa del directorio, donde permanecería dormitando por el resto de la reunión.

Impruneta tomó las riendas. No sin antes asegurarse de que don Remigio ya había cerrado los ojos, hinchó el pecho y sentenció:

—Ya basta de discursos. Iniciemos la reunión.

Bastó con que Impruneta levantara la mano, para que surgiera tras la caoba de los muros una gran pantalla. Los ejecutivos se atropellaron para llegar a sus sillas antes de que se apagaran las luces.

«Que no se note pobreza», pensó Impruneta. «Aunque sin duda en Nueva York tienen equipos mucho mejores».

«Qué despliegue tecnológico innecesario», pensó Berkeley. «Ni en Nueva York tenemos algo así».

Si la alocución de Irureta había sido larga y enrevesada, la de Impruneta fue breve y al grano. La institución se había convertido en banco de inversiones, dijo. El apoyo a las empresas en el financiamiento de sus planes era el negocio principal. Y cuando los proyectos eran buenos, Dunwell & Greid Chile no dudaba en invertir en ellos su propio dinero.

Berkeley debió entonces tomar nota de minas de manganeso en el altiplano y plantas de polietileno en la Patagonia; vinos finos, productos populares y muebles de madera para la gran clase media. Cada proyecto con costos, rentabilidad y método de financiamiento incluido. Comenzaban a cerrársele los ojos cuando las palabras de Impruneta lo remecieron:

—Y, sin duda alguna, éste es nuestro proyecto estrella. Doscientas mil hectáreas de bosque nativo que nuestros socios de Millennium convertirán en *chips* para el mercado japonés. Se trata de la operación forestal más grande de la historia de Chile.

Inmediatamente después de talar el bosque, inundarían

el valle para construir una represa, creando así el mayor complejo hidroeléctrico de América Latina, añadió un gerente a quien el entusiasmo ingenieril hizo olvidar las reglas del protocolo.

Por segunda vez en pocos meses, Berkeley Barclay sintió que una de sus bienamadas camisas inglesas le quedaba chica.

## 2

—No te comas las uñas —le dijo Cienfuegos a J. J., y antes de terminar la frase se dio cuenta de que había cometido un error.

Almorzaban en un lugar del East Village cuya especialidad era la ensalada de ágave con rúcula.

—Es mi cuerpo. No te metas.

J. J. no escapaba al peculiar hábito norteamericano de referirse al cuerpo propio como algo ajeno, una mera pertenencia: mi cuerpo, mi cuaderno, mi cepillo de dientes.

—No es un espectáculo lindo, verte mordisquear las uñas.

—*So what.*

Un cónyuge cauto habría cambiado de tema. Mas no Cienfuegos:

—Me voy a meter el dedo a la nariz. Quizás me saque algunos mocos. Pero no te metas porque es mi cuerpo.

—Eres un asco.

—¿Y si estuvieras a punto de suicidarte? ¿Tampoco debería meterme, no? Es tu cuerpo, al fin y al cabo.

—*Bugg off.*

Así siguieron, hasta que el mozo les trajo dos cafés y una tarta de platanitos enanos de Guatemala.

En el mismo momento, pero en el otro extremo del mundo, Feliciano Impruneta —Coto para sus amigos— se hizo una promesa: la próxima vez le pegaría mejor. Iban 12-13 en el set, y estaba a punto de perder el partido de squash. Revisó mentalmente los movimientos que debería ejecutar para responder al servicio de su oponente. Le tocaba recibir con el revés, así es que la pierna derecha debería ir adelante, girando el cuerpo hasta que la línea de sus hombros estuviese paralela al muro lateral; las rodillas dobladas para bajar el centro de gravedad y no perder el equilibrio; el codo del brazo derecho en un ángulo recto, de modo que la raqueta apuntase hacia arriba, como arma de gladiador que se apronta a combatir.

A Impruneta no le gustaba perder. Por eso ahora le pegaría bien.

Así fue. Cuando vino el servicio —alto, casi raspando el muro—, ejecutó los movimientos uno a uno, tal como los había planeado. Le asestó a la pelota (una punto amarillo, que Coto prefería porque rebotaban menos y lo obligaban a correr más) un golpe plano. El *rail* resultante llevó a su oponente al rincón trasero izquierdo, desde donde apenas pudo sacar un *cross-court* cuchareado. Bastó que Impruneta ejecutara un toque corto para liquidar el punto.

Ahora estaban empatados, y le tocaba servir a Coto desde el lado derecho. Optó por un saque alto, con más técnica que fuerza. Ése había sido siempre el *trademark* Impruneta. Tanto en el colegio como en la escuela de economía había tipos más dotados naturalmente, con mayor rapidez para los números o superior resistencia para estudiar toda la noche. Pero ninguno de ellos tenía el buen ojo de Coto para revisar justo el material que entraría en el examen, o su encanto para ablandar a un profesor y asegurar la buena nota. Por algo se había recibido al tope de su generación.

El contrincante respondió con un tiro hacia abajo, que rebotó al centro de la cancha. Impruneta no esperó la pelota, sino que fue hacia ella como recomendaba su entrenador. El gesto de Coto sugirió que jugaría fuerte y al rincón. Pero a última hora decidió lo inesperado: un *lob* (con las rodillas bien dobladas y la muñeca elástica, como debe ser) que superó el salto del oponente y fue a clavarse al vértice posterior más lejano.

Sólo un punto le faltaba para alcanzar el triunfo. «Igual que en el banco», pensó Impruneta. Un salto más en el escalafón y sería gerente general. Para llegar hasta allá había que arriesgarse. Por eso había emprendido el proyecto forestal más grande de la historia de Chile. Se había jugado a fondo. Lo mismo que en la cancha de squash.

Para concentrarse antes del servicio, Coto examinó su raqueta de grafito y después —en un gesto adquirido de niño en las canchas de tenis de Cachagua— golpeó con ella la suela de ambas zapatillas, como intentando sacar el polvo de arcilla. Se irguió para servir. Había llegado el momento de asumir un riesgo calculado: utilizaría su saque mortífero, aquél reservado para las ocasiones especiales. Impruneta golpeó la pelota hacia el muro lateral, intentando una carambola. La jugada era sumamente arriesgada. Un ángulo equivocado y el tiro sería inválido, o bien terminaría picando en el centro de la cancha, concediéndole una respuesta fácil al adversario.

Todo salió como en un manual. Una, dos, tres veces pegó el balón en las paredes, rebotando cada vez en limpios ángulos rectos, antes de ir a dar al piso. El contrincante esperaba la pelota a su derecha y le llegó a su izquierda. El intento de respuesta fue en vano.

Feliciano Impruneta había ganado una vez más.

## 4

Margaret Worth nunca se sintió cómoda en Nueva York. La lujuria insoslayable de la ciudad —los edificios de granito poroso, la vestimenta demasiado cuidada de los transeúntes, el olor a basura que se descompone lentamente en las aceras las tardes de verano— atentaba contra su natural austeridad septentrional. El sentimiento era inconsciente, por supuesto; sus convicciones la llamaban a deleitarse en la diversidad de esa urbe en que coexisten mil razas y se hablan mil lenguas. Pero igual caminaba por Manhattan asiendo la cartera con ansiedad y mirando hacia atrás cada poco trecho.

Los meses recientes habían sido duros para Margaret. La casa de Burlington le parecía cada día más lúgubre, y no sólo porque se hubiesen reventado las cañerías un fin de semana especialmente gélido de enero. El accidente aún le quitaba el sueño. La noche de ese domingo regresaba de un retiro del grupo de apoyo en que habían discutido acaloradamente la situación en Sudáfrica. Al llegar a casa se había encontrado con las luces cortadas, el sótano anegado y —lo que más le había dolido— las fotos de niños patipelados, tomadas en su último viaje, flotando calmas en el lodazal.

Después de la partida de Cienfuegos, el pastor Amory no había tardado en sugerir un reemplazante; un taxista iraquí víctima de la represión de Hussein, un *mujahideen* jubilado por el fin de la invasión soviética y un dramaturgo nigeriano en el exilio constaban en el catálogo trimestral del grupo. Margaret, pudorosa, los rechazó sin pensarlo dos veces. Aunque allí se hubiese cometido aquella transgresión que Margaret no quería recordar, el cuarto de la buhardilla era ahora de Cienfuegos. Ciertas mañanas, al regresar de su clase de natación, Margaret esperaba verlo aparecer en el descanso de la escalera, frotándose los ojos con gesto infantil. Sin Cienfuegos, sus hambrunas emocionales se hacían aún más patentes. De allí la otra preocupación inconfesa que la asediaba esa tarde: ¿qué sentiría hoy, al verlo por primera vez en tanto tiempo?

Apuró el tranco por Bank Street en dirección al río. El cóctel a que Cienfuegos había prometido acompañarla no se iniciaba hasta las siete, pero Margaret se había dado una media hora extra en caso de una tardanza causada por el tráfico impredecible de Nueva York o la escasez de taxis en un día lluvioso... Mientras caminaba, continuó enumerando posibles dificultades, acaso cediendo temporalmente a un ansia cuasi-neurótica muy neoyorquina.

Cienfuegos la vio acercarse desde la ventana del tercer piso que compartía con Witherspoon. Por eso estaba preparado con suéter negro y chaqueta, cuando sonó el timbre. *Di-e-go*, dijo ella, y las mejillas se le tiñeron de rosa.

—Me encantaría pasar a ver cómo han decorado el departamento, *but you know*, la hora apremia.

—Estoy listo —replicó Cienfuegos con una sonrisa.

* * *

Cornelia Best había sido la niña bonita del curso de Margaret en Vassar College; bastaba con mirarla a ella (y a su casa) para entender por qué. La finura natural de sus rasgos, más un suministro interminable de pociones y máscaras faciales, le permitían verse resplandeciente aún a los cincuenta y tantos años. En cuanto a su *townhouse* —sólida estructura neorrománica en la calle 67 entre Madison y la Quinta— para qué explayarse, si tantas revistas de decoración han descrito con elocuencia su refinamiento recatado.

En el círculo social de Cornelia Best no bastaba con ser rico; ricos eran también aquellos potentados que habían hecho sus fortunas vendiendo adminículos para animales domésticos (la emisión de acciones de una cadena de tiendas para mascotas era por esos días la obsesión de Wall Street), y a cuyos *penthouses* de nuevos ricos en el Upper West Side Cornelia no habría entrado por ningún motivo.

Todo rico tiene una causa. Tanto Cornelia como los ricachones proveedores de chiches para canes y macacos se desvelaban por verse jóvenes para siempre; la diferencia estribaba en que además de esta causa central, Cornelia Best había adoptado otra, y con pasión: el medio ambiente. En su calidad de presidenta del directorio del Panda Club, la institución ecologista más importante de Estados Unidos, Cornelia reinaba en un imperio de activistas desgreñados, académicos alquilados, políticos relamidos y, por supuesto, donantes generosos que financiaban las actividades de todos los demás. Como todo imperio, éste tenía sus rituales. Y su ocasión magna, su verdadero aniversario imperial, era el cóctel de gala que, con el fin de recaudar fondos, se celebraba esa noche en la residencia Best.

La mayoría de los invitados ya había llegado cuando Margaret y Cienfuegos hicieron su entrada. Antes de pasar al gran salón en que tintineaban los vasos y flameaban las velas, era preciso pagar el precio de la velada. Un enjambre de muchachitas armadas de formularios y folletos multicolores los rodeó. Margaret, socia hace un cuarto de siglo y generosa donante de un cuarto de los dividendos anuales de su portafolio al Panda Club, se libró sin más costo que una sarta de saludos agradecidos. Cienfuegos debió llenar un formulario interminable, comprometiéndose a efectuar un aporte que largamente excedía sus ingresos mensuales.

—Margaret, *darling*, qué gusto de verte —proclamó Cornelia al verlos cruzar la sala camino al bar—. Y este caballero que te acompaña... ¿con quién tengo el gusto? *From*

Chile, qué encantador. Mi marido y yo esquiamos en Portillo hace ya demasiados años.

Mientras la escuchaba, Cienfuegos advirtió de que Cornelia Best era tan flaca que el escote de su vestido verde sólo revelaba el esternón y una panoplia de huesos circundantes.

—Pero no serás tan avara, *darling*, como para negarte a compartir a tu amigo con mis otros invitados. Sin ir más lejos...

Cornelia Best levantó su mano derecha, y como por arte de magia apareció tras los helechos un caballero con gafas cuadradas de marco exageradamente grueso.

—Dr. Stanley Fowl, profesor de antropología ecológica de City College. ¿O es ecología antropológica? Nunca logro acordarme.

Con esas palabras, Cornelia giró hacia el grupo que conversaba unos pasos más allá.

—El señor Cienfuegos pasó su infancia en el campo, en el sur de Chile —informó Margaret.

—Qué interesante —dijo el académico—. Me interesan sobremanera los códigos lingüísticos del pueblo onaniche, oriundo de esa zona. A través de una serie de oposiciones binarias (presencia/ausencia, realidad/apariencia, esencia/accidente, seco/mojado, peludo/pelado) construyeron una realidad lingüística que se asemeja admirablemente a la naturaleza de la región austral. Sin duda, usted está enterado de este logro magnífico.

Cienfuegos tardó en responder, pues estaba absorto en la contemplación de la camisa satinada que vestía el académico, y del arete que refulgía en su oreja izquierda.

—Es un etno-linguo sistema muy especial, el de esa zona de Chile. En mi propio trabajo intento crear un dispositivo en que la palabra del otro muestra y demuestra precisamente los sentidos de un grupo que lucha por mantenerse al interior de una historia que está signada por la diferencia de su lengua.

Cornelia Best no tardó en esparcir la novedad por todo el salón: había un sudamericano presente. Para tal concurrencia, la América del Sur no resultaba exótica. Todos los presentes habían participado en campañas para defender la palma amazónica y la lenga patagónica; muchos habían dado plata para preservar el hábitat del tapir, la chinchilla y el ñandú; más de alguno incluso se había aventurado a emprender el recorrido de Machu Picchu a Iquitos, cruzando la selva húmeda. Pero encontrarse cara a cara con un habitante de esos parajes, garboso y perfectamente capaz de sostener una copa de *sherry*, eso sí que era novedad.

Dos señoras firmemente peinadas acorralaron a Cienfuegos contra un sofá.

—¿Le gusta bailar salsa? —le preguntó la menor, viuda reciente de su tercer marido, un octogenario titán financiero—. He estado tomando clases de salsa. También de cumbia y de merengue.

—Mi querida Esther, ¡por favor! —replicó la otra, fingiendo escandalizarse.

Margaret lo rescató del asedio, arrastrándolo de la mano hacia la salida. Avanzaron por el largo pasillo. En la tranquilidad de la biblioteca, Cienfuegos advirtió que Margaret se había acicalado con esmero para la ocasión. El vestido negro y muy sencillo hacía resaltar la trenza jaspeada de gris que ella había jurado no teñirse jamás.

Margaret se detuvo para examinar un libro en el estante. Al acercársele, Cienfuegos sintió en su aliento el champán. Con dedos nerviosos, la señora hojeó una primera edición de Maugham. Alzó la vista lentamente. Vacilaba. Sus labios sin rouge insinuaron un beso. Después un balbuceo. Cuando habló finalmente, lo hizo con voz firme.

—Estoy agotada. Salgamos de aquí.

Los lamparones del lobby demasiado iluminado revelaron que a Margaret se le había corrido el poco maquillaje. No tardó en pedirle a Diego que encontrara un taxi.

## 5

Son pocos los países cuya anchura alcanza a vislumbrarse íntegra desde una avioneta. Por segunda vez en pocos días, Berkeley Barclay tuvo el privilegio de esa vista —ahora mientras volaba hacia el sur, en ruta al proyecto maderero del que surgirían ganancias que los analistas de la Bolsa ya imputaban al valor del banco.

Era la primera salida de Berkeley a terreno, y los subalternos que ocupaban la media docena de asientos circundantes intentaban hacerla placentera. Coto Impruneta, con ese tono —dos partes agente turístico y una parte profesor de geografía— que suelen adoptar los chilenos en presencia de un extranjero, se explayaba acerca de las bellezas naturales de su patria. Sólo interrumpía la charla cada cierto trecho la voz aguda del gerente de *marketing*, ofreciendo bebidas gaseosas de color anaranjado. La obsecuencia de sus subordinados le resultaba incómoda a Berkeley, pero ni remotamente tan desagradable como las náuseas que sentía cada vez que el analista sentado tras él le transmitía una nueva y creciente estimación del número de árboles con los que el aserradero lograría acabar.

Cuando la avioneta comenzó el descenso, el gris polvoriento del Chile central ya hace mucho que había cedido ante el verdor de la Región de los Lagos. Berkeley empezó a sentirse aliviado. Su jornada personal adquiría sentido. Había dejado atrás el cemento de Nueva York en busca de la foresta húmeda del sur. Finalmente había llegado.

Pero el alivio se transformó en pánico cuando Impruneta, gesticulando en dirección a la ventanilla, le informó que sobrevolaban los terrenos del proyecto Millennium. Planearon en círculos para que Berkeley pudiese apreciar la comarca de la que, a partir de ese momento, era rey y señor. Al fondo de un pastizal mullido, el joven Barclay divisó una ladera cuyas especies nativas hacían gala de un verde profundo que Neruda bien pudo haber motejado de ancestral. Un grupo de niños chapoteaba en un riachuelo.

—Allí comenzaremos a talar —señaló Impruneta, y Berkeley sintió que le faltaba el aire.

Los banqueros y bancarios de Dunwell & Greid Chile advirtieron que su nuevo jefe se había puesto pálido. Atribuyeron su estado a la emoción de escudriñar por primera vez la campiña chilena. Respetuosos del superior y sus sentimientos, redujeron el volumen de la conversación. Sólo un leve zumbido de chismes de oficina era audible al aterrizar la avioneta en el aeródromo de Puerto Montt.

## 6

Al salir del único supermercado del West Village —donde J. J. sólo aceptaba ir cuando ya no quedaba en el *loft* ni una servilleta y se había terminado la última caja de cereales—, ella redujo el tranco deliberadamente, permitiendo que Cienfuegos se le adelantara. Éste caminaba algo encorvado por el peso de las dos bolsas repletas de provisiones, arrastrando los pies sobre la acera algo jabonosa tras una lluvia primaveral y esforzándose por impedir que una gigantesca *baguette* se escabullera del bolso y saliera rodando hasta llegar al río Hudson.

Caminaron media cuadra más. J. J. pestañeó y otra escena apareció ante sus ojos. Cienfuegos, un par de metros más adelante, repentinamente mudó bototos y chaqueta de cuero por un par de pantuflas y un chaleco abotonado. En su nuevo atuendo seguía acarreando compras, pero ahora camino a la cocina de un acomodado caserón suburbano. El arrastre de pies no se debía al pavimento resbaladizo, sino a la sinovitis crónica que afectaba a este caballero canoso y algo barrigón, adentrado ya en la cincuentena.

J. J. atisbó al interior de la casa. Allí, en la sala de estar junto a los muebles de tapiz floreado, la televisión de pantalla gigante, y los adminículos deportivos repartidos por la alfombra, J. J. se vio a sí misma. Ni las quince libras de más, ni las patas de gallo, ni la blusita floreada lograban ocultar este hallazgo tan pasmoso como indesmentible.

Se le salió un chillido que sobresaltó a Cienfuegos. «¡Esto se está poniendo demasiado serio!», gritó ella, pero sólo en su imaginación. En realidad masculló una explicación de la que Cienfuegos sólo pudo entender las palabras «tropezar» y «adoquín». J. J. seguía inmersa en su purgatorio suburbano: alfombra muro a muro, piano vertical, objetos de loza sobre la chimenea. De un golpazo se abrió la puerta de la cocina, y por ahí entró un par de prepúberes de dientes chuecos y movimientos simétricamente torpes: mellizos.

«¡Ya basta!», imploró J. J. para sus adentros. ¿Cómo había llegado allí? ¿Qué tribunal la había condenado a ella, J. J. Barclay, alma libre de la ciudad más libre del planeta, al cautiverio potencial de las clases de natación de los niños y los *barbecues* del vecindario? ¿La esclavitud conyugal como destino para ella, que perfectamente podría cruzar al trote la sabana africana con los guerreros masai, o adentrarse en los misterios de las hierbas medicinales como aprendiz de un viejo curandero en Sinaloa, o estrechar las manos de los monjes budistas mientras iniciaban un cántico que se escucharía por todo el valle de Lhasa? «*No way*», se prometió J. J. con convicción. De ningún modo caería en esa trampa.

No fue necesario que Berkeley cortejara a Valentina, o viceversa. Ya ambos lo habían hecho, *in extenso*, en sus sueños. ¿Y qué mejor lugar para forjar una intimidad espiritual que el universo onírico donde nadie es avaro, ni cascarrabias, ni tiene pelos en las orejas? La seducción inicial había ocurrido. Para lograr la consumación de este amor bastaba con que los amantes se toparan, y para tal fin servía cualquier lugar. El encuentro ocurrió en el Café Tavelli, en torno a una mesa de formalita anaranjada. Reacio a llamar a Valentina por teléfono, a Berkeley no le quedaba otra que buscarla por las calles de la ciudad; y el barrio de librerías y bares que cobija al Tavelli le pareció un buen punto de partida.

Él la divisó saliendo de una tienda de libros usados, pero ella se le adelantó al invitarlo a un café. La incomodidad de las sillas metálicas del local no impidió que conversaran toda esa mañana de sábado.

—¿Qué te trae a Chile?

Él confesó que trabajaba en un banco.

—¿Un banco...? ¿Un banco de Nueva York? Qué bien —respondió ella con sorpresa, pero sin una pizca de ironía, pues a pesar de ser progresista y ecológica, tenía la muy chilena debilidad de impresionarse con el poder.

Pasar de la etapa inicial del café a la intermedia de la cena resultó fácil. Un restaurante naturista del mismo barrio se prestó admirablemente para estos fines. Allí, un par de días más tarde, a la luz de velas aromáticas se contaron sus vidas. Berkeley descubrió (con un desencanto que caballerosamente supo ocultar) que los orígenes familiares de Valentina eran tan sólidamente burgueses como los propios. La historia de un padre distante, una madre abnegada y unos hermanos conflictivos le resultó conocida. Valentina, por su parte, una vez superado el escollo lingüístico que la hacía suponer que un *college* es un colegio secundario y no una universidad, admiró la trayectoria académica de Berkeley. La cena culminó con un pisco puro de alta gradación alcohólica sugerido por ella en un acto de rebeldía etílica que habría pasmado a sus padres, pero que él no supo apreciar.

Muchos amores entran a su etapa decisiva cuando, al cabo de algunos encuentros urbanos, la pareja emprende esperanzada un viaje a la playa. El embrollo de Valentina y Berkeley se adhirió rigurosamente a ese cronograma. Un incómodo auto obtenido a préstamo (él aún se empeñaba en circular a pie por Santiago, ante la consternación creciente de sus colegas) los acarreó por el trecho de litoral que se extiende al norte de Viña del Mar.

Su devoción compartida a la naturaleza ya los unía. El panorama de una costa rocosa y cubierta en trechos por los algodones de niebla hizo a Berkeley narrar el incidente del *redwood* majestuoso y el joven que lo defiende, junto a una costa tan parecida. Ella, disciplinada militante ecologista, supo comprender.

Al mediodía se detuvieron en una caleta solitaria. Al abrigo de un pino, estimulado por una merienda deliciosa, pudo haberse tejido lentamente ese amor. Pero la trama fue más simple. Bastó que Valentina se irguiera junto al rompeolas, recortando su silueta contra el océano Pacífico, para que Berkeley advirtiera que se había enamorado de ella. Valentina, en ese preciso instante, sintió lo mismo respecto a él.

8

*Ring, ring* sonó el teléfono y, antes de contestar, Cienfuegos supo quién llamaba. No podía ser de otro modo, pues J. J. había cortado abruptamente unos minutos antes.

Ahora llamaba de nuevo, aunque no para pedir perdón. Cienfuegos conocía la secuencia: levantar el auricular, escuchar a J. J. hablando rápido y, con un tono de aquí-no-ha-pasado-nada, hasta que en pocos minutos la invadiera el mal humor una vez más y empezara a levantar la voz, para terminar colgando abruptamente el fono por segunda o tercera, o cuarta vez.

—¿Conseguiste ya los boletos?

Con voz titubeante, Cienfuegos dio las malas noticias: no quedaban entradas para la última función del documental blanco y negro en que los entrevistados negros confesaban sus sentimientos íntimos sobre los blancos (o quizás fuesen blancos confesándose acerca de los negros, Cienfuegos no estaba seguro) que J. J. insistía en ver esa noche. Examinaron las alternativas cine-y-después-cena (favorita de Cienfuegos) y cena-y-después-cine (preferida por J. J.). No llegaron a acuerdo.

Se acercaba el punto del diálogo en que J. J. podría volver a estrellar el auricular contra el aparato. Cienfuegos, exhausto, jugueteaba con el alto de correspondencia acumulado sobre el mesón de la cocina. En medio de la pila de catálogos y anuncios comerciales halló una carta del World Affairs Council que lo invitaba al coloquio «América del Sur: una catástrofe ecológica en ciernes». Auspiciadores de la velada: Ms. Cornelia Best y una serie de notables cuyos nombres Cienfuegos no reconoció. Fecha y hora: ese mismo día, a las siete de la tarde. La excusa era perfecta. Con bríos inesperados, Cienfuegos anunció que —según acababa de recordar— tenía un compromiso esa noche. Tendrían que dejar la película para otro día.

—¿Un compromiso previo? No te creo. *Bullshit.*

Se trataba de un coloquio sobre el medio ambiente —explicó él—, en el World Affairs Council. La señora Best lo había invitado.

—¿Cornelia Best? ¿Esa vieja amiga de mamá?

—La mismísima.

Cienfuegos se despidió todo lo rápido que pudo, intuyendo que J. J. cortaría la comunicación en cualquier momento. Cuando ya había abierto la puerta del armario y estaba a punto de vestirse, escuchó nuevamente la campanilla del teléfono.

## 9

El mimetismo de los miembros del World Affairs Council con el edificio que los alberga es notable. El inmueble de la calle 68 y Park Avenue es vetusto; también lo son los presuntos expertos en relaciones internacionales que pululan por sus pasillos. Los materiales nobles empiezan ya a ceder ante décadas de mediocre mantención y el ambiente que en su momento fue de caballeroso desarreglo, amenaza con transitar a un desaliño más bien sórdido; lo mismo le ocurre a los miembros del instituto, pues poco valen los orígenes patricios y las educaciones particulares ante la marcha imparable de la sordera y el reblandecimiento paulatino de las encías. Sobre el edificio se yergue la grúa de la compañía de demoliciones, amenazante desde el día en que un titán de las propiedades se empeñó en construir en su lugar una torre de departamentos para *yuppies*; sobre los peritos del Council pende la espada de Damocles de la irrelevancia, filosa desde que la política exterior estadounidense dejó de ser dominio exclusivo de los caballeros neoyorquinos de buenos modales.

Ante tan variadas y potentes amenazas, el Council ha intentado renovarse, bajando el colesterol de sus cenas y reclutando miembros que no sean vestustos ni neoyorquinos ni de buenos modales. Se ha aventurado también a estudiar asuntos que sólo están tangencialmente conectados con su mandato intelectual. De ahí el ciclo de charlas sobre el medio ambiente que contaba con Mr. Diego Cienfuegos entre sus invitados.

No obstante el decaimiento de la institución, la fachada de granito y las barrigas descomunales de los socios (bien ocultas tras los mejores paños ingleses) aún son capaces de intimidar al recién llegado. Ése fue precisamente el efecto que tuvieron en Cienfuegos. Tras pasar por las puertas de roble, embobado observaba la galería de retratos de los antiguos presidentes del Council.

—Mr. Cienfuegos, *at the right time, in the right place* —musitó con voz culta Cornelia Best—. Los chilenos efectivamente son campeones sudamericanos de la puntualidad.

El reloj que flanqueaba la entrada le dio la razón. Siete veces sonaron pitos y campanillas, y surgió un Tío Sam que agitaba la bandera estadounidense al ritmo del *cu-cú*. Los participantes experimentados en las veladas del Council sabían que ésa era la señal para pasar a la sala de conferencias. En el trayecto de pocos metros, la señora Best presentó a Cienfuegos ante buena parte de la concurrencia. Era un gusto tenerlo presente, le dijo el calvo que se aprestaba a oficiar de maestro de ceremonias. Escucharían con mucho interés su testimonio.

El conferencista (un tipo de cara muy bronceada al que más habría acomodado una indumentaria de alpinista que el traje oscuro que vestía) se ciñó al guión. El desarrollo debe ser sustentable y el crecimiento económico equitativo, dijo, y las damas y caballeros del público asintieron con el entusiasmo de quien se topa con tan originales prescripciones por primera vez. Tratándose de una institución del *establishment*, el invitado al World Affairs Council no hizo esa noche las afirmaciones que suelen oírse en institutos y universidades ubicados a pocas cuadras de allí. No puso la contaminación ambiental a la par moral del holocausto ni aseguró que un medio ambiente limpio sólo se lograría tras la abolición del patriarcado.

Muy por el contrario. A sabiendas de que su público ya había sacrificado sesiones con *trainers* y terapeutas con tal de participar en la velada, el charlista abrevió al máximo la porción discursiva de su ponencia. Rápida fue la transición al diaporama-denuncia, plato de fondo del evento.

Cada diapositiva (relaves mineros que se derraman, junglas arrasadas por los incendios, ríos sulfurosos, valles sumergidos bajo el esmog) iba acompañada de una letanía de cifras y proyecciones. Cienfuegos habría prestado atención si las imágenes no le hubieran conmovido tanto, asestándole un golpe de melancolía. En el segmento acerca de la basura en Brasil, reencontró el Pan de Azúcar que cuando niño su padre lo llevó a escalar, y en el segmento que denunciaba la contaminación de los pasos cordilleranos divisó la cancha de Portillo donde por primera vez se calzó unas botas de esquí.

Su ánimo era, por lo tanto, propicio para lo que venía.

No fue necesario que Cienfuegos entendiera el inglés de la narración, en que se fulminaba la tala forestal más voluminosa de la historia del continente, para que pudiera reconocer los parajes que empezaron a sucederse en la pantalla. Las tomas —quizás captadas desde un helicóptero o una avioneta en vuelo rasante— mostraban una campiña generosa que sólo podía estar en el sur de Chile. Valles y colinas desfilaron frente a Cienfuegos y su coeficiente de congoja se empinó bruscamente.

De repente se le pararon los pelos. Al fondo de un pastizal, Cienfuegos divisó una ladera boscosa. En el riachuelo de aguas cristalinas chapoteaba un grupo de niños. Uno de los chicuelos era Ito..., Die-guito..., Dieguito Cienfuegos de pantalón corto jugueteando en un verano de ésos que solía pasar en el fundo familiar. El salto de agua junto al pehuén centenario, la poza, justo veinte minutos a caballo de la casa construida por su abuelo. No cabía duda.

—¡Ése es mi campo!

El comentario se le escapó a Cienfuegos con voz demasiado alta, despabilando a Cornelia que cabeceaba junto a él.

—¡Conozco ese lugar! —repitió en un inglés inesperadamente fluido, a modo de respuesta ante la mirada inquisitiva de la señora—. Es la tierra de mi familia.

—Conoce ese lugar... —repitieron a su alrededor docenas de personas atentas al testimonio de este sudamericano—. Es la tierra de su familia.

El calvo maestro de ceremonias, presintiendo que estaba a punto de ocurrir una de esas epifanías interculturales que el World Affairs Council se precia de fomentar, detuvo sin más el diaporama. Encendiendo las luces, anunció:

—Nuestro visitante de Chile quiere compartir con nosotros sus sentimientos acerca de las conmovedoras imágenes que acabamos de presenciar.

Cienfuegos, a quien este anuncio tomó completamente por sorpresa, sólo atinó a repetir:

—Ésa es la tierra de mi familia. Allí pasé mi infancia.

Tal afirmación, que oyentes más escépticos pudieron considerar meramente anecdótica, conmovió hasta los tuétanos a las damas y caballeros de la concurrencia. «La tierra de mi familia...». ¿Qué mejor estímulo que esa frase para dar lugar en la imaginación de los presentes a un torbellino de visiones de chiquillos patipelados con el vientre hinchado por la desnutrición? Con un gesto espasmódico de la mano, una señora pareció espantar las moscas que inevitablemente seguirían a los perros esqueléticos que indudablemente acompañarían a los chiquillos malnutridos. «Su familia..., su infancia...», balbuceó otra dama, postrándose ante la imagen de un clan que practicaba la agricultura orgánica en aquellos parajes mucho antes de la llegada del entrometido de Colón.

—¿Y va a tolerar su comunidad la tala de estos bosques milenarios? —preguntó intempestivamente el calvo, dirigiéndose a Cienfuegos desde la testera.

Éste, que poco y nada había entendido de los balbuceos del expositor, recién vino a enterarse de la existencia del proyecto Millennium cuando Cornelia Best le tradujo la pregunta.

—¿Talar esos bosques? —respondió sorprendido y con un vozarrón—. ¿Nuestros bosques? ¡Jamás!

Ésta era la señal que la concurrencia esperaba. Los miembros de la Comisión Ambiental del Sub-Comité de Asuntos Hemisféricos del World Affairs Council, se pusieron de pie y estallaron en una ovación.

Cienfuegos presintió —correctamente— que aquella noche regresaría a casa en limusina.

# Seis

Tras su arenga improvisada al World Affairs Council, Cienfuegos regresó a casa muy cómodo, aunque no exactamente en limusina. En limusinas se desplazan las estrellas de rock y los adolescentes camino a su fiesta de graduación. Un miembro *bona fide* de la sociedad neoyorquina no anda jamás en limusina. No. Una *socialite* de Manhattan anda en *car*. Así de simple. *Car*. Pero un *car* no es cualquier auto. Cuando la señora anuncia que va de compras en *car*, no quiere decir que cruzará la ciudad en su modelo compacto originario de Japón, ni tampoco que deberá sufrir la indignidad de estacionarlo. De ningún modo. Un *car* es un sedán, invariablemente azul o negro, a menudo con asientos de cuero, conducido por un caballero confiable que no se llama James, sino Karim. Un *car* espera discreto y en doble fila frente a las puertas de Bergdorf o Barney's, ignorando las leyes del tránsito.

En *car* volvió Cienfuegos a casa aquella noche fausta. Y en *car* iba en ese momento Cornelia Best, de regreso del almuerzo de los jueves con un grupo de amigas en La Grande Gamelle. La mañana había sido atareada, y no sólo por la sesión con su entrenador personal, más intensa de lo usual, sino también por los preparativos de la cena de esa noche, en que ella y su marido agasajarían a un explorador australiano que recién había sobrevolado el Polo Norte en zepelín. El banquetero una vez más hacía de las suyas: decía no poder garantizar que el huachinango llegaría fresco esa misma tarde, enviado expreso desde el Pacífico mexicano. Por suerte el tipo sí había dado con el *chablis* adecuado. (Cornelia lo prefería desde que en su año de estudios en Francia le escuchó decir a un *sommelier* de opiniones heterodoxas, quien la iniciara en los misterios de la cata, que el *chablis* es el más refinado de los blancos).

Pero no era ése el momento de repasar tales tribulaciones. Cornelia tenía una hora libre antes de lidiar con el florista y no pensaba malgastarla. Las dos copitas de vino que se había permitido al almuerzo la tenían de lo más relajada. Tras pedirle al chofer que diera una vuelta por el circuito interior de Central Park, Cornelia se reacomodó en el asiento trasero del auto y cerró los ojos. Por la portezuela que llevaba a su cerebro —momentáneamente vacío— se deslizó, solapada, la imagen de un hombre. Ese hombre no era su marido. Difícilmente podía serlo, porque el de la imagen era joven y esbelto, y susurraba algo en un idioma que parecía ser castellano.

¿Fue una casualidad o un capricho premonitorio que esa mañana Cornelia calzara medias cortas y portaligas? ¿A qué vericueto de la providencia misericordiosa debía agradecer que en ese momento sus dedos pudieran transitar de la textura áspera de la media a la piel suave de su propio muslo? ¿Cuántos brincos de índice y anular faltaban aún para que culminara la travesía dérmica y las yemas se toparan una vez más con una superficie áspera, esta vez del calzón?

Preguntas, todas, a las que no era necesario responder. Porque Karim manejaba como los dioses, a Central Park había llegado la primavera, y el olor de las flores se colaba por la ventanilla entreabierta hasta llegar a las narices de la señora Best.

2

Al mediodía del domingo Cienfuegos aún dormía, con el sueño sobresaltado del que ha bebido en exceso. Ese descuido lo dejó indefenso ante el llamado de mamá.

Una vez al mes, a los Cienfuegos le sobrevenía el amor familiar. El formato telefónico no variaba. El clan congregado para el almuerzo dominical mezclaba saludos y parabienes con una reprimenda no muy velada por «estar allá tan lejos y no aquí con nosotros». Diego casi siempre se las arreglaba para no estar en casa a la hora precisa del día fatídico.

Cuando sonó el teléfono, Cienfuegos, apenas despierto, escuchó con paciencia las palabras de buena crianza de su madre y el informe de salud física-financiera de toda la parentela. Mientras oía la perorata sin siquiera tamborilear los dedos en el velador (bastaba con el tamborileo que sentía dentro de cráneo) lo atravesó una inquietud: ¿Era cierto que habían vendido el fundo de los abuelos?

La verdad surgió de a poco.

Parecía que sí, le dijo su madre, «aunque mejor pregúntele a su papá, porque usted sabe que no me meto en esas cosas». Efectivamente, confirmó su padre, «aunque su hermano administrador es el que conoce los detalles». Éste se puso al teléfono. «Le sacamos un montón de plata», añadió el primogénito, como si ello fuese lo único que importara.

Cienfuegos colgó y sintió que la resaca se le duplicaba. Hizo girar la cabeza de lado a lado, tratando infructuosamente de estirar los músculos agarrotados de cuello y espalda. Al tercer o cuarto giro se topó con el retrato familiar sobre el velador. Aún adolorido, examinó meticulosamente la foto. ¿Eran esas caras complacientes las de sus padres y hermanos? Se miró al espejo. El parecido era innegable. Tuvo la impresión de estar mirando la foto de unos parientes lejanos a quienes nunca había conocido.

## 3

Revisando varios documentos del banco y voluminosos tomos en inglés, Berkeley Barclay encontró la solución. Cancelar unilateralmente la inversión conjunta con Millennium era una quimera; persuadir a sus colegas de Dunwell & Greid Chile que la transformaran en un proyecto ecológicamente responsable parecía aún menos posible. Renunciar con gran escándalo habría sido acaso lo más fácil, pero sin Berkeley, la tala de especies nativas igual seguiría adelante. Como casi todos los que enfrentan la disyuntiva de denunciar desde fuera o influir desde adentro, Berkeley eligió la segunda opción. Y como suelen hacer los que optan por colaborar, se allanó el camino con una buena excusa: lucharía desde adentro con astucia, utilizando las presiones externas que él mismo iba a gatillar. Con ese fin había dedicado todo el día a la lectura de mamotretos de letra minúscula, hasta hallar lo que buscaba.

Se trataba de libracos publicados por la Corporación Financiera Mundial o WFC (se le conoce universalmente por sus iniciales en inglés), institución con sede en Washington dedicada a la labor de invertir en empresas ricas de países pobres, aunque los hilanderos de conspiraciones internacionales suelen atribuirle fines mucho más lúgubres e insidiosos. Esta santa iglesia de las finanzas internacionales otorga su bendición a un negocio cualquiera poniendo de sus propias arcas un pequeño porcentaje del capital. Obtenida así la salvación, el inversionista entra al paraíso de los altos *credit ratings* y las bajas tasas de interés, donde se garantiza una celestial rentabilidad.

«Facilitar el acceso al crédito» (Berkeley se topó con esa frase en los documentos oficiales) y dar empleo a un enjambre de burócratas fueron las razones originales para fundar la WFC poco después de la Segunda Guerra Mundial. Pero en años recientes, su mandato se había expandido: a fines de la década de los ochenta también se dedicaba a diseminar por Asia, África y América Latina cuánta moda intelectual se apoderaba del pensamiento económico. Para obtener su bendición y su dinero, un productor de quesos en Coquimbo o Cracovia o Kinshasa debía postrarse ante el altar de la formación de capital humano, las reformas estructurales y, por supuesto, el desarrollo sustentable.

Allí estaba la clave. Al proyecto Millennium le faltaban aún sesenta millones de dólares o, aproximadamente, el diez por ciento de su capital. Esos dólares, Berkeley los obtendría de la WFC. ¿Quién podría objetar la participación de tan distinguido socio? Pero, antes de poner un solo centavo, los burócratas de Washington analizarían las potenciales secuelas ecológicas de Millennium. El mismo Berkeley se aseguraría de que el estudio de impacto ambiental fuera riguroso y con requisitos, qué duda cabía, draconianos. No se talaría un solo árbol sin antes garantizar la reforestación con especies nativas, ni se alteraría un ápice el ecosistema sin establecer previamente una reserva en que pudiera guarecerse la fauna de la región.

Los burócratas del WFC podrían incluso concluir que Millennium era demasiado dañino, retirando su beneplácito una vez terminados los estudios del caso. Vendrían atrasos y controversias con un gran costo financiero para los socios. Y así, diosa fortuna mediante, el proyecto podría cancelarse. En esta maravillosa posibilidad, Berkeley Barclay, cauteloso, apenas quería pensar.

La estrategia era la siguiente:

él mismo ➤ cantidades de llamados telefónicos ➤ muchos faxes
➤ informe WFC ➤ condiciones ecológicas ➤ proyecto inmaculado
o proyecto muerto ➤ desarrollo sustentable ➤ felicidad total

Premunido de esta guía para la práctica, y con el auricular sólidamente embutido entre hombro y mandíbula, Berkeley puso manos a la obra.

## 4

Los residentes de Manhattan enfrentaban en ese entonces una gran duda. Que se preocuparían de su salud era indudable; que cultivarían su físico, también. Pero, ¿cómo y con quién hacerlo? ¿En qué técnica, escuela o procedimiento —entre los muchos cuyos méritos se discutían apasionadamente en cuanta reunión social tenía lugar en la isla— debían depositar su confianza? *That was the question.*
Dos grandes tendencias competían por la lealtad de los devotos. Las disciplinas de ancestral origen asiático prometían relajar los nervios y nutrir el alma, pero no garantizan los deltoides dramáticos, ni la panza plana, ni los glúteos glamorosos que tan bien lucen en las playas de los Hamptons. El levantamiento de pesas, más una cuota módica de gimnasia aeróbica, hace posibles tamaños logros musculares; pero, aparte del pedestre origen occidental de estas prácticas, ¿qué intelectual o artista de *downtown* estaba dispuesto a admitir que dedicaba dos horas diarias, de lunes a sábado, incluyendo festivos, al mero cultivo corporal?
El genio de Nigel Hawkins consistía en haber resuelto de un plumazo aquella disyuntiva. ¿Su fórmula? Combinarlo todo. En el Tibetan Spa, un cineasta esmirriado podía desarrollar los bíceps levantando una mancuerna, pero sólo

si vestía un *longyi* y se ceñía a una rutina de flexiones alternadas con cánticos que Nigel decía haber transcrito personalmente de los labios de un monje tibetano que agonizaba tras ser corneado por un yak. No es de extrañarse, entonces, que la lista de espera para ser miembro del *spa* fuese tan larga como distinguida.

Hawkins gozaba además de otra ventaja: era inglés, nacido en una fea ciudad industrial del norte de Inglaterra e hijo de un obrero de la localidad. Es decir, poseedor de un acento que en Londres lo habría relegado de inmediato y sin apelación a los abismos del escalafón social. ¿Pero cuántos de los potenciales clientes del Tibetan Spa podían distinguir un acento de las Midlands de uno de Lancashire? Y entre los que eran capaces, ¿cuántos estaban dispuestos a traer tal punto a colación, a riesgo de que sus interlocutores reparasen en las inflexiones de Brooklyn o el Mid-West que ellos mismos intentaban ocultar afanosamente? No muchos. Por ello, Nigel Hawkins parecía simplemente *oh so British*, y su clientela aumentaba.

Era todo un honor que Nigel Hawkins hubiese accedido a entrevistar a J. J. y Cienfuegos. Los contactos de J. J. con el mundo de la danza, claro está, habían allanado el camino. Cienfuegos estaba renuente, pero la insistencia de J. J. prevaleció: el Tibetan Spa no admitía a cualquiera y el encuentro personal era clave. Sólo si lograban generar buenas vibraciones serían invitados a inscribirse en el cotizado centro de salud integral.

Ahora se encontraban frente al mismísimo Hawkins. Envuelto en una túnica que se las arreglaba para exhibir su musculatura masiva, Nigel estaba en su mejor forma. Tanto el pelo teñido negro retinto como el bronceado de máquina, casi parecían naturales bajo el alumbrado suave del despacho donde interrogaba a los discípulos potenciales.

La etiqueta de la sociedad neoyorquina a fines de los

ochenta, requería que Hawkins dirigiera sus palabras por igual a J. J. y a Cienfuegos. No correspondía allí ningún tipo de prejuicio o tratamiento discriminatorio. Pero Nigel Hawkins, en un desliz cultural que delataba sus orígenes en la siempre machista clase obrera, le habló sólo a Cienfuegos:

—Usted quizás piense que la institución que dirijo practica el culto del cuerpo. No es así, Mr... no te importa si te llamo Diego, ¿no?

Hawkins empleaba un tono cálido pero monocorde que Cienfuegos de inmediato asoció con los curas del Saint Brendan's.

—Aquí cultivamos también el espíritu. No importa en qué crea uno. Lo importante es creer en algo.

Hawkins se explayó entonces acerca de su propia travesía desde la «religión convencional» hasta encontrar los preceptos de «la sabiduría de Oriente». Una pausa en la perorata, y el gesto con que Nigel le clavó los ojos a Cienfuegos, indicaron que se aproximaba el momento culminante de la entrevista:

—Diego, la gran presencia espiritual que sin duda guía tu vida. Tú..., tú estás en contacto con esa presencia, ¿no?

—Presencia... espiritual... Supongo que sí...

—Muy bien —respondió Hawkins—, muy bien.

Con un gesto de satisfacción consignó esta información en la hoja de vida de los postulantes. Acto seguido los invitó a desvestirse para medir el contenido graso de sus cuerpos. J. J. accedió alborozada, intuyendo que habían sido aceptados.

## 5

—¿Un banco? ¿Te metiste con un tipo que trabaja en un banco?

Valentina Hurtado recibió esta pregunta como una bofetada. Y otra más:

—¡Un banquero gringo, más encima!

Muecas de sorpresa, risas nerviosas, cejas arqueadas, sonrisas sardónicas. El veredicto de sus cuatro amigas sentadas a la mesa era unánime: «¡Cómo se le pudo ocurrir a Valentina meterse con un banquero!».

—Debe ser un ejecutivo *top* —añadió una.

—Un gerente internacional —terció otra.

Más risas.

Valentina miró a su alrededor, como temiendo que los otros parroquianos del bar de la calle Jorge Washington se hubieran enterado de tan tremendas revelaciones. «Es que no parece banquero», trató de explicar a sus amigas, a sabiendas de que éstas se imaginaban a un calvo prematuro con barriga que ya despunta, futuro padre de siete hijos y devoto del golf. Les aseguró que era «bien relajado y medio hippie…».

¿Un banquero medio hippie? A la pandilla universitaria (chicas de clase media que cultivaban con esmero sus proclividades bohemias), le costaba tragarse la contradicción:

—¿Tiene buena pinta, por lo menos?

Valentina se largó a describir en gran detalle los atributos físicos de Berkeley Barclay, y ahora sí logró que la escucharan con respeto.


# 6

Un lunes muy temprano, Feliciano Impruneta hizo una buena labor de mala manera: fue a dejar a las niñitas al colegio y durante todo el trayecto no dejó de bufar.

—¿Papá, qué te pasa? —le preguntó su hija mayor.

Impruneta giró en el asiento del Mercedes Benz para mirar de frente a la niña y el corazón le dio un vuelco. La imagen era suficiente para curarlo de cualquier angustia. Con su blusita alba y su uniforme recién planchado, Angélica Impruneta era la alumna modelo del mejor colegio de monjas de Santiago de Chile. Su mirada límpida, engastada en el cutis inmaculado de su carita, aún esperaba ansiosa la respuesta del papá.

Coto Impruneta, conmovido, no supo qué contestar. ¿Cómo podría la criatura, que había recién cruzado el umbral de los cinco añitos, entender el malestar que aquejaba a su padre?

—¿Estás resfriado, papá? —insistió Virginia, la menor, desde el asiento trasero, aludiendo a los ruidos nasales que su progenitor había emitido durante todo el trayecto.

Impruneta se aferró a esta pregunta como a un salvavidas, con la desesperación que experimenta un padre enfrentado a una prole demasiado inquisitiva.

—Eso debe ser, mi linda.

Qué dulces preguntas las de sus hijas, caviló Impruneta. Qué preocupación tenían por su papá. Ni remotamente comparable, claro, con los desvelos sufridos por el padre a causa de sus criaturas. Qué no habría hecho, a qué privación no se habría sometido Feliciano Impruneta para asegurar el bienestar de sus dos hijitas. Mirando a su alrededor halló la inmediata confirmación de sus votos. La mismísima existencia de Impruneta, el conjunto de sus afanes mobiliarios e inmobiliarios, no eran sino manifestaciones de su voluntad férrea de entregar a sus hijas lo mejor de lo mejor. ¿De qué otro modo se podía entender la inversión en este Mercedes 360 Clase E, con una carrocería reforzada que garantizaba la seguridad de las criaturas? ¿Cómo si no justificar la casa con dos mil quinientos metros cuadrados de terreno y piscina incluida, los colegios privados cuyas cuotas consumían mes a mes buena parte del sueldo base de Impruneta, y el viaje a Disneylandia que —con mucama a cuestas— emprendería completa la familia el invierno venidero?

Y ahora, todo ello, todo cuanto Impruneta había construido con tanto esfuerzo, se veía amenazado por el capricho indescifrable de un maldito gringo. Un capricho, sí; una verdadera niñería. Ésa era la fuente del malestar existencial que corroía a Coto Impruneta aquella brumosa mañana de otoño.

Él había sido el verdadero gestor del negocio con Millennium. En el éxito del proyecto forestal se afincaba el éxito del personalísimo Proyecto Impruneta. Un ejecutivo que hubiera sacado adelante una inversión así bien se merecía la gerencia general de un banco o la confianza plena de un pez gordo que le pasara unos cincuenta «palos verdes» para que él, Feliciano Impruneta, echara al mundo su propia empresa.

Pero ahora, este gringo advenedizo (y cinco años menor que Coto, para más remate) insistía en meter a los burócratas de Washington en el asunto, con sus trámites y requisitos de por medio. Impruneta no quería calcular cuál sería la demora resultante, ni cómo afectaría este cambio la rentabilidad del proyecto.

¿Qué mierda era esto de un informe de impacto ambiental? ¿Para qué evaluar lo que es obvio? El proyecto consistía precisamente en cortar todos los árboles de un valle y después inundarlo. ¿Qué impacto podía tener eso? «Un impacto de la gran puta, por supuesto». Coto Impruneta podía garantizarlo en ese mismísimo instante. ¿Por qué insistía el gringo con estas complicaciones aun a riesgo de hundir el proyecto? ¿Por qué diablos...?

Repentinamente, Impruneta creyó dar en el clavo. «Los gringos no habían tenido que sufrir a un Allende». Por eso no entendían lo frágiles que eran las cosas, lo mucho que costaba sacar adelante un negocio en este país. Cómo podrían entender los gringos si no habían vivido en carne propia las huelgas, las expropiaciones, las colas, el desabastecimiento...

—Papá, ya llegamos.

Era la voz de Virginia. La criatura temblaba de entusiasmo por unirse a sus compañeritas que ya entraban en un torbellino azul y blanco por las rejas señoriales del colegio. Impruneta se apresuró a bajar y, dando la vuelta al Mercedes, abrió las puertas para que bajaran las chicas.

—Chao, papá —dijo dulcemente Angélica, la mayor.

—Chao, papá —dijo dulcemente Virginia, la menor.

Con la sonrisa en los labios estaba Impruneta, mirando cómo se alejaban sus pequeñuelas, cuando por segunda vez se le iluminó la ampolleta. Berkeley era solo. No tenía mujer ni hijos. No sabía lo que era ser responsable por el bienestar de una criatura. Por eso su insensato desapego a la rentabilidad de la empresa. De ahí el peligro que echara a pique el proyecto.

Sólo él, Feliciano Impruneta, padre de familia, podía impedírselo.


# 7

¿Qué logró sacar a Cienfuegos de la cama esa mañana de sábado? ¿El afán de salud inculcado por Nigel Hawkins o un deseo inconfeso de codearse con los ricos y famosos? Quién sabe. A las nueve en punto se reportó al vértice suroriente de Central Park, donde esperaban impacientes Cornelia Best y su séquito. Lo acompañaba Witherspoon, cuya participación había costado a Cienfuegos horas de insistencia, más la promesa de una buena cena. La plana directiva del Panda Club no cabía en sí de júbilo. ¡No sólo un latino, sino también un *african-american* participaría en la caminata! Los pasquines de derecha ya no podrían sostener que aquel *walkathon* era para blancas dueñas de casa necesitadas de bajar algunos kilos.

En Chile, los pobres caminan y los ricos andan en auto, pensó Cienfuegos cuando llevaban una milla de las ocho que iban a recorrer. En Estados Unidos era todo lo contrario. Los pobres (Cienfuegos recordó con nostalgia al chiapaneco de la pizzería) se desplazan en Camaros o Impalas con llantas anchas, amortiguación recortada y una llamarada furiosa a medio pintarrajear en el capó; los ricos, por contraste, se prestan para chancletear toda una mañana bajo el sol despiadado con la magra justificación de una «causa».

¿Qué causa era ésta? Cienfuegos aún no estaba seguro. Mejor dicho, no estaba seguro de qué causa no era. Esa mañana se protestaba por la quema de bosques en Brasil y por el derrame de petróleo en el frágil ecosistema de Alaska; pero también contra el neoimperialismo de las grandes compañías, y el patriarcado machista, y la crueldad contra los animales, y el libre comercio, y el yugo del colonialismo «que aún agobia a nuestros hermanos de Puerto Rico», y la prohibición de cultivar el cáñamo, y las políticas de la WFC en los países del Tercer Mundo, y el consumo de margarina y otras grasas poli-insaturadas «que irresponsablemente incrementan el colesterol...».

—Todas las causas son una y una causa las comprende a todas —le explicó el Dr. Fowl—. La vieja segmentación del proyecto progresista en varios *issues* dispares no es más que un artificio cultural, una construcción social tan arbitraria como la separación del conocimiento en muchas disciplinas. Bordieu ha sido elocuente al respecto.

Encabezaba la marcha el comité directivo del Panda Club, más invitados y amigos. Cienfuegos avanzaba encerrado entre Cornelia y el académico. Apenas un paso más atrás, Witherspoon debía tolerar las preguntas de Esther, la viuda, quien siempre había querido saber cómo era ser negro en América. Los rodeaba un grupo de famosos de los programas matinales de televisión.

Fowl continuó explayándose, ahora sobre las empresas multinacionales y la depredación de los recursos naturales.

—Son estas mismas compañías las que comercializan los cultivos, acabando así con las cosechas en pequeña escala. Estos cultivos artesanales se realizaban valiéndose de un conocimiento ancestral. Al abandonarlos se pierde una relación armónica entre el grupo humano y la naturaleza, todo un modo sustentable de vivir.

Cienfuegos habría contestado algo si el corazón palpitante y la respiración entrecortada se lo hubieran permitido. Iban ya en la milla número cuatro y las fuerzas empezaban a flaquearle. Al fin emitió un bufido que Fowl no pudo descifrar.

—Me imagino que conoce bien el asunto. La fruticultura de exportación en Chile, por supuesto, es un ejemplo clásico de la interrelación entre la ecología y la problemática socioeconómica y cultural.

Ahora sí entraban en terreno conocido para Cienfuegos. Después de la crisis de 1982, su hermano Nicolás, el administrador, había transformado parte del campo del abuelo en una plantación de frambuesas.

«Delicado impacto ambiental» dijo Fowl y Cienfuegos comparó el abandono de los potreros que su abuelo solía dejar en barbecho permanente con la invasión de atildado verde que los había cubierto desde entonces; «pésimas condiciones de trabajo», añadió el profesor y Diego contrastó en su mente los baños limpios del packing con las casuchas infectas que algún ancestro suyo había mandado a construir para los inquilinos; «con el agravante de que esta situación se ha hecho extensiva a las mujeres de la comunidad», afirmó el gringo, y su interlocutor recordó a doña Berta, lavandera convertida en empaquetadora de frambuesas que ya no tenía que implorarle al marido que le comprara zapatos a los chiquillos; «todo un cambio en la forma de vida», concluyó Fowl y Cienfuegos no pudo sino estar de acuerdo.

La catarata de recuerdos, sumada al cansancio creciente, lo dejó acezando más fuerte aún. Cienfuegos sintió que le retumbaba la cabeza, le picaba la nariz y le lloriqueaban los ojos. «He tocado un punto sensible», pensó Fowl y dejó de lado el asunto. Cienfuegos dio un tranco dubitativo, calculando que debían faltar a lo menos tres millas para concluir la caminata.


# 8

La gestión de Berkeley ante la WFC empezaba a tener éxito. Gracias a múltiples faxes redactados de su puño y letra, consiguió el compromiso preliminar de la institución. Sesenta millones de dólares estarían disponibles para el proyecto Millennium.

El asunto parecía saldado. Pero las condiciones medioambientales, Berkeley no iba a dejarlas sujetas a un mero intercambio epistolar. Menos aún estaba dispuesto a creerle a las normas publicadas en los mamotretos que con tanta paciencia había leído. El impacto ecológico del proyecto debía discutirse cara a cara. Por eso el gerente general de Dunwell & Greid Chile exigió un asiento en el próximo vuelo a Washington.

Al mediodía siguiente, Berkeley entró al edificio principal de la WFC, en la calle 19 casi esquina de Pennsylvania Avenue. Contemplaba el gigantesco atrio, preguntándose cómo una organización dedicada a combatir la pobreza podía permitirse una sede tan fastuosa, cuando una secretaria le entregó su agenda de reuniones. Se entrevistaría con un jefe de Departamento, un director de División y un vicepresidente de Área, todos encargados del medio ambiente.

El señor Benítez, jefe de Departamento, era mexicano. Berkeley le pidió detalles acerca de las condiciones ambientales que exigiría al proyecto.

—La WFC se rige por sus normas escritas, Sr. Barclay. No hay espacio en nuestro accionar para la discrecionalidad. Ahora, si quiere plantear algún requisito especial, le recomiendo hacerlo ante monsieur Dugarry. Él, como director de División, tiene la autoridad para acogerlo.

Monsieur Dugarry era francés. Berkeley le planteó la misma inquietud.

—La WFC se rige por sus normas escritas, *monsieur* Barclay. No hay espacio en nuestro accionar para la discrecionalidad. Ahora, si quiere plantear algún requisito especial, le recomiendo hacerlo ante monsieur Singh. Él, como vicepresidente de Área, tiene la autoridad para acogerlo.

Mr. Singh era indio. La pregunta de Berkeley no había variado.

—La WFC se rige por sus normas escritas, Mr. Barclay. No hay espacio en nuestro accionar para la discrecionalidad. Ahora, si quiere plantear algún requisito especial, le recomiendo hacerlo cuando el proyecto sea elevado al directorio. Sus integrantes, como representantes de los países dueños de la WFC, tienen la autoridad para acogerlo. Mi secretaria le hará llegar los formularios respectivos, en caso de que desee efectuar la gestión.

Berkeley Barclay, gerente general, voló de vuelta a Santiago sintiéndose vagamente insatisfecho.

Valentina no podía dejar de encontrarle algo de razón a sus amigas. El país todo revuelto, un plebiscito que se les venía encima, la gente envalentonada saliendo a las calles, sacando la voz, ensayando el grito, *y va a caer…, y va a caer…,* ¿y ella enredada con un gringo que trabaja en un banco?

Si de gringos se trataba, ¿por qué no pudo ser uno de esos astrónomos que vienen a contemplar el cosmos desde los observatorios del norte, y pasan por Santiago al cabo de unos meses con la piel tostada por el sol del desierto y el brillo de las estrellas en los ojos? ¿O uno de esos estudiantes de rubia barba rala que aparecen libreta en mano haciendo preguntas insospechadas, con la esperanza de completar sus tesis de posgrado sobre la guerra civil de 1891, o la nacionalización del cobre, o la influencia del barroco en la música de Víctor Jara, o los hábitos reproductivos de una especie de rana que sólo habita en el lago Lleu Lleu?

Eso se preguntaba Valentina. Esas dudas abrigaba… Al menos al rumiar el asunto, sola de su alma, en el caserón de Ñuñoa.

Pero cuando estaba con Berkeley, otra cosa le ocurría. Al contemplar la reticencia de sus gestos, la entonación de pregunta con que terminaba sus afirmaciones, en una actitud tan distinta al desplante sabelotodo del macho sudaca, a Valentina Hurtado se le encogía el estómago. También le sonreía la cara y empezaba a importarle un pepino que fuera gringo y banquero. William Carlos Williams fue pediatra y poeta; Kafka vendió seguros; Eliot se ganó la vida de editor; a Borges lo asignaron a un gallinero.

¿Gringo banquero? «Y qué».

Con esta convicción, Valentina levantó el auricular y llamó a Berkeley para invitarlo a almorzar a casa de sus padres el domingo.

En el cuarto de paredes blancas, sobre un camastro de madera rubia, yace de bruces una mujer apenas envuelta en lino vaporoso. Las luces tenues y la música suave (¿canto de ballenas o zumbido de la jungla?) completan la atmósfera. J. J. se siente en paz, aquí en el *sanctasantórum* del Tibetan Spa.

Por una puerta lateral entra Nigel Hawkins. Lo acompaña Lin-da Lin, masajista cuyos tratamientos aromáticos codicia cuanto sujeto de avanzada sensibilidad espiritual reside en *downtown* Manhattan.

—*Hello* —susurra él al oído de J. J.—. Estoy aquí para ayudarte.

Dicho y hecho.

Los masajes convencionales emplean la fuerza del tarapeuta, en una verdadera agresión contra los músculos y nervios del paciente. No así la técnica patentada por Hawkins y Li, que utiliza la energía natural del cuerpo.

Siguiendo este principio se inicia el ritual. La tarea de Hawkings es liberar la energía contenida en la humanidad de J. J.; más tarde, Lin-da Li se encargará de canalizarla. Allí donde un mero acupunturista utilizaría agujas y otros adminículos, Nigel Hawkins usa simplemente sus dedos. La presión ejercida por unas yemas bien plantadas (cuya debida ubicación ha sido objeto de más de mil años de estudios en el Oriente, los que el Dr. Hawkins ha resumido en el manual en venta al público) bastan para ir soltando las tensiones que inevitablemente se acumulan en la vida cotidiana.

El dedo-punturista procede con calma. Primero inserta sus índices bajo las orejas de J. J. y los deja allí por lo que parece ser una eternidad, pero resulta ser sólo un minuto; después hace lo mismo en las hendiduras a cada lado del cóccix; finalmente los mete en el intersticio entre el segundo y tercer dedo de cada pie. Cumplida su labor, Hawkins deja a J. J. en manos de Lin-da Lin.

Ésta, de pie a un extremo del camastro, junto a la cabeza de J. J., inicia el masaje. A cada región del cuerpo le corresponde una hierba y su respectivo estímulo olfatorio. Los hombros y la espalda son provincia del tomillo, cuyo aceite esparce ahora Lin-da Lin con movimientos rápidos. No hay en su labor pellizcos ni presiones, sino un deslizamiento sedante de las manos por los contornos de los músculos. La energía antes liberada por Hawkins fluye con suavidad.

Para la cabeza, el bálsamo es de romero. Aquí Lin-da bien sabe como alternar la punción en las regiones sensibles con los movimientos envolventes de la mano abierta, que inducen en J. J. una sensación mayor aún de paz. ¿Son minutos o décadas las que transcurren mientras esas manos dúctiles acunan su cráneo y lo liberan de todo pensamiento amargo?

Ahora le toca el turno a los pies y al extracto de sándalo. La masajista se desplaza al otro extremo del camastro. El metatarso es el primer beneficiado por la presión de los dedos, que después exploran caritativos cada espacio entre hueso y músculo, tendón y nervio. De J. J. sólo se oyen gemidos de agradecimiento.

Cuando las manos de Lin-da empiezan a trepar por cada pierna, el aceite de hinojo les allana el camino. Se repite ahora el deslizamiento por la superficie bruñida de la piel de J. J., pero con más fuerza. La carne se deja amasar. A pesar del lubricante de hierbas, el movimiento crea fricción y la fricción calor, y ese calor sube lentamente por los muslos de J. J. Barclay.

Para alcanzar el trasero de su paciente, Lin-da dobla la cintura y se estira. J. J. siente el roce pasajero de los antebrazos en aquel punto sensible detrás de las rodillas. Los dedos de la masajista trazan sobre las nalgas círculos concéntricos cuya extensión va creciendo. La paciente suspira; su sumisión es total.

Pasan minutos tras el fin del masaje hasta que J. J. se atreve a alzar la vista para observar por vez primera el rostro de su benefactora. Su mirada se cruza con la de Lin-da y la asiática le sonríe.

## 11

A su regreso de Washington, y sin siquiera consultar con Irureta, Berkeley instruyó a Impruneta. El estudio de impacto ambiental debía efectuarse a la brevedad. Para estos fines, Impruneta contrató los servicios de un primo y ex ministro de Economía cuyo magro desempeño en tal cargo público no le impedía ganar fortunas en el negocio de la consultoría privada. Éste, a su vez, subcontrató a un regimiento de ingenieros cesantes y estudiantes recién recibidos para efectuar el trabajo que él, con la credibilidad que emanaba de su rango de ex secretario de Estado, habría de rubricar.

A los pocos días, el regimiento tomó posiciones en el verde valle. Los expertos midieron, pesaron, tomaron muestras y desde un helicóptero fotografiaron el terreno; también comieron, tomaron, fumaron y se orinaron en el arroyo cristalino. El destacamento de ecologistas dejó a su paso un rastro de colillas y latas de cerveza.

Ya de regreso en Santiago, los ingenieros detallaron los cálculos necesarios y los estudiantes los efectuaron. Entre todos redactaron un informe preliminar. El ex ministro lo leyó, frunció el ceño y —tras breve consulta telefónica con Impruneta— mandó a los subalternos de vuelta a sus mesas de trabajo.

Ingenieros y estudiantes, obedientes, perseveraron.

Recomputaron cifras y rehicieron cálculos; utilizaron interpolaciones para producir extrapolaciones y con esta información transformaron las probabilidades anteriores en posteriores; es decir, pusieron las más modernas técnicas estadísticas al servicio del vetusto ex ministro. Éste, al revisar los nuevos resultados, sonrió.

—Señorita Edna —ordenó a su secretaria por citófono—, pida que encuadernen el informe en tapas verdes y hágaselo enviar de inmediato a don Feliciano Impruneta.

## 12

J. J. terminaba recién el tercer masaje de la serie de seis que le había concedido la dupla de Hawkins y Lin. Esa noche tardó mucho en pararse de la camilla y tardó más aún, tras una seguidilla de inmersiones en tinas calientes y frías, en encontrar la fuerza para vestirse. Cuando cruzaba al fin el vestíbulo del centro de salud, chocó con el campo espiritual de Nigel Hawkins:

—¿Qué tal tu energía, J. J.?

Las diez en punto y el *spa* estaba por cerrar. Nigel y algunos miembros se irían a comer al sushi-bar de la esquina, recién inaugurado por el chef londinense Marc Smith-Jones. ¿Por casualidad no quería acompañarlos?

J. J. casi alcanzó a responder que no, que estaba cansada, que mañana le tocaba un día difícil, pero una voz aterciopelada se le adelantó:

—Sí, ven con nosotros —dijo Lin-da Lin, aparecida de repente tras una de las gigantescas lámparas de papel de arroz que iluminaban el cuarto.

J. J. aceptó, sin saber por qué lo hacía.

# Siete

En el templado mes de mayo, Cienfuegos comenzó a sufrir arranques de celos que lo dejaban tiritando como si tuviera frío. El primer ataque llegó por sorpresa. Caminaban por Battery Park contemplando la bahía de Nueva York, cuando Cienfuegos observó a J. J. sonriente y la vio tan feliz, tan *requetecontra* contenta… que le fue imposible concebir que estuviera así solo por él, y empezó a temblar de celos.

Los arrebatos siguientes tuvieron mayor raigambre en los hechos. O mejor dicho, Cienfuegos empezó a interpretar los hechos viejos de un modo nuevo. Ni la irritabilidad de J. J. ni su propensión a los silencios rabiosos eran mayor novedad. Pero hasta el momento, Cienfuegos había achacado estos atributos a alguna peculiaridad del carácter norteamericano. *No more.* Repentinamente empezó a temer que ese comportamiento se debiera a sus propias carencias, a su mismísima e incorregible idiosincrasia. «No se comportaría así con otro», pensó, y allí comenzó la debacle. «¿Otro?… ¿Qué otro?… ¿Y si hubiera otro?». Eso bastó para que la sospecha empezara a obsesionarlo.

De allí a vigilar conversaciones telefónicas y revisar los remitentes de la correspondencia, había un corto trecho. Timbrazos inesperados, cambios de planes, tardanzas en regresar del ensayo, los más cotidianos percances podían despertar en Cienfuegos la más duradera de las paranoias.

Ésa fue la primavera de su descontento.

Una noche, ya tarde, mientras leían en la cama, sonó el teléfono. Cienfuegos levantó el auricular y masculló el *hello* de rigor, pero al otro lado de la línea no hubo respuesta.

—¿Quién era? —preguntó J. J..

—No sé. Cortaron.

Apenas hubo pronunciado estas palabras, a Cienfuegos se le llenó la cabeza de hombrones musculosos que blandían auriculares varios: blancos, negros, árabes, asiáticos, tipos diversos cuyas únicas características comunes eran la cercanía a un teléfono y una voluntad sin límites de seducir a J. J..

Le costó conciliar el sueño.

La mañana siguiente esperó en cama hasta que ella hubo partido a un ensayo. Levantándose sigiloso, como temiendo que en cualquier minuto alguien lo fuera a descubrir, Cienfuegos se sentó en el escritorio de J. J. y empezó a revisar libros y papeles. Cada hojita con un nombre y teléfono anotado (las había muchas, generalmente arrugadas) era una potencial amenaza; cada lista de tareas por cumplir, una fuente de revelaciones acaso cruciales. Bajo el encabezado «martes 5 de mayo», Cienfuegos leyó:

*Recoger receta*

*Líquido para lentes de contacto*

*Llamar al banco*

*Limpiado en seco y lavado (insistir: sin almidón)*

*Cumpleaños de papá la próxima semana*

*Vitamina D y antioxidantes*

*Reservar entradas teatro*

*¿Café con Eliza?*

*Comprar ropa interior*

A qué cavilaciones no se prestó este listado. Resultaba amenazante la mención de unos boletos para el teatro: Cienfuegos recordaba haber asistido a dos *performances*, tres sesiones de danza moderna y el monólogo interminable de algún comediante, pero jamás a una obra de teatro. ¿Y la ausencia de almidón en la ropa recién lavada? ¿Presagiaba ello una etapa de laxitud?

Revisó también la agenda de J. J., buscando en cada cita allí anotada alguna clave que revelara el verdadero y sin duda reprochable cariz del compromiso. No halló nada que alimentara sus temores, y eso lo preocupó aún más. Entre los papeles encontró una carpeta con la postulación a la beca del National Endowment for the Arts que la *troupe* de J. J., liderada por la cada día más famosa Petra Starck, había ganado. Los fondos financiarían el montaje de verano:

> *Pretendemos poner en tela de juicio la autoridad de la presencia o de su simple contrario simétrico, la ausencia o falta. Indagaremos así en el límite que nos constriñe en cuanto practicantes de un arte, llamados a formar el sentido del ser en general como presencia o ausencia. La pregunta que de este modo pretendemos plantear es de tipo heideggeriano, ya que la diferancia en el sentido de Derrida puede conducirnos a la diferencia óntico-ontológica.*

La propuesta detallaba un montaje en que se conjugarían la música altiplánica reinterpretada por Frank Steele, el arte conceptual del alemán Hans von Turpitz y un grupo de animales prisioneros dentro de dispositivos eléctricos (aspiradoras, tostadores, jugueras), emblemáticos de la cotidianidad post-industrial.

Por ahí no iba la cosa, concluyó Cienfuegos.

Tras hurgar un buen rato, dio con el cuaderno de J. J.. No alcanzaba a ser un diario de vida: ella no apuntaba eventos cotidianos, sino impresiones, bosquejos, pequeñas *vignettes.* Allí Cienfuegos se llevó la mayor sorpresa. Aparecían en el cuaderno personas que él conocía y episodios en que había participado, pero le costó reconocer a unas y otras. Gente a quien él recordaba con cariño, J. J. denostaba; veladas que el suponía melancólicas, ella describía en un tono de euforia apenas reprimida.

Cienfuegos sintió que hurgaba en los sentimientos de una desconocida.

2

La familia Hurtado se reunía los domingos para degustar el cadáver de un vacuno. Y un domingo como cualquier otro lo hicieron con un invitado especial: un gringo apellidado Barclay.

Sentado en la cabecera de la mesa, don León Hurtado, reconocido empresario y jefe de hogar, deglutía ufano. La mucama le había preparado el entrecot a su gusto. Y su querida mujercita lo atendía con cariño, cerciorándose de que no le faltaran papas ni ensalada. Don León siempre fue un hombre duro con un lado blando: que lo mimaran en casa era su debilidad. Y bien merecido se lo tenía, tras cuarenta años de desvelos, administrando la fábrica de caramelos fundada por su padre.

Todo iba bien hasta que don León advirtió que en el plato de Berkeley no se vislumbraba por ningún lado el entrecot.

—Cómo, hombre —le gruñó el caballero—. ¿No come carne?

—No, gracias.

—¿No le gusta la carne, acaso?

—Me gusta. No como carne porque no debo.

—Ah... —exclamó don León, con gesto de alivio—. El doctor se la tiene prohibida.

Berkeley presintió que iba a meter la pata, pero no supo cómo evitarlo:

—No es eso. Lo que pasa es que soy... soy vegetariano.

Don León miró a Berkeley como percatándose de su presencia por primera vez. Que una de sus hijas trajera a un gringo al almuerzo dominical estiraba ya el elástico de su paciencia. ¿Pero traer a un gringo vegetariano?

El dueño de casa escudriñó los hombros anchos de Berkeley, el buen porte que se dejaba ver, aunque el joven estuviese hundido en uno de los morrocotudos sillones del conjunto Luis XV que hace muchos años abrumaba el comedor de la familia Hurtado. En su fuero íntimo, don León debió reconocer que las peculiares preferencias alimenticias del invitado no lo habían dejado flaco ni chico.

—Conozco muy bien su tierra —dijo don León de repente, dirigiéndose a Berkeley.

El caballero había visitado Indiana, Nueva Jersey, y el mismísimo Chicago. Con su esposa había emprendido alguna vez el viaje en auto de Miami a Nueva York. También conocía las praderas fértiles del Mid-West, y el Cañón del Colorado. Pero…

—Pero, mi estimado Berkeley, la verdad es que no termino de entender a su país. Un país tan poderoso... y con tantos remilgos. En Vietnam se dejaron derrotar por unos chinitos flacuchentos. Al pobre Nixon lo echaron por unas mentiras sin consecuencia. Parece que ahora han decidido que comer carne también es malo… y fumar, por supuesto, tampoco se puede fumar. No hace mucho trataron de echarme de un restaurante en Miami por encender un inocente Marlboro, como si se tratara de un crimen. Tuve que poner en su lugar a ese mozo insolente. Cubano, tenía que ser.

Don León se detuvo, agitado. Estaba a punto de señalar la mayor peculiaridad de Estados Unidos:

—Ahora parece que ni siquiera es bien visto que un hombre le silbe a una mujer. Así leí en el diario el otro día. Un ejecutivo perdió su puesto por celebrar con un silbido las piernas de una colega. Que un hombre no pueda silbarle a una mujer... Eso sí que no lo entiendo. ¿Me lo puede explicar?

Berkeley supuso que tenía que responder. Pero el vozarrón del caballero pasó a llevar sus balbuceos incipientes.

—Iba yo por la calle, el 20 de octubre de 1958 —recuerdo la fecha como si fuera ayer— cuando pasó ante mí una mujer lindísima. Tan bella que me quedé paralogizado. ¿Y cuando pude reaccionar, cree usted que cometí la chambonada, la falta de respeto, de ignorarla?

Esta vez, Berkeley no trató de replicar.

—No, amigo mío. Le dediqué a la señorita ésa un buen silbido. Un piropo y un silbido a todo pulmón. ¿Y con eso provoqué un desagrado? ¿Una reacción hostil? De ningún modo. La dama se dio vuelta y me respondió con una sonrisa. Una sonrisa recatada, como deber ser, pero sonrisa al fin y al cabo.

El dueño de casa había logrado conmoverse con sus propias palabras. La voz pareció quebrársele.

—Y cómo me cambió la vida ese silbido, amigo mío. Pues esa mujer era Matilde, hoy mi señora aquí presente. Y eso no es todo... ¿cómo me dijo que era su nombre? Ahh, sí... Berkeley, pero eso no es todo. Gracias a ese silbido están hoy aquí mis hijos, Valentina, Victoria y Ramón. ¿No es así?

Valentina hirvió de vergüenza y Victoria y Ramón se hicieron los tontos, pero don León no advirtió lo uno ni lo otro.

Por el contrario. Con un suspiro prolongado se echó atrás en la silla Luis XV. Contempló el panorama del comedor y una sonrisa complaciente le iluminó la cara.

«Cuánto le debía a ese silbido», pensó don León. Gracias a ese silbido estaba allí, rodeado de quienes lo querían tanto.

## 3

A pesar suyo, Cienfuegos oyó lo que la chica le decía a Witherspoon.

—¡Qué actuación!…¡Estuviste magnífico!

Witherspoon aceptó el cumplido con una sonrisa. Recién terminaba el estreno largamente postergado de su obra.

Ella no cejó en sus alabanzas. El libreto le recordaba el compromiso social de Brecht, aunque creía detectar también influencias de la obra de Woody Allen. Notable era también «el modo de trabajar el texto»; ella lo suponía inspirado en los preceptos de Clochard. Demás estaba decir que la austeridad del montaje era la adecuada para una obra con aquella «intencionalidad...».

Resoplando, Cienfuegos trató de encontrar la salida. J. J. había partido con su compañía a Baltimore, dejándolo solo una vez más en Nueva York. Un día entero dedicado a la limpieza del departamento, más dos horas de parrafadas inconexas pronunciadas en una sala calurosa le habían dejado la cabeza abombada. Una caminata solitaria hasta el bar donde seguiría celebrándose el estreno serviría para despejarla.

Caminaba por la Sexta Avenida en dirección a Houston Street cuando creyó reconocer entre los transeúntes un andar conocido. La mujer recién salía del metro y tras echarse al hombro una mochila, se alejaba rápidamente. Cienfuegos aceleró el paso hasta casi alcanzarla. No cabía duda. Era ella. La mismísima J. J., la que en esos momentos suponía en plena función a trescientos kilómetros de ahí, la que no regresaría a Nueva York hasta la noche siguiente, caminaba por el West Village con la frente en alto.

Cienfuegos esperó que J. J. se alejara y la fue siguiendo a la distancia. Ella avanzó por Houston Street hacia el oriente, dobló por Sullivan a la derecha y después por Prince a la izquierda, internándose en el Soho profundo. Su destino final resultó ser la gran puerta de acero esmerilado del Tibetan Spa, que a esa hora estaba a punto de cerrarse.

Diego se detuvo, acezando.

Nigel Hawkings abrió la puerta, hizo pasar a J. J., y se quedó parado junto a la entrada. Cienfuegos lo contempló ansioso. El hombre estaba parado muy tieso y cada cierto tiempo lo remecía un espasmo. Más tarde que temprano, Cienfuegos se dio cuenta de que Hawkins flectaba uno a uno sus músculos del torso, contemplando el reflejo de su ajustada camiseta blanca en la vidriera.

4

—No puedo creerlo —exclamó Berkeley cuando Impruneta le presentó el informe elaborado por el ex ministro—. *Un-fucking-believable.*

En realidad, era para no creerlo.

Bastaba con leer el resumen ejecutivo:

*Impacto ambiental: limitado. Estado actual del bosque a talar: descomposición avanzada. Especies nativas en buen estado que serían aserradas: pocas. Daño al hábitat de la fauna regional: exiguo. Número de comunidades indígenas afectadas: insignificante. Conformidad con las normas ambientales de la WFC: total.*

Conclusión: soldados marchen, ¡aaadelanteee!

—¿Quién es el payaso que firmó esto? —preguntó Berkeley, levantando la voz.

—Un reconocido experto, ex ministro de Estado —respondió Impruneta, no creyendo prudente recordar que el sujeto también era primo suyo.

Berkeley Barclay, gerente general de Dunwell & Greid Chile, hizo citar al consultor a su oficina. La mañana siguiente, el ex ministro se apareció muy temprano en la sala de reuniones del banco. Bajo un traje azul, llevaba el chaleco tejido que Berkeley ya se había resignado a observar en los ejecutivos chilenos. Al caballero no le tembló la papada al responder las preguntas airadas de Berkeley:

—Ésa es nuestra opinión profesional, Sr. Barclay, avalada por los meticulosos estudios que se adjuntan al informe.

Amenazando con no pagar el saldo adeudado por la consultoría, Berkeley Barclay puso fin a la reunión. Acto seguido, exigió entrevistarse con el ingeniero jefe que había redactado el informe.

Al cabo de una hora, el ingeniero se encontraba frente a Berkeley:

—Seguimos al pie de la letra los términos de referencia, como se indica en el informe.

Berkeley lo despidió con un portazo. Al quedar solo en su despacho masculló en inglés:

—Bienvenido al Tercer Mundo.


## 5

Una sesión donde quince adultos se echan de espaldas en el suelo y se retuercen por una hora, podría haber avergonzado a cualquiera, y más a un natural de Santiago de Chile. En el suelo cubierto por *tatami* de una habitación de techos altísimos, yacían tres banqueros de inversiones, dos abogados corporativos, un par de productores de cine, un orfebre, un chef, al menos un arquitecto progresista, artistas conceptuales varios y un mensajero en bicicleta. Todos menos uno decían enorgullecerse del modo creativo en que se ganaban la vida; por lo mismo, estaban dispuestos a pagar doscientos dólares al mes por huir de esa vida creativa tres veces a la semana, de siete a ocho y media de la tarde, para echarse al piso mientras un experto los conminaba a concentrarse en el ritmo de su propia respiración.

Nigel Hawkins guiaba los esfuerzos de su rebaño con palabras melifluas:

—Ojos cerrados, inhalar, *hold, hold,* exhalar.

Cienfuegos tardaba en alcanzar el nirvana de la relajación.

—La mente gobierna al cuerpo —dijo Nigel, iniciando el sermón que distinguía sus clases de aquellas dictadas por vulgares profesores de educación física.

Los presentes asintieron con un suspiro, a la vez que elongaban tríceps y cuadríceps.

—Hay que abandonar la lujuria de los sentidos… La felicidad pasa por renunciar al deseo.

Cienfuegos pensó una vez más que Nigel tenía el mismo tono de voz que los curas del St. Brendan's en Santiago. A juzgar por los suspiros y miradas beatíficas, empezaba a invadir a los presentes una calma muy profunda.

—Relajen el cuello, relajen los hombros, relajen el pecho, relajen el vientre… —entonó Nigel, y banqueros y abogados y artistas hicieron ídem. La respiración ya era más lenta, los músculos más plásticos, el *tatami* más cálido.

—Relajen el sexo —ordenó.

Cienfuegos abrió los ojos y se percató de que Nigel le clavaba la mirada. Sin que supiera cómo o por qué, sintió que su miembro se volvía más pequeño.


6

«Cómo se nos va el amor», pensó J. J. mientras contemplaba el rostro que estaba a punto de reemplazar al de

Cienfuegos en sus ensueños. En vano intentó precisar el momento en que había dejado de ilusionarse con él. ¿Cómo y cuándo habían cruzado el umbral del desamor? No lo sabía. Quizás en el instante en que comenzó a sentirse atada prematuramente a la estaca de la apacibilidad hogareña, o la primera vez que vislumbró los kilos de más que a Cienfuegos se le acumulaban en torno a la cintura, o probablemente cuando se percató de que hacer recuerdos de fútbol tras el orgasmo era en Cienfuegos un hábito y no una aberración pasajera. Ninguno de esos acontecimientos había constituido el *turning point*. Acaso no hubo un punto de quiebre. El *fucking* paso del tiempo había desgastado inevitablemente lo que al principio se pudo creer imperecedero, en una secuencia sin hitos aparte del inicio inesperado y del ineludible final.

En vano buscó indicios en el rostro que la contemplaba desde el otro lado de la mesa —en un rincón apartado de un bar oscuro— de que este nuevo querer sería distinto. El cutis inmaculado, la nariz algo chata, el mentón fuerte, los ojos vivarachos —en ese instante J. J. se desvivía por todos y cada uno de esos rasgos. Aunque quizás terminarían por serle indiferentes, tal como lo eran ya las facciones de Cienfuegos. «Signo de madurez», pensó J. J.: cualquier mequetrefe puede imaginarse el comienzo de un amor, con guiños, nerviosismo y corazón palpitante incluidos. Pero se necesita algo más para concebir el fin de ese mismo amor aún antes de que haya empezado.

¿Carecemos a tal punto de control sobre nuestras *fucking* vidas? J. J. Barclay, hija, nieta, bisnieta, tataranieta de tozudos anglosajones, herederos fieles de Locke, Hume, Mill y otros apóstoles del libre albedrío, se negaba a aceptar esta inferencia. Si no podía fijar el fin de sus *affairs*, al menos marcaría explícitamente, con un acto de voluntad, su inicio. Ahora o nunca. Ése era el momento de hacerlo.

J. J. se inclinó por sobre la mesa para besar los labios que hacía mucho la esperaban anhelantes.

## 7

J. J. en el baño cepillándose el pelo o sacándose las cejas o pintándose los labios. Cienfuegos había observado la misma maniobra muchas veces desde el lecho conyugal.

Pero esta vez todo era distinto. Como en el cuento aquél en que el mismo párrafo tiene lecturas disímiles dependiendo de si el lector supone que fue escrito por Cervantes o por un poeta simbolista francés, el ademán de J. J. al esparcir un ungüento blanquecino sobre sus labios tenía un significado nuevo ahora que Cienfuegos sospechaba que no iba dedicado a él. Lo que alguna vez fue admiración por la economía del gesto (y orgullo inconfeso por que J. J. le ofrendara este rito de embellecimiento) se transformó en desdén por el mohín altanero con que ella se contemplaba en el espejo al terminar de pintarse. «¿Para quién mierda se arregla con tanto cuidado?», se preguntó Cienfuegos una vez más.

J. J. salió del baño y cruzó el *loft* hasta llegar al perchero. Tras considerar una casaca de mezclilla y otra de cuero, se decidió por la chaqueta entallada, color naranja psicodélico, muy *sixties*, que juntos habían comprado en una tienda de ropa usada del East Village. Comenzó entonces la rutina de escarbar entre libros y papeles varios hasta encontrar las llaves de la puerta.

Cienfuegos bien sabía que era inútil preguntarle dónde iba. Las reglas eran claras. Para que la relación perdurara, había argumentado J. J., cada uno necesitaba sus tardes libres, «sus espacios propios». Y esa libertad implicaba, por supuesto, no tener que rendir cuentas acerca de dónde ni con quién ni por qué. «Principio básico de la convivencia», había concluido ella. Al enfrentarse con este hecho consumado, Cienfuegos había replicado que sí, que por supuesto recordaba este principio. Era el consejo número cuatro de la revista *Madmoiselle*, en el artículo «Diez claves para un noviazgo feliz». ¿O acaso lo había leído en ese manual de autoayuda que juntos hojearon en una librería?

—Deja de reírte cuando trato de hablar en serio —había contestado ella.

Ubicadas las llaves tras una caja de cereal, J. J. se aprestó a salir. Cienfuegos esbozó un movimiento que decía: bajo contigo.

—Puedes quedarte aquí en el *loft* —se le anticipó ella—. Si no, te llamo en la mañana a tu casa.

Tras esas palabras cerró la puerta, bajó las escaleras y se perdió en la noche de Nueva York.


## 8

Ha llegado el verano y con él las ansias de amar.

En el hemisferio norte —en Nueva York, más precisamente—, las tardes son cálidas y húmedas, y la densidad del aire anticipa la textura de la piel transpirada tras el amor. Hay en los crepúsculos un rumor lejano de jadeos que se transmite por el sinfín de ventanas abiertas a la calle, mezclándose al paso con los ruidos más prosaicos de la ciudad. Hay quienes sostienen que la combinación de una sirena de ambulancia y un aullido triunfal de orgasmo largamente postergado constituye la quintaesencia acústica del Nueva York veraniego.

Nigel Hawkins, hombre sensible y gregario, promotor de modas y tendencias, no puede sustraerse a este frenesí amatorio. En un *loft* de algún lugar del *downtown*, Nigel yace en medio de un gigantesco catre de acero. Estirando los brazos sobre las sábanas de algodón crudo jamás sometido a proceso alguno de blanqueamiento industrial, el hombre fornido apenas alcanza a tocar a su amante. Con displicencia fingida, Hawkins recorre los muslos esbeltos y el trasero firme que se le ofrendan en silencio. Se complace al constatar la tonicidad de los músculos y verificar cuán dura es la planicie del estómago. Al alcanzar la piel suave de la ingle, Nigel emite su primer sonido: un suspiro.

Por mucho que acumule pasión, Hawkins no se arrima al cuerpo de su amante. Es más digno acercar hacia sí el objeto amado, fin que Nigel consigue flectando apenas sus bíceps poderosos. Al tocar la espalda suave y cubrir de besos la piel joven, esos hombros se estremecen en un espasmo. Nigel Hawkins lo interpreta como el trompetazo que llama a la acción. Penetra a su amante desde atrás, fingiendo una cautela que pronto dejará de lado. El objeto del deseo, para su sorpresa, se vuelve sujeto, trepándose sobre Nigel con una contorsión atlética.

Se suceden movimientos pélvicos de diverso largo y profundidad. La cadencia del amor se apresura. Su amante conduce a Nigel por una seguidilla de acrobacias y piruetas. Lengüetazos, besos, mordiscos, chupones, qué tropelía no comete cada boca en el cuerpo del otro. En un instante, el inglés se halla colgando con tres cuartos de cuerpo fuera de la cama; al siguiente se yergue febrilmente para volver a caer sobre las ancas que le esperan.

Finalmente se aproxima el clímax. Cuando Nigel y su amante alcanzan el orgasmo violento, sus gemidos se mezclan con el barullo de la noche de Nueva York.

\*\*\*

En el hemisferio sur, en ese mismo instante, Berkeley Barclay practica un rito milenario de la cultura local. En Chile, los días de junio son cortos, las noches largas y los atardeceres se prestan para retozar en la cama bajo un alto de frazadas. Especialmente los sábados, en que el almuerzo contundente hace inevitable la siesta que lo sigue. No emprenden los chilenos aquella retahíla de actividades domésticas que suele llenar los sábados de los neoyorquinos: ¿por qué correr a la tintorería, el gimnasio o la ferretería, pudiendo dejar pasar la tarde en un lecho cálido? Y mejor aún si entre los besuqueos con el ser querido e intervalos televisivos en que se pasa revista a los programas frívolos, se desvanece el día y llega la noche. La noche se prestará admirablemente para hacer más de lo mismo.

El primer momento en el lecho no es el más apropiado para hacer el amor. Saludable y sensato es permitir que el cuerpo repose mientras se digieren empanadas y asados. Por ello es que Valentina se queda dormida en los brazos de su amado no bien alcanzan la cama de dos plazas que apenas cabe en el dormitorio de este último. Berkeley, tras mirar por unos instantes la televisión, se desliza también hacia una gran siesta.

Valentina despierta primero y se afana por cubrir de besos el cuerpo de su hombre. Cuando Berkeley finalmente se frota los ojos, ella ha desaparecido. La somnolencia no le impide advertir que allá, al otro extremo de la cama, está Valentina y aquella protuberancia que tiene entre manos es su propio pene. La modorra queda atrás apenas ella empieza a manipularle el miembro. Berkeley se deja masturbar mientras observa con un ojo la pantalla del televisor. Allí, un animador gordo y de descomunal cabeza dirige un programa de juegos y entrevistas. En los intermedios una modelo espigada, de la que el anunciador no se despega, ensalza las virtudes de bebidas y detergentes varios. Valentina le aprieta el falo, y Berkeley cree ver que el animador le ha apretado el trasero a la modelo.

Cuando Valentina empieza a chupárselo, Berkeley intenta fijar su atención en su creciente erección. Hay destreza en los movimientos con que ella lo acoge en su boca. Berkeley se distrae: berridos estridentes provienen del televisor. Enderezando el cuello, se topa con un concurso de cantantes aficionados, a los que el animador azuza con pullas y burlas. Berkeley no puede sacarle la vista de encima. Mientras una morena de tetas falsas canta un merengue, Valentina le hace a Berkeley cosquillas en el escroto; cuando le llega el turno a un grupo de rock, los lengüetazos siguen el ritmo de la canción, acelerándose.

Berkeley alcanza el orgasmo en el preciso instante que el gordo de la pantalla descalifica a un concursante tocando un gigantesco gong.

## 9

Sábado en la noche en casa de los Impruneta. Junto a la reja que da a la calle El Rodeo, Coto despedía a sus últimos invitados. Doña Matilde Gazitúa de Hurtado elogió por enésima vez la casa y la cena. Después se hizo a un lado para que su marido pudiera despedirse a sus anchas.

Don León Hurtado estaba feliz. El préstamo internacional gestionado por Dunwell & Greid Chile le permitiría abrir una segunda planta en Maipú, la que produciría no sólo pastillas y chocolates, sino también bombones. Pero un banco moderno no presta sólo dinero, pensó el señor; ofrece también asesorías, ayuda a reestructurar el organigrama interno, efectúa una reingeniería total, emprende una reconceptualización del *business plan* y diseña una estrategia exportadora que permita penetrar los mercados globales. Ni más ni menos, eso haría Dunwell & Greid con la empresa de don León. Exactamente qué significaba toda esta palabrería, el caballero no estaba muy seguro. Pero no le cabían dudas respecto al resultado final: Caramelos Hurtado S.A. pronto sería una rentabilísima empresa multinacional.

La comida para celebrar el cierre del negocio había estado espléndida, y los varios whiskies que don León consumiera le permitían apreciar debidamente el realce de la ocasión.

—Es un gusto trabajar contigo, pues hombre —exclamó, abrazando a Coto.

—El gusto ha sido… —empezó a responder éste, pero los tremendos palmotazos que don León le asestó en la espalda interrumpieron sus palabras.

Parabienes y loas mutuas se sucedieron entre los dos caballeros, hasta que doña Matilde reclamó por el frío. Tras un último palmoteo con el dueño de casa, el señor y la señora Hurtado partieron a buscar su auto.

Coto Impruneta cerró con llave la reja y cruzó el jardín, deteniéndose a mirar la piscina entoldada y el prado en que la escarcha ya empezaba a acumularse. Mientras contemplaba estas pertenencias, calculó lo mucho que pronto se incrementaría su patrimonio. Este negocio con Hurtado era propio, suyo. El gringo de mierda nada había tenido que ver. A Coto se le había ocurrido la idea y él mismo se la había planteado al viejo. Más laborioso que el diseño de la reingeniería había sido el proceso de seducción de Hurtado. Impruneta no quería recordar las muchas reuniones, almuerzos y reuniones-almuerzo. Hasta que al final el viejo había picado…

En Nueva York, todo esto se sabía. Coto mismo se había encargado de esparcir la verdad: en el departamento de finanzas corporativas, los encargados de América Latina no tenían dudas sobre la autoría de este *deal*. Y en Estados Unidos, por supuesto, el que produce gana, el que crea riqueza es debidamente recompensado. «Tal como debe ser», pensó Impruneta.

Mientras computaba el probable incremento de su bonificación de fin de año (sin duda *headquarters* en Nueva York sería generoso), Coto se abrió la bragueta y empezó a mear. El vaho se alzó rápidamente sobre el lugar en que la orina se había topado con el pasto helado. Feliciano Impruneta se complació pensando en que el valor de su portafolio subiría a esa mismísima velocidad.

## 10

Con el cuerpo en un rincón oscuro de Little Italy y el alma quién sabe dónde, Cienfuegos tranqueaba sin parar. Eran veintitrés pasos de un extremo a otro del callejón maloliente, sin contar los necesarios para eludir charcos y montones de basura húmeda.

Muy cerca del callejón, metros al sur por Mulberry Street, entraba y salía gente de un bar. Cienfuegos trató de distraerse escuchando sus diálogos, pero todos parecían culminar en juegos de palabras cuyo significado siempre lo eludía. Cerca de la medianoche pensó entrar al boliche y tomarse una copa, pero ello habría significado abandonar la vigilancia de la ventana. «Por ningún motivo», se dijo.

Habían pasado tres horas desde que dejara el *loft* para seguir a J. J. en su travesía nocturna. Al comienzo, la persecución tuvo características de serie policial. J. J. entró a un almacén y Cienfuegos la esperó fingiendo examinar las flores en venta; luego ella se detuvo en el cajero automático de un banco y él se ocultó tras un andamio; J. J. tomó un taxi y él hizo lo mismo, no resistiendo la tentación de decir al chofer:

—Siga a ese auto, por favor.

Que ella se dirigiera a Little Italy no le había sorprendido. Para estos fines, Little Italy era lo mismo que Gramercy Park, el East Village, Soho o Tribeca: un lugar donde existía un departamento grande, en el que vivía un tipo —probablemente de cabeza rapada y vestido de negro—, que no podía esperar el momento de tirarse a J. J..

Nada en la puerta del edificio al que ella había entrado le permitía saber más. Tarjetitas plásticas con el nombre del inquilino junto al buzón correspondiente suelen afear los vestíbulos neoyorquinos de poca alcurnia. Éste no tenía nombre ni seña alguna; sólo un sinfín de botones, de seguro conectados a un citófono.

La ventana era el único indicio.

¿Por qué *esa* ventana? Cienfuegos no estaba seguro. Es decir, sí estaba seguro de que era ésa, aunque no habría sido capaz de esbozar razones. Acaso fuera la luz. Sí, debería ser aquella iluminación tenue. Las otras ventanas estaban oscuras, o bien iluminadas por el resplandor de los tubos fluorescentes propios de un baño o cocina.

Tres horas de contemplar la misma ventana y Cienfuegos no había reparado en el armatoste metálico que conducía a ella. Al percatarse de la existencia del *fire escape*, se quedó sin alternativa: no le quedaba otra que subir por él.

Las escaleras de incendio fueron hechas para bajar, no subir (sirven también para que los dominicanos del Spanish Harlem tomen cerveza y conversen al sol con los vecinos, pero ésa es harina de otro costal). Por ello llegan sólo al segundo piso; un ciudadano que huye, se supone, preferiría saltar tres metros que ser consumido por las llamas. Cienfuegos logró izarse hasta allí amontonando tachos de basura y trepando por ellos. Única víctima: su pie izquierdo, que embutió en una bolsa con desechos de comida.

La ventana estaba entreabierta. Conducía a una sala decorada con lo que alguien más viajado pudo haber reconocido como muebles tallados de Bali, estatuillas hindúes, sedas camboyanas y objetos lacados de Birmania; a Cienfuegos le parecieron vagamente asiáticos. El resto de la escena calzaba con lo que Cienfuegos temía: una botella de vino a medio tomar y una vela que chisporroteaba en sus últimos estertores.

Cienfuegos cruzó el living y se adentró a tientas por un pasillo oscuro. El corazón, que no había dejado de retumbarle durante el ascenso, se había aplacado. Al fondo del pasillo avistó el marco de una puerta, tenuemente iluminado a través de las rendijas. Presa de su propia adrenalina, echó a correr, abrió la puerta de un empellón y aterrizó al otro lado del umbral sin que le temblaran las piernas. La mujer tendida de espaldas en la cama no alcanzó a sobresaltarse: una parálisis total le sobrevino durante varios segundos.

—¡Diego! —exclamó al fin J. J.—. *What the hell?* ¿Qué haces aquí? ¿Cómo entraste?

Cienfuegos no respondió; escudriñaba los rincones del cuarto apenas iluminado. Pero entre las sombras —sobre la silla, junto al ropero, tras la planta del rincón, bajo las prendas repartidas por todas partes— no se divisaba a nadie.

—¿Dónde está? —farfulló, ansioso.

—¿Dónde está quién? ¿De quién hablas?

Al fin, Cienfuegos reparó en el bulto al fin de la cama, justo entre las piernas de J. J.. Allí creyó encontrar a su presa.

De un manotazo levantó el edredón de plumas.

—*Hello*, Diego —dijo Lin-da Lin, apenas alzando los labios desde el pubis de su amada.


11

Es medianoche y en el dormitorio de Berkeley en Santiago de Chile sólo se oyen voces de amantes. Hace ya mucho que Valentina apagó el televisor; hace algo menos que Berkeley apagó las luces. Sobre el velador está la bandeja con los restos de la merienda de queso, pan y vino.

En ese piso mal calefaccionado empieza a hacer frío. Valentina y Berkeley se buscan para darse calor. Están tan cerca el uno del otro que les basta susurrar para escucharse. Dicen las cosas que los amantes dicen en esos momentos. Las pausas entre frase y frase van haciéndose más largas, hasta que al fin sólo se oye el silencio.

\*\*\*

En Nueva York, el reloj marca la una de la madrugada. El barullo de las calles de la ciudad ha comenzado a disminuir. Con otro suspiro, Nigel Hawkins se endereza y observa el cuerpo desnudo tendido junto a él. Jesús Martínez duerme con el abandono de los veinte años. Su pecho lampiño sube y baja al compás de su respiración. Intentando no despertarle, Nigel Hawkins ordena los mechones tiesos que le caen sobre la cara.

La habitación está oscura, pero se ilumina de tanto en tanto con los focos de los autos que transitan por la calle tres pisos más abajo. A lo lejos brillan las luces de la ciudad, reflejadas en el río Hudson. Nigel se acurruca junto a Jesús y le olfatea por última vez el cuello. Cuando el próximo haz de luz alumbra el techo del *loft*, Nigel ya se ha dormido.

\*\*\*

Feliciano Impruneta y Manena, su mujer, leen en la cama; en realidad, bostezan con sendas revistas ante los ojos, pues ya es tarde y la cena fue agotadora. Dos lamparitas pintadas a mano emiten un resplandor amarillento a través de las pantallas de lino. La colcha floreada reluce cuando alguno de los cónyuges la remece para acomodarse. Sólo el ladrido ocasional de un perro rompe el silencio de este suburbio ricachón de Santiago de Chile.

Impruneta cierra los ojos y evoca el trasero redondo de

la nueva secretaria que hace poco ha contratado en la oficina. Manena suspira y fantasea con el amoblado de cocina que recién ha visto en un suplemento de decoración. Marido y mujer respiran imperceptiblemente. Están a punto de quedarse dormidos cuando una criatura se larga a llorar en el cuarto del lado. Manena se levanta, ansiosa. Mientras su mujer se calza las pantuflas, Coto Impruneta suelta su primer ronquido.

***

En otro rincón de la isla de Manhattan, a J. J. Barclay le cuesta quedarse dormida. Lin-da Lin intentó serenarla con los argumentos del caso, pero éstos resultaron ser los consabidos lugares comunes acerca de la precariedad del amor. Fue J. J. quien terminó apaciguando a Lin-da: en un inicio susurrando *«it's ok»*, más tarde plantándole besos húmedos por toda la cara. Tantos mimos surtieron efecto, pues Lin-da ahora duerme despaturrada en un costado de la cama.

J. J. no cesa de revolcarse junto a ella.

Pero no en vano ha asistido a clases y talleres varios en el Tibetan Spa. Se arrima a Lin-da y le toma la mano. J. J. respira profunda y acompasadamente, tratando de sincronizar sus exhalaciones con las de su amante asiática. También intenta desterrar toda imagen de su mente, pero esto no le resulta fácil. Por su cabeza desfilan recuadros de Vermont y Nueva York, escenas de danza contemporánea, y caricaturescas versiones de una madre grande y autoritaria y un Cienfuegos esmirriado y sumiso. Al fin, mediante lo que puede ser un acto de gran voluntad o el mero efecto del cansancio, J. J. logra vaciar su cabeza. Justo cuando exhala al unísono de Lin-da, a Julia Jennings Barclay le alcanza el sueño misericorde.

## 12

Una tormenta veraniega lo pilló cruzando el Soho. Los truenos retumbaron lejanos, después más y más cerca, hasta que el aguacero cayó sobre Cienfuegos. Tanta mala fortuna le dio licencia para berrear con más desamparo aún.

La tempestad se fue tan rápido como había llegado. Junto con el agua que dejó de repicar sobre las aceras desapareció el ruido de la ciudad. Incluso los camiones de basura que a esa hora suelen perturbar la paz parecieron actuar con sigilo aquella madrugada. Antes de la primera claridad, Nueva York se recogió en un momento de silencio.

Cienfuegos cruzó la avenida Greenwich y avanzó por Broome Street con el asomo del alba a sus espaldas. Contemplaba las trazas del puerto que Nueva York alguna vez fue: bodegas rodeadas de estacionamientos vacíos y bares de mala muerte que a las cinco de la mañana recién han cerrado sus puertas. Putas y ratones volvían a casa tras hurgar toda la noche en los rincones ocultos de la ciudad.

Con la lentitud del que no tiene quién lo espere, Cienfuegos atravesó las pocas cuadras que lo separaban del río. Más allá del West Side Highway se trepó sobre un muro pintarrajeado de grafitti y pasó bajo una alambrada. Al llegar al Hudson se tendió sobre un banco a esperar el amanecer.

Cuando despertó ya era media mañana y el olor a basura descompuesta empezaba a llenarle las narices. Su camisa tenía la rigidez acartonada de la ropa que se ha mojado con el sudor y ha vuelto a secarse sobre la piel. En la cara aún sentía los surcos salobres de las lágrimas. Cienfuegos levantó la cabeza, miró a su alrededor, y se supo muy lejos de casa.

# Ocho

—Por fin conseguí pega —dijo, entusiasta, Valentina a Berkeley.

Él no entendió.

Con paciencia y tratando de modular, Valentina aclaró de qué se trataba. Una ONG (organización no gubernamental, explicó) ambientalista le ofrecía un cargo de asistente de investigación que pensaba aceptar. Al fin y al cabo, trabajo de profesora de literatura no se divisaba por ningún lado. De comentarista de libros en alguna revista, menos.

—*Wonderful* —respondió Berkeley, que como buen estadounidense sabía fingir interés en los desvelos profesionales del prójimo.

—Tendré que traducir documentos al inglés. Por lo que, si se me olvida alguna palabra, aquí tengo a mi gringo para que me ayude, ¿no es así, Bob?

¿Bob? ¿Bob…? Sí, efectivamente: Bob.

Valentina se negaba a tratar a Berkeley utilizando el largo e impronunciable nombre que sus padres habían tenido el descriterio de adosarle. Y ella, egresada de una universidad con credenciales progresistas, no iba a caer en los Cote, Tatán, Maño, Chupo o Chalo que habrían preferido las jovenzuelas de los barrios adinerados de Santiago. No era tan extraño, entonces, que echara mano a aquel apodo gringo por antonomasia, que en su brevedad no permitía dudas acerca del origen del portador: Bob.

Albertina le alcanzó un tomo impreso en papel caro. En el Balance de Actividades 1987, Berkeley leyó que

> ...*el Centro de Acción Comunitaria y Ambiental busca preservar el legado natural de nuestro país, los bosques y los ríos, la biosfera única del altiplano y la diversidad biológica de nuestras costas; pero no aspiramos a alcanzar esta meta como fruto del accionar tecnocrático o verticalista, sino como producto de la decisión soberana de la comunidad organizada, cuya voluntad participativa se expresa...*

Así continuaba por varias páginas la prosa del Dr. Aliro Gómez, director del Centro, cuya foto aparecía en la contratapa. Junto a la imagen se leía:

> *El Dr. Gómez, fundador de nuestra institución y coordinador de su equipo interdisciplinario, se licenció de sociólogo en la Universidad de Chile, completando más adelante un Doctorado de Estado en Ciencias de la Comunicación, Universidad de París IV. Entre sus múltiples publicaciones internacionales se cuentan...*

¿Financistas de esta organización pionera? Numerosas fundaciones gringas, agencias suecas y canadienses varias, más de algún organismo de Naciones Unidas, y el Patronato de la Infancia, «entre muchas otros», según constaba en el boletín.


2


De poco sirven las agencias multinacionales, concluyó el gerente general de Dunwell & Greid, si los locales se empeñan en meterles el dedo en la boca. Por eso debía recurrir al poder nacional, a aquella institución que —por ser regentada con mano dura de general— nadie se atrevería a embaucar: el Estado de Chile.

Eran muchas las leyes a las que un proyecto como Millennium debía ceñirse. Todas decían garantizar, en un lenguaje de similar y bizantina pompa, el derecho de los chilenos a un medio ambiente prístino. Para asegurar que así ocurriera, Berkeley Barclay pidió una cita con el ministro del ramo.

El Ministerio de Tierras fue siempre, en la jerarquía de las secretarías de Estado, el más pendejo. No tenía ni tiene el dinero de Hacienda, ni el glamour empolvado de Relaciones Exteriores, ni el privilegio de acosar a la ciudadanía con detectives y matones de que goza Interior. Por ello, en el gobierno militar, el cargo de ministro de Tierras y Colonización no fue ocupado por algún almidonado almirante ni por un tecnócrata con estudios en el exterior, sino siempre por un policía; y por lo mismo no se le permitió mudarse del edificio decrépito y polvoriento que hasta hoy ocupa en los márgenes del centro de Santiago. Allí recibió el coronel Quesada a Berkeley Barclay. Acompañaba al ministro-policía su asesor principal, un mozalbete rubicundo del gremialismo universitario que tenía, a las veintinueve primaveras, muchos más chiquillos en casa que años de experiencia en el cargo.

Berkeley contempló con desconfianza el mobiliario de pino barnizado color roble. Tomó asiento en el sillón de cuero falso que le ofrecía su anfitrión y fue derecho al grano. Sin duda, el ministerio aplicaría estrictísimas normas medioambientales al proyecto Millennium.

—No es el ánimo de esta secretaría de Estado entrabar las acciones del sector privado —respondió el coronel Quesada.

—Y el gobierno se enorgullece de estimular decididamente la inversión extranjera a través de reglas estables y no discriminatorias —terció el asesor—. Tengo aquí el texto del decreto con fuerza de ley que así lo establece —añadió, alcanzándole a Berkeley un librillo mal impreso.

El gerente general de Dunwell & Greid Chile volvió a la carga. ¿Los organismos respectivos aplicarían las normas contenidas en la Ley General del Medio Ambiente y su respectivo reglamento? Berkeley quería dejar muy en claro que había hecho las tareas.

—Qué duda le cabe —afirmó el ministro—. Pero la burocracia, la papelería, eso no es lo nuestro. Le reitero: no queremos entrabar el vital aporte al desarrollo que hace el empresariado.

—Nuestro compromiso con la economía social de mercado es inquebrantable —insistió el asesor, entregándole esta vez a Berkeley un alto de folletines—. En Chile están dadas todas las condiciones para efectuar inversiones productivas con un máximo de facilidades. Lo han certificado múltiples estudios internacionales de competitividad.

Berkeley hizo un último esfuerzo: ¿exigirían un informe de impacto ambiental antes del inicio de las obras?

—Todo es conversable —le aseguró el ministro con una sonrisa—. Pero no podemos seguir esta reunión así. ¿No se le ofrece una tacita de té? ¿O una copita de horchata?

Berkeley aceptó, sintiendo en el estómago la acidez de una frustración que ya se volvía previsible.


3

Fue como si a J. J. se la hubiese tragado la tierra.

Al principio, Cienfuegos esperó un llamado o una visita. Después se paseó por el vecindario, pedaleó un par de veces frente al Tibetan Spa, se apostó incluso en el barrio de las carnicerías, frente al *loft*, con la esperanza de verla entrar o salir. Nada. Absolutamente nada. Cienfuegos, acostumbrado a la rutina chilena de juntas y desjuntas, reencantamientos pasajeros y recriminaciones sin fin, no podía creerlo.

Dos semanas más tarde, recibió del cartero una caja sin remitente. Venía allí, cuidadosamente doblada, la ropa que había dejado en casa de J. J.. En el fondo de la caja, Cienfuegos halló su ejemplar ajado de *Tres tristes tigres* y un número de la revista *El Gráfico* de Buenos Aires comprado hacía mucho en el quiosco internacional de la calle West 42.

¿Nota, carta, epístola excretoria, finiquito fatídico? Nada de eso contenía la pulcra encomienda.

## 4

—Pase nomás, mi linda —dijo Aliro Gómez, haciendo un ademán en dirección al sofá—. ¿Le ofrezco un café?

El doctor (sin ser ni argentino, ni abogado, ni médico, él insistía en este apelativo) se instaló junto a Valentina con las piernas cruzadas, en una pose que dejaba a la vista un trecho de tobillo hirsuto.

Gómez se movía como hombre de sesenta años, pero tenía las arrugas de uno de cuarenta y una ausencia de canas propia de los veinte. «¿Se teñirá?», caviló Valentina, reparando en que los bigotes y la pelambrera del caballero eran de un mismo tono: un castaño levemente rojizo.

—No la voy a aburrir contándole acerca de la trayectoria de nuestra institución —dijo, y enseguida se largó a hacer precisamente eso.

En el pequeño mundo político de Santiago, Aliro Gómez era una figura mediana-con-ganas-de-ser-grande. Su trayectoria se remontaba a las trifulcas universitarias de los sesenta, época en que militaba en el Partido Radical. Con el correr de esa década, claro está, Gómez se volvió revolucionario: una foto en la mesa esquinera lo mostraba joven, poseedor de dos patillas descomunales y ataviado con un poncho. En las postrimerías del sexenio de Frei Montalva, suspendió su anticlericalismo visceral el tiempo justo y necesario para obtener una beca gubernamental y el consecuente posgrado en Lovaina. A pesar de sus escasos treinta años, Allende lo nombró interventor y más tarde embajador en Honduras; ahí lo pilló el golpe. Sobre su posterior traslado a México, sus amistades en la Internacional Socialista, las consultorías interminables para la Cepal y el PNUD, y las casonas en Coyoacán y Cuernavaca que siempre se las arregló para mantener, aún corrían rumores. La mágica transformación de su magíster belga en doctorado de Estado francés ocurrió durante este lapso. El regreso de Gómez a Chile en 1986, con fondos suficientes para montar una ONG ecologista, sólo confirmaba su reputación de ser un hombre con un envidiable sentido de la oportunidad.

El silencio prolongado le advirtió a Valentina que debía decir algo.

—Qué bien —balbuceó.

Gómez respondió con una mueca antes de proseguir, explayándose ahora acerca de las labores que le encomendaría.

—Lo más urgente es la serie de conferencias internacionales de este año. Tendrá que coordinar los aspectos prácticos, logísticos… Usted sabe. Partimos con el Dr. Stanley Fowl, profesor de Antropología Ecológica en la Universidad de Nueva York. Hay que confirmar los detalles de su visita a la brevedad.

Valentina Hurtado, diligente, sacó un cuaderno y empezó a tomar nota.

Los hachazos le retumbaban en la cabeza y las sierras eléctricas chirriaban horadándole los oídos. Berkeley Barclay no aguantaba un minuto más. El ruido era tremendo y el espectáculo desolador.

La plana directiva de Dunwell & Greid Chile se reunía de nuevo, esta vez en la ladera de un cerro. Desde allí se veía el valle que en los próximos cuatro meses talarían de punta a cabo; allá al fondo, donde la cordillera de los Andes se acerca a la cordillera de la Costa, los ingenieros ya levantaban un gigantesco dique. Pronto se alteraría el cauce del río y el valle empezaría a anegarse. Llegado diciembre, el fundo que alguna vez perteneciera a la familia Cienfuegos sería un gran lago.

—¿Qué les parece…? —preguntó Coto Impruneta—. El proyecto forestal más grande de América Latina —se respondió a sí mismo.

Coto Impruneta llenó sus pulmones con el aire puro del campo.

—Quizás el mayor de toda América —añadió, soltando un tremendo suspiro.

Los gerentes asintieron con la cabeza. Impruneta resopló y las sierras volvieron a chirriar. Berkeley no pudo decidir qué sonido era peor.


6

La voz a sus espaldas interrumpió la aburrida labor de las fotocopias. Valentina se volvió, topándose con el Dr. Gómez.

Los estudiosos del lenguaje corporal han estimado que en una conversación cualquiera (acaso dos tipos que se encuentran en la calle), los escandinavos se sitúan a metro y medio uno del otro; los franceses, a noventa centímetros;

y los caribeños, a cincuenta. Gómez pertenecía a una nacionalidad aún no catalogada, para la que dos palmos de distancia son suficientes.

—¿La puedo molestar un momentito? —dijo el señor director, y su aliento de antiecológico tabaco llenó las narices de Valentina.

Esta vez Gómez fue al grano.

Ella conocía a un señor norteamericano, de apellido Barclay, ¿no? Gerente de Dunwell & Greid Chile que, según tenía entendido, era uno de los bancos más grandes del país.

Gómez inició una filípica de la que Valentina sólo escuchó «Usted sabe... una institución independiente como la nuestra... fondos siempre resultan escasos... mi labor como director... permanentemente alerta... cualquier posibilidad...».

La conclusión se caía de madura:

—¿Por qué no me organiza un almuerzo con este señor? Para contarle de nuestra labor, claro. Un ejecutivo como él estará interesado.


# 7

—Así es —dijo Fowl a Cienfuegos—. Viajo a Chile. Es mi tercera visita.

La imagen del académico tomándose fotos frente a La Moneda y pidiendo instrucciones para llegar a la catedral, dibujó en los labios de Cienfuegos una sonrisa que pretendió ser irónica, pero resultó nostálgica.

Fowl llevaba una carpeta atiborrada. Contenía los antecedentes de su ponencia en Santiago, dijo. Al abrirla cayó a los pies de Cienfuegos una gran foto.

La toma desde el aire estaba clarísima: al fondo de un pastizal, la ladera boscosa. El salto de agua junto al pehuén centenario, la poza, justo a veinte minutos a caballo desde las casas del fundo...

No cabía duda. Era el fundo de su familia.

Documentos varios describían la atrocidad titulada —Cienfuegos recién vino a enterarse— Proyecto Millennium. Boletines de ONG detallaban talas, inundaciones y embalses. Recortes de diarios gringos denostaban el plan; extractos de la prensa chilena lo alababan. Un grueso informe, firmado por un tipo cuyo nombre Cienfuegos creyó reconocer, le daba el vamos ecológico al proyecto. Remitente de la carta adjunta, que elevaba el informe a sus superiores en Nueva York: Berkeley Barclay, gerente general, Dunwell & Greid Chile.

—*Holy shit*—exclamó Cienfuegos.

—No me diga que lo conoce.


## 8

Berkeley Barclay no terminaba de entender por qué Aliro Gómez lo había citado en ese lugar. De la mano de Valentina creía haber deambulado por un barrio así —sombrío y señorial— durante alguna correría nocturna. Pero el cruel resplandor del mediodía revelaba grietas en los muros y botellas de cerveza en la cuneta y un aire de deterioro que Berkeley no recordaba.

Entró al caserón y miró a su alrededor. Las mesitas de patas flacas y cubiertas de formalita, y los afiches de gaseosas varias, parecían artefactos de una civilización precaria y advenediza, instalada sobre los remanentes de otra mucho más antigua.

Un mozo de bigotes lo recibió. Pasaron a un patio sombrío repleto de mesones. Al fondo, una señora gorda, con el pelo escarmenado cubierto por un pañuelo multicolor, intentaba infructuosamente ahuyentar a un perro.

La mujer y el mozo miraron a Berkeley con curiosidad mal disimulada. Solían recibir gringos vestidos de explorador, con pantalón corto y bototos. Pero un extranjero enfundado en un traje azul de lana peinada (italiano), camisa de algodón *long staple* (inglesa) y mocasines *cordovan* con suela doble (hechos a mano en Maine), no tenía precedentes.

Sobre mesones de piedra húmeda que bien podrían haber sido adquiridos en una morgue, se exhibían moluscos de olor salobre, cuyos nombres Berkeley ignoraba. Más allá, en un estanque de aguas verdosas, convivían incómodos cangrejos de tenazas descomunales y unos bicharracos que parecían pulpos. Cuando uno se movió de sopetón, extendiendo sobre el borde del acuario dos tentáculos viscosos, a Berkeley lo atravesó un escalofrío.

—¿Qué prefiere? —dijo una voz detrás suyo—. ¿Un mariscal crudo o una paila marina?

Era el doctor Gómez. Los mozos se arremolinaron a su alrededor.

¿A qué exactamente se dedicaba el Centro de Acción Comunitaria y Ambiental?, preguntó Berkeley una vez que estuvieron instalados en la mejor mesa.

—A la exégesis —respondió el doctor Gómez.

Berkeley Barclay frunció el ceño, acaso por la respuesta de su interlocutor o porque una pata de jaiba estaba a punto de salirse de su plato.

La normativa chilena en materias ambientales era muy reciente, se explayó Gómez, y no bastaba cumplir la norma, sino también «asegurar la correcta interpretación de la misma».

—Es un asunto de exégesis, Mr. Barclay. En el fondo, es un asunto de exégesis.

El presidente del Centro de Acción Comunitaria y Ambiental se complació con el eco de sus palabras en el comedor vacío: *égesis…, …égesis…*

Pasaron de los mariscos fríos a un caldo caliente, y de ahí a un pescado a la plancha cubierto con una salsa grumosa.

Al cabo de incontables explicaciones, Berkeley levantó la vista del plato y se percató de la mirada fija del doctor. Ubicándose a rango-de-aliento-perceptible (esta vez vinoso) y con una intensidad repentina, Gómez concluyó:

—Pero todo cuesta plata, Mr. Barclay.

—…

—Mucho, mucho dinero.

Las palabras rebotaron de nuevo en el techo cavernoso: *…eeeero, …eeeero.*

El doctor pidió la cuenta y algo más que Berkeley no alcanzó a entender. El mesero regresó con un paquete.

—Un regalo de despedida —dijo Gómez, alcanzándole a Berkeley un medio kilo de lengüetas de erizos cuya humedad anaranjada traspasaba ya el envoltorio.


9

Cienfuegos avanzaba por la Calle 17 en dirección a la Séptima Avenida. Un camión de basura y una hilera de autos estacionados en doble fila frente a Barney's le bloquearon el paso. ¿Qué debía hacer un mensajero en bicicleta, inflexible en el cumplimiento del deber, «llueva o truene», sino deslizarse por el estrecho espacio entre los autazos?

Avanzaba cuidadosamente, con dos o tres centímetros de margen a cada lado, cuando el *car* a su derecha retrocedió, girando para salir del hueco en que estaba estacionado. Cienfuegos se detuvo e intentó dar marcha atrás, pero ya era muy tarde. Un pedal se trabó en el parachoques, dejándolo atascado. Cienfuegos gritó y las emprendió a puñetazos con el portamaletas del *car*, que finalmente se detuvo. Por precaución, Cienfuegos le asestó otro golpe. Se abrió una puerta y del auto bajó un tipo alto. Vestía uniforme de chofer.

—¿Está atrapado? —preguntó, mientras Cienfuegos gesticulaba desesperado tratando de liberarse.

Del asiento trasero apareció una mujer de cara huesuda y talle igualmente esquelético.

—Mr. Cienfuegos… —exclamó Cornelia Best—. Espero que no esté herido.

Mientras el chofer corría el auto, la señora intentó auxiliarlo, profiriendo excusas.

—No sabe cómo lo siento. La culpa fue de Bigsby. No debería andar manejando este auto.

El atuendo ciclístico de Cienfuegos le dejaba las pantorrillas al descubierto. Mrs. Best se las inspeccionó con detención. Concluyó que no parecía estar herido.

—De todos modos, sería bueno que lo examinara un médico. Súbase al *car* que lo llevaremos.

—¿Y mi…? —intentó preguntar Cienfuegos, apuntando a la bicicleta. El chofer la guardó en el portamaletas.

Instalados en el asiento trasero, la señora insistió en examinar la pierna una vez más. Debía asegurarse de que no hubiese indicios de fractura. Con sus dedos largos, la señora Best empezó a palpar el tobillo y luego la pantorrilla.

—*Oh my!*…

De la pantorrilla la señora pasó a la rodilla, y de allí al muslo. Para alcanzarlo debió arremangar el pantaloncillo ajustado de lycra. La pierna izquierda, adolorida, se contrajo en un espasmo.

«Tensión muscular», concluyó la señora con gesto preocupado y ofreció un tratamiento que no falla. Sin esperar respuesta, allí mismo en el asiento trasero del *car*, Mrs. Best puso a Cienfuegos de bruces y empezó a masajearle hombros, cuello, omóplatos, deltoides, tríceps y bíceps…

—Así se sentirá mejor... —dijo con voz cada vez más ronca—. Mucho mejor.

Cornelia Best ya tenía las pupilas y los orificios de la nariz dilatados cuando hizo girar a Cienfuegos de un empellón y se abalanzó sobre él.

—*Fuck me*—susurró—. Hazme el amor. Hace meses quiero que me hagas el amor.

—¿Y él…? —preguntó Cienfuegos, apuntando al chofer que no apartaba la vista del espejo retrovisor.

—¿Bigsby? No te preocupes. Es mi marido. No te importa si nos mira, ¿no?

## 10

A regañadientes había llegado Berkeley a ese punto. Valentina no le había dejado escapatoria. En realidad, él mismo no se había dejado escapatoria. ¿Qué maldita razón lo impulsó a protesar por el esmog de Santiago en el mismísimo instante en que un atochamiento tenía a Valentina de pésimo humor? Eso había bastado para que ella le echara en cara ser un *banquerito* inútil que reclamaba sin hacer un carajo por el medio ambiente.

Qué no habría dado Berkeley por compartir con Valentina sus desvelos por el proyecto Millennium, contarle con lujo de detalles cómo él luchaba porque cumpliera con las normas más exigentes, topándose una y otra vez con las triquiñuelas de colegas y burócratas a quienes el medio ambiente no les importaba un reverendo pepino…

Pero no podía. O no se atrevía. O ambas. Por eso estaba allí, un lunes muy temprano, tratando de expiar su pusilanimidad auricular en mano.

—Míster Barclay —tronó la voz de Gómez—. Esperaba su llamado.

Era el momento de retomar la conversación del otro día, suponía el doctor. Berkeley farfulló algo acerca de sus conversaciones con los contadores, la potencial disponibilidad de unos fondos, muy limitados por supuesto…

—Para nosotros cualquier aporte es bienvenido.

—¿Y para qué actividades se usará el dinero?

—Míster Barclay, usted es norteamericano, ¿no?… En su país es muy común que el sector privado haga donaciones con fines académicos, o para el arte y la cultura, ¿no es así?

Berkeley tuvo que asentir.

—Y cuando una empresa dona recursos a un museo, ¿le da ello derecho a decidir qué obras serán adquiridas? O, cuando un millonario lega una gran suma a alguna universidad, ¿pueden sus herederos elegir al profesor que detentará la cátedra?

—¿…?

—Respetar la libertad académica es lo esencial, míster Barclay. Usted comprenderá que no le puedo informar por anticipado en qué se gastarán los recursos.

Berkeley hizo un último intento: por lo menos le darían un recibo… ¿no?

—¡Míster Barclay! No pretenderá usted que le facilitemos la labor de rastreo a la dictadura.

A Berkeley Barclay, gerente general, no le quedaba más que mandar el cheque. Ordenó a su secretaria que lo hiciera. Después se apresuró a comunicar a Valentina las buenas nuevas.


11

Le dolió el cabezazo en uno de los dinteles arqueados. También le dolieron las piernas, porque caminar engrillado por ese laberinto gótico de pasadizos angostos y piedras mohosas era lo que pretendía ser: un suplicio.

Los cancerberos lo ataron al altar ciñendo las amarras en tobillos y muñecas, allí donde mismo habían apretado las cadenas. Aterrorizado, Cienfuegos tuvo visiones gangrenosas: extremidades ennegrecidas, muñones sanguinolentos.

Al compás de un órgano desfilaron los sacerdotes y sacerdotisas. Vestían togas y birretes, y entonaban himnos:

*Ecología política... aire y agua... relajación corporal... post-colonialismo... dieta orgánica... relaciones de poder... energía solar... texto qua texto... frutas y verduras... différance-diferencia... derechos animales... género y número... granos y legumbres... la ilusión de lo objetivo...*

...oyó Cienfuegos desde el gigantesco bloque de granito sobre el que lo habían tumbado.

La procesión pasó ante el altar. En la oscuridad del castillo, Cienfuegos tardó en reconocer al pastor Amory, portador de un gran mazo. Más atrás venían las señoras del grupo de apoyo, Nigel Hawkins, el Dr. Fowl, Lin-da Lin, el librero revolucionario de Vermont. Cerraba el desfile J. J., que al pasar le hizo una mueca burlona.

*Jiiiiii...* chillaron los vampiros. *Fuuuu...* aullaron gélidos los chiflones que cruzaban el anfiteatro de los sacrificios. *Ring...* repicó una campana cuyo sonido era sorprendentemente parecido al de un teléfono.

*Ring... Ring...*

Apenas, entre las gotas de sudor frío que le nublaban la vista, pudo Cienfuegos identificar a la sacerdotisa mayor: Cornelia Best, enfundada en una capa violeta. Para ese entonces la congregación, enardecida, berreaba un cántico fúnebre.

La señora Best levantó la daga. Miró a Cienfuegos por

unos instantes. Al fin, lenta e inexorablemente, dejó caer la obsidiana punzante hacia su corazón.

—¡Valentina! —bramó él, con la angustia de la última esperanza.

«Valentina», dijo también la voz en el contestador telefónico.

—¡Valentinaaa! —volvió a aullar Cienfuegos.

—Sí, creo que se llama Va-len-ti-na —repitió la máquina desde el velador—. Una chica muy mona. Berkeley no me ha dado detalles, pero sospecho que está muy enamorado. Intuición de madre, *you know.*

Margaret Worth balbuceaba con el tono compungido de siempre: «Tan agradecida... toda la ayuda... instalarse en Santiago…». Pero esta vez se le escapó una nota de jactancia: estaba «orgullosa» de su hijo.

Diego Cienfuegos suplicó que la pesadilla terminara pronto.

# Nueve

Berkeley entró al salón de actos del Colectivo de Acción Comunitaria y Ambiental, y se felicitó. Pasando revista a los chaquetones, camisas de franela y bototos que vestía la audiencia, constató que había elegido bien su atuendo. Del mismísimo modo iba vestido él. Oculto en un morrocotudo suéter alpino que no se ponía desde sus años universitarios, el banquero casi parecía arriero —claro que un arriero aficionado a la lana shetland y orgulloso del rótulo «ciento por ciento algodón» en sus calzoncillos. Absorto en esos pensamientos, Berkeley no se percató de la cercanía de Aliro Gómez hasta que lo tuvo encima, con la mano en ristre y una sonrisa que dejaba demasiados dientes a la vista.

—¡Míster Barclay! Ya ve usted que su generoso aporte no cayó en saco roto. Qué le parece el evento que hemos organizado hoy.

Barclay contempló a Valentina por el rabillo del ojo. Más le importaba que pensaba ella del evento y de su «generoso» financiamiento. Berkley constató con desazón que Valentina no parecía especialmente impresionada.

El salón —atiborrado de gente— albergaba no sólo a activistas en atuendo de camping, sino también a académicos, periodistas y algún político con aspiraciones progresistas, quienes se disputaban los asientos para escuchar la charla del eminente catedrático de la Universidad de Nueva York.

Tras las presentaciones de rigor, Fowl no tardó en entrar en materia. Con una voz que sugería una irritación congénita de ciertas mucosas rino-laríngeas, Fowl describió las bondades de la campiña en la Región de los Lagos. Ensalzó la cultura aborigen de sus habitantes y la armonía de su relación con la naturaleza. Denunció las condiciones de opresión que primaron en aquella comarca desde los albores del colonialismo y esbozó un contraste entre las aproximaciones de Althusser y Foucault a las estructuras de poder, advirtiendo empero sobre los peligros del reduccionismo post-estructuralista. Rindió además un breve homenaje a la hermenéutica pionera de Dorfman y Mattelart, en especial por su interpretación de ese cómic infame en que el Tío Rico McPato se apresta a depredar las riquezas naturales de una isla repleta de antropófagos.

Esa alusión sirvió de puente para la denuncia de fondo. Fowl empezó a enumerar atrocidades pretéritas y potenciales:

«Muchas especies nativas están en peligro de desaparecer para siempre», afirmó, y la audiencia se desperezó; «la inundación del valle causará estragos en las comunidades locales», añadió, y se fruncieron los primeros ceños; «es un patrón de conducta inherente al capitalismo globalizado en su fase post-industrial», concluyó, y a una mujer sentada a la siniestra de Berkeley se le escapó un bufido.

Con voz destemplada, Fowl se aprestó a largar su gran verdad:

«Agente directo de esta conjura, autor material de este crimen de lesa humanidad es, como quizás algunos de ustedes ya estén informados...».

En el salón no volaba una mosca.

«...Dunwell & Greid, banco de mi país, cuya filial chilena orquestó y financió el proyecto».

El alarido sorprendido de una mujer rompió el silencio de la sala. Esa misma mujer se puso de pie y, tras echarle una mirada de odio a su acompañante, se largó a correr. Cuando Berkeley atinó a seguirla, Valentina ya había cruzado el salón de actos y desaparecido en la oscuridad del patio.

## 2

En cuatro patas, Cienfuegos extrae objetos del fondo de una caja de cartón. La caja hace mucho que no ve la luz del día, pues llega poco sol a aquel rincón bajo su cama en el departamento del West Village. Sus contenidos, era de esperar, huelen a humedad y saben amargo.

*Exhibit A*: foto en blanco y negro. Un grupo de jóvenes alrededor de una mesa de patas flacas. Casino de la escuela, *circa* 1980. Cienfuegos, aún sin cumplir veintiún años, y Valentina, quien acaba de celebrar los dieciocho. Del muro cuelga un afiche de turismo. «Visite Europa», dice la leyenda; «así lo haremos», dicen las caras de los universitarios.

*Exhibit B*: foto a color con pocos colores. Los grises son de Santiago; los edificios afrancesados también. Valentina, de boina, bufanda y abrigo, aspira aparatosamente un cigarrillo que uno supone sin filtro. «Ceci n'est pas une pipe», alguien ha garrapateado al pie del retrato.

*Exhibit C*: dos boletos para un concierto en el Teatro Providencia, un pinche para el pelo en forma de mariposa, varias postales del norte de Chile (en la de Pica se lee: «Eres mi limón de ídem»; la letra es de Valentina), una invitación para el estreno de una obra de Ramón Griffero, fósforos que tienen que ser Andes, un recorte del diario en que Caszely se agarra la cabeza a dos manos tras perder el penal en el mundial del 82, un brazalete de mostacillas, la cajuela vacía de un casete de los Fabulosos Cadillacs, una foto del puente Pío Nono sumergido bajo las aguas del Mapocho, un carné escolar de 1977, monedas a las que la inflación quitó todo valor, un bolsito de orfebre (terciopelo negro) sin joya adentro.

*Exhibit D*: un alto de cartas de Valentina, escritas todas en el mismo papel prematuramente amarillo, sujetas con un elástico a punto de cortarse.

*Exhibit E*: un pañuelo, posiblemente de la India, que Valentina no se quitaba del cuello durante el invierno. La ausencia de todo perfume (Cienfuegos lo huele insistentemente) es su ausencia; la tersura de la seda, un pobre sucedáneo de su piel. Objeto maldito, cruel recuerdo del tiempo perdido.

## 3

Tras su escape de la reunión del Centro de Acción Comunitaria y Ambiental, a Valentina no se la tragó la tierra. Muy por el contrario: entrada la tarde siguiente se apareció donde Berkeley y lo puteó. Lo puteó de un modo tan volcánico como inesperado e incomprensible para un gringo, acostumbrado a los exabruptos breves que terminan en excusas. Berkeley recibió atónito la retahíla de insultos que salían a borbotones, en una erupción que parecía no terminar nunca. Farfulló algunas excusas acerca de la «conveniencia de luchar desde adentro en vez de protestar desde afuera», pero sólo logró atizar más la ira de Valentina.

—¡Cobarde! Hasta con Diego, ese otro cobarde, estaba mucho mejor.

—¿Diego…? —trató de preguntar, pero sólo recibió un portazo de respuesta.

Valentina salió del departamento de Berkeley, y de su

vida. Los llamados telefónicos y unas notas manuscritas en papel de fibra con las iniciales BJB impresas en cada hojita —ella no respondió ni a los unos ni a las otras.

A Berkeley no le quedó otra que hacer guardia frente a Versalles. Con voz ansiosa interrogaba a cada uno de los que entraban o salían de la casona.

—Vírate, compadre —le respondían—. La Valentina no te quiere ni ver.

## 4

Cienfuegos tenía un secreto. Un *dirty little secret*. Que nunca hubiera dejado de masturbarse era lo de menos; lo importante era que nunca había dejado de pensar en Valentina mientras se la corría.

Según su propia contabilidad, Cienfuegos había compartido con ella cuatro años, ocho meses, veintiún días y algunas horas. Diecinueve meses y una semana habían transcurrido desde la última vez que la vio. En suma, trescientas cuatro semanas, más o menos. Una estimación prudente de cuatro pajas por semana arrojaba el total de mil doscientos dieciséis actos de onanismo, todos estimulados por la misma mujer. Si eso no es fidelidad, ¿entonces qué? Devoción total, lealtad sin límites, apego a toda prueba, sí, señor.

Para comenzar a excitarse, Cienfuegos solía evocar la imagen de una Valentina-risueña o Valentina-desnuda o Valentina-en-cuclillas-llevando-con-sus-tetas-el-ritmo-del-primer-amor. Pero no estaba allí la clave del acicate erótico de su musa masturbatoria. El onanismo es caníbal: se nutre de su propia especie. Nada calentaba más a Cienfuegos que tenderse sobre la cama imaginando a Valentina imaginar que hacían el amor. O mejor aún: imaginando a Valentina masturbarse evocando la imagen de Diego que...

Todo marchaba bien mientras Cienfuegos imaginaba a Valentina imaginando a Cienfuegos. Pero a partir del recado de Margaret, cada vez que invocaba la imagen de la musa se le aparecía ese tal Berkeley Barclay entremedio. Bastaba abrirse la bragueta y conjurar el espíritu de Valentina para que rompiera la cadena del amor el gringo entrometido. Resultado final: esa noche sólo con un acto de voluntad perseverante, que le dejó pulgar, índice y miembro adoloridos, pudo Cienfuegos llegar a puerto. Su recompensa: apenas un par de gotas blancuzcas.

Mientras se las secaba del vientre, empezó a soñar con su revancha.


5

Feliciano Impruneta colgó el auricular y se decidió. Una cosa era que Berkeley Barclay se mostrara receloso frente al proyecto Millennium. Otra muy distinta que tratara de entrabarlo recurriendo a la burocracia estatal. Y más inverosímil aún era que decidiera donar plata del banco a una organización ecologista, aduciendo la importancia de la buena voluntad. «Hora de entrar al próximo round», pensó Impruneta. No se contentaría con un miserable triunfo por puntos. Ni siquiera un *knock out*. Iba a sacar al gringo del cuadrilátero. Tenía un plan para lograrlo y una buena coartada también. Lo primero era conseguir los muy necesarios pesos. Para eso resultaba imprescindible hacer un pequeño chanchullo; nada aparatosamente grande, por supuesto, ni fácilmente detectable. Sólo unos pesos que, gracias a la magia financiera de Impruneta, desaparecerían de aquí, reaparecerían por acá, y terminarían dándole una formidable patada en el culo al gringo Barclay.

La oportunidad estaba allí. «Era cosa de tirar y abrazarse». Gracias, don León Hurtado. El negocio con Caramelos Hurtado S.A. era una pesadilla contable. Había tantos recovecos en una operación que comenzaba con un bono Samurai en yenes, cuya recaudación se pasaría de inmediato en dólares, usando un complejo procedimiento de *currency swaps*, para ser finalmente convertidos a pesos, de modo de girar los fondos en moneda local a cuenta de don León, de acuerdo a un calendario de desembolsos contingentes que dependerían del estado de resultados de la compañía…

Coto se relamió los metafóricos bigotes con sólo pasar revista a las posibilidades. No en balde había sido el mejor en aquellos tediosos cursos de finanzas corporativas. El gringo Barclay tenía los días contados en la gerencia general. Todo gracias al ingenio sutil de Feliciano Impruneta.

Desde su ventana, el gerente de finanzas se inclinó en una venia, agradeciendo los aplausos de un público inexistente.


## 6

Es la economía del amor. La demanda no depende sólo del precio, como postularon teóricos varios, partiendo por Alfred Marshall. Los paseantes hambrientos rara vez quieren instalarse en el restaurante vacío, por barato que sea; caminan hasta encontrar uno repleto de comensales que felices engullen sus viandas junto al fogón. Es decir, la demanda depende asimismo de las otras demandas. Así ocurre en el mercado de los restaurantes, y también en el de los afectos. Enterarse de que Valentina había sido novia de Diego Cienfuegos y desearla aún más —mucho más— fueron, para Berkeley, la misma cosa.

¿Efecto de señal, en que el demandante infiere del comportamiento de otros agentes las características del objeto demandado, tal como lo postulara Spence en el artículo que le valió el Nobel? ¿O simple externalidad positiva en el consumo, reflejada en funciones de utilidad que contienen términos cruzados, como lo precisara Samuelson ya en la década del cincuenta?

Vaya uno a saber.

Cualquiera fuese la causa, el comportamiento de Berkeley se ciñó admirablemente al patrón de demanda meticulosamente estimado por econometristas varios. «Va-len-ti-na, Va-len-ti-na», repetía, añorándola con intensidad dolorosa cada vez que se la imaginaba en los brazos de Diego Cienfuegos.

## 7

*El macho de la especie abandona su letargo cotidiano y se vuelve agresivo sólo cuando otro macho lo desafía, ya sea intentando aparearse con su hembra o adentrarse en el sector del bosque que ha delimitado como suyo. En tales ocasiones chilla airadamente, aletea con violencia de modo asincrónico, y se deja caer en picada desde gran altura con el fin de ahuyentar al adversario.*

Eso sostiene A. N. Slazenger, el eminente sociobiólogo de Harvard, en su tratado sobre *athene flammeus*, variedad de búho originaria de la Región de los Lagos en el sur de Chile. Diego Cienfuegos, acaso por haber pasado en la zona largas temporadas durante su infancia, respondió del mismo modo ante los mismos desafíos.

Llegó con diez minutos de adelanto a la cita en casa de Cornelia Best, en la calle 67 cerca de la Quinta Avenida. La mucama le pidió que esperara en la biblioteca: tomo tras tomo de envejecidos lomos de cuero, apilados en estantes lacados de un naranja furioso. Junto a la chimenea colgaba una acuarela: tres trazos para conformar una cara larga, otros pocos en ángulos agudos y... *voilà*: unos ojos almendrados.

—Modigliani —dijo Cornelia Best a espaldas de Cienfuegos—. Pintado en sus últimos días. Se lo cambió al dueño de una *brasserie* por un plato de *choucroute*.

Apenas la señora lo invitó a sentarse, Cienfuegos sacó un alto de fotos y planos de su mochila.

—¿Me vas a mostrar mapas polvorientos? ¿A esta hora del día?

—¿Recuerda el proyecto forestal Millennium, ése que se discutió en el World Affairs Council hace un par de meses?

—Cómo podría olvidarlo, *darling*.

—Aquí están las consecuencias.

Cienfuegos le alcanzó dos fotos. En una aparecía la proverbial ladera verde cubierta de olmos, lingues, mañíos y pataguas; en la otra, un desierto polvoriento del que sobresalían, cada cierto trecho, muñones chamuscados.

—¿Es la tierra de tu familia?

—Era.

—¡Hay que hacer algo al respecto! Alguien tiene que tomar cartas en el asunto.

Eso Cienfuegos lo tenía claro. Alguien tenía que hacer algo al respecto. El problema era *qué* hacer al respecto. Pero él tenía algunas ideas, las que explicó a la señora.

Ella lo escuchó con el ceño fruncido. Le parecía arriesgado, dijo, aunque sin mucha convicción. Cienfuegos insistió, y algo en el revoloteo de las pestañas de la señora reveló que estaba a punto de convencerla. Dos frases más, salpicadas de castellano, y una sonrisa coqueta de Cornelia Best confirmaron el giro: no era tan mala idea.

—*In fact*, es una muy buena idea, *darling* —ronroneó, acercándose a Cienfuegos en el sofá.

## 8

Otra vez Berkeley Barclay se encontró con un ángel. Pero esta vez, el ángel estaba encadenado a las rejas de su oficina.

Por ese entonces la casa matriz de Dunwell & Greid Chile aún no se mudaba del tradicional edificio del centro de Santiago que albergó al Banco de Linares por casi cien años: el esfuerzo insistente de Feliciano Impruneta por trasladar la gerencia a uno de esos rascacielos que surgen como hongos en los faldeos cordilleranos sólo tendría éxito en la década siguiente. El edificio del centro siempre tuvo dos entradas; una principal con portón de roble americano labrado y pesadas rejas, que da al Paseo Ahumada; y una lateral que conduce a un pasaje típico del centro santiaguino, repleto de salones de podología y vendedores de baratijas.

Por el pasaje salió ese mediodía de agosto la plana directiva del banco, intentando evitar la protesta que, según personal de seguridad, recién comenzaba frente a la casa matriz. Entre vendedores de boletos de lotería y letreros que ofrecían lo último en corpiños de nailon desfilaron el gerente general y el de finanzas, escoltados por ejecutivos varios. Pudieron haber evitado totalmente a los manifestantes, pero la pertinacia de Coto Impruneta no lo permitió. Para qué caminar dos cuadras de más, argumentó, siguiendo el pasaje hasta la calle Estado y dando la vuelta a la manzana, si podían llegar directamente a su almuerzo en el Newcastle Grill con sólo cruzar el Paseo Ahumada. Que esa trayectoria los colocara a pocos metros de la protesta, a Coto le daba lo mismo:

—A lo más serán una docena de pendejos.

Tamaña sorpresa la de Impruneta, entonces, cuando al asomar la nariz a la calle Ahumada, se topó con un centenar de jóvenes que agitaban pancartas. Y tamaña sorpresa la de Berkeley al ver a Valentina encadenada a las rejas del banco.

«Negociante traidor
Te robas nuestros bosques
Con la mano del dictador...»

gritaban, y Berkeley, en su fuero interno, estuvo de acuerdo. Impruneta encabezaba el grupo de banqueros. Observando su traje azul y pelo embadurnado, los jóvenes activistas dirigieron a él sus consignas. Coto se abrió paso con un empujón destinado al más flaco de los manifestantes. El muchacho cayó de espaldas sobre la acera. Antes de que pudiera ponerse de pie, un policía ya le había asestado dos tronchazos y comenzaba a esposarlo.

«Paco reculiao,
cafiche del Estado»

Valentina no gritó. Tampoco saltó ni gesticuló, porque las cadenas que la ataban al enrejado se lo impedían. Siguió impávida cuando apareció la plana mayor del banco. Hasta que... Valentina escupió.

No a Berkeley, sino al suelo. Soltó el salivazo cuando pasaban frente a ella los gerentes. El gesto fue imperceptible para todos, menos para Berkeley Barclay. Él estaba muy consciente de que ese escupo tenía dueño. Ese dueño, desafortunado receptor de la ofrenda, se quedó temblando. Y siguió con la tembladera hasta que se hubo instalado en el restaurante que sirve, como lo pregonan todas las revistas de gastronomía y estilo de vida, las más sabrosas aves de Santiago.

9

Cienfuegos y el *staff* de Cornelia sostuvieron largas reuniones. El diagnóstico resultó compartido. Los informes que publicaba el gobierno de Chile sobre el Proyecto Millennium eran una sarta de mentiras; también los artículos en la prensa chilena. Un equipo de investigadores del Panda Club había obtenido copia del *report* interno del WFC, pero la prosa retorcida de ese documento burocrático revelaba poco y nada. Los datos necesarios para montar una denuncia creíble debían estar en el archivo de Dunwell & Greid. Pero, por supuesto, el banco se negaba a entregarlos.

En este punto comenzaba a operar el «Diego-Cienfuegos-*Plan*».

Apenas una semana después de la reunión con Mrs. Best, y con una determinación que lo sorprendió incluso a él mismo, Cienfuegos montó el ascensor y subió hasta el piso cincuenta y siete de la torre de Dunwell & Greid. Se alisó el uniforme de *lycra* y contempló la placa en el vestíbulo: «Investment Banking — Latin American Region». Eran las cinco de la tarde y el edificio comenzaba a vaciarse. La ocasión no podía ser mejor.

—Vengo a recoger una encomienda —le dijo Cienfuegos a la secretaria que custodiaba los archivos de la división.

—¿World Wide Transfers? —respondió ella, reconociendo el uniforme—. Déjeme ver…

Cienfuegos sintió que se le aceleraba el corazón. *Tic-tac, tic-tac.* La secretaria no tenía orden alguna para World Wide Transfers en su lista de envíos. Tendría que consultar con sus jefes. Se encaminó hacia una hilera de cubículos al fondo del pasillo. «Media docena de jefes…», estimó Cienfuegos, «medio minuto por jefe…». En silencio, alabó el democrático sistema de secretarias compartidas.

Un par de minutos hurgando en los archivadores le bastaron. Halló tres carpetas rotuladas «Millennium Forestry (Chile)» que apenas cupieron en su bolso. Cuando la secretaria regresó de sus consultas, Cienfuegos ya ojeaba el *bulletin board* con gesto displicente.

—Qué extraño, nadie tiene nada —dijo ella, sorprendida.

—La vida está llena de misterios —respondió Cienfuegos, sonriente, mientras apretaba el botón del ascensor.

## 10

A Feliciano Impruneta nunca le había gustado la política. Las declaraciones rimbombantes, el *bla-bla* interminable, eso no era lo suyo. Él era un hombre de acción.

Por eso admiraba al general.

Al general no le contaban cuentos. Poco ruido y muchas nueces. El país avanzaba. Con altos y bajos, claro, pero avanzaba. Pronto le dirían adiós a América Latina. Ya era hora, opinaba Impruneta.

Una vez, a principio de los ochenta, había visto de cerca al general, a través de las ventanas oscuras de un Mercedes blindado. Recién se abría la avenida Comodoro Arturo Merino Benítez, esa autopista que conecta el centro de Santiago con la mansión de Lo Curro que el general nunca llegó a ocupar. Lloviznaba. Coto Impruneta iba por la carretera tan feliz como sólo puede estar un hombre joven con un auto nuevo. Al Fiat 147, comprado con ayuda de papá, le había puesto llantas anchas y un volante de madera. El autito llegó a los ciento veinte kilómetros por hora sin vibrar gracias a la pista recién asfaltada. Coto alzó la frente y se imaginó al mando de un Ferrari.

En ese momento pasó la comitiva. Los dos Mercedes azul metálico se deslizaban sobre el pavimento mojado. El general iba en el de más atrás, mirando por la ventanilla con expresión ausente.

Acaso el entusiasmo juvenil traicionó a Impruneta. O

quizás fue su hechura de hombre de acción. Giró el volante de competencia, aceleró, y el Fiat se alineó con el sedán negro que cerraba el convoy. Por unos instantes, Impruneta y el general se deslizaron juntos, a la misma velocidad y con el mismo norte.

Hasta que el sedán negro y otro que apareció quién sabe de dónde ejecutaron una maniobra de pizarrón: topones, gritos, frenazos. Coto no supo exactamente cómo se halló de bruces sobre la capota del Fiat con una metralleta en las costillas. Lo custodiaban tres tipos. Del auto del general, ni hablar.

—¡Documentos, mierda! —le exigió un civil que comandaba el grupo.

—Los tengo en la billetera.

—¡Párate entonces! ¡Des-pa-ci-to!

Impruneta se levantó todo lo lentamente que le permitían sus miembros temblorosos. Extrajo del bolsillo la billetera, hurgó en ella por unos instantes, y se percató de la verdad terrible.

—Ando sin carné.

Al de la metralleta esta revelación no le hizo gracia.

—¿Y por qué, huevón?

Coto vaciló antes de soltar la verdad, pero no se le ocurrió ninguna explicación menos vergonzosa.

—Lo dejé en la nieve.

—¿Qué?

«La nieve… fin de semana pasado… subí a esquiar… se me olvidaron… botas… arrendar… volví tarde… local cerrado… todavía… carné…». Algo así farfulló Impruneta.

El agente se alisó el bigote.

—¡A ver, acércate! —rugió.

Le echó una larga mirada a Impruneta. Con ojos de profesional constató su buen porte, examinó la chaqueta de *tweed* que vestía y se detuvo en sus ojos azules.

—Mira, cabro —dijo, finalmente—. Ándate para la casa. Y que no se repita, ¿me escuchaste?

La piedad era, al fin y al cabo, una virtud que Carlos Barrera creía propia.

## 11

El chalet de Providencia que albergaba al Colectivo de Acción Comunitaria y Ambiental tenía los corredores atiborrados, los maltrechos escritorios, las estufas y las arpilleras multicolores que son de rigor en las organizaciones no gubernamentales de Chile. A mediodía, el olor a gas de los calefactores solía mezclarse con el aroma del Nescafé, y las risas de las secretarias con poco que hacer llenaban los recintos pintados de un amarillo sucio.

Pasadas las ocho de esa fría tarde de invierno, el chalet estaba vacío. Al fondo de un pasillo, más allá de la cocina, surgía el zumbido de la teleserie que a esa hora el nochero sintonizaba religiosamente. Ese ruido evitó que oyera el tropezón de Berkeley contra un arrimo.

—*Fucking shit!* —exclamó entre dientes, y a tientas continuó su avance hacia la única oficina iluminada.

Tenía los pies entumidos tras la espera furtiva de tres horas en el jardín. Uno a uno habían salido los empleados del Colectivo camino a casa, o quizás a una sesión de autoayuda en la que se sentarían en un círculo para confesar los deseos más inconfesables y terminar sollozando, redimidos, en el hombro del vecino.

Pero de Valentina, nada.

Ahora, Berkeley Barclay avanzaba decidido a encontrarla. Uno, dos, tres pasos más, y alcanzó el umbral iluminado. La puerta estaba entreabierta. Estirando el cuello pudo ver la vasta oficina del doctor Aliro Gómez. Valentina Hurtado yacía apoyada en el teclado del computador; Gómez, de pie tras ella, maniobraba el *mouse*.

—Mejor lo redactamos así —susurró, pasando el brazo sobre el hombro de Valentina y rozándole los pechos con la manga—. Déjeme que la ayude.

Soltando el *mouse*, Gómez puso ambas manos sobre el teclado. Con Valentina atrapada entre sus brazos empezó a escribir mientras le recitaba al oído la primera frase de la misiva. «Las consecuencias biológicas y ambientales, amén de sociales, políticas y culturales...», alcanzó a decir antes de que una manaza se posara sobre su hombro, pegándole un tirón que lo dejó sentado sobre el escritorio.

—¡Mi estimado, Mr. Barclay! —balbuceó, mientras pataleaba en un esfuerzo inútil para alcanzar el suelo con sus piernas cortas.

Berkeley medía quince centímetros más que Gómez, y le llevaba la misma distancia en anchura de hombros. No le fue difícil, por lo tanto, levantar al doctor por las solapas y someterlo a un zamarreo descomunal.

—Aquí hay un malentendido —gimió Gómez, justo antes de que un empujón final lo depositara sobre el sofá.

Berkeley miró a Gómez de arriba hacia abajo, como a un insecto. Valentina contempló a Berkeley de abajo hacia arriba, como a un héroe. Se sorprendió admirando una vez más su hechura atlética y la elasticidad de sus movimientos. Bañado en la luz ocre de las lámparas de oficina, Berkeley Barclay parecía todo un *hombre*, un hombre misterioso, un hombre seductor.

«Jay Gatsby», murmuró Valentina. Gatsby, como corresponde, le ofreció el brazo. Ella le tomó la mano. Se abalanzaron hacia la puerta rebosantes de entusiasmo, como si al otro lado del umbral estuviera la añorada Manhattan.

El doctor Aliro Gómez quedó tendido de espaldas, con la boca abierta y la mirada fija en el computador, mientras la pareja se alejaba por el pasillo. No habían llegado aún a la calle cuando Berkeley, sintiendo la pasión con que Valentina le apretaba la mano, intuyó que se habían reconciliado.

## 12

Feliciano Impruneta recordó con una sonrisa las circunstancias en que se había topado a Carlos Barrera por segunda vez. Escenario: Club Hípico de Santiago. Fecha: seis meses después del malentendido del carné.

Coto no fue nunca aficionado a los caballos, aunque llevaba la hípica en la sangre: era Impruneta Sotomayor, tataranieto de Francisco Sotomayor Egaña, fundador del club allá por 1870. De ahí su ocasional tarde en las carreras, acompañando a padre, tíos o abuelo. No tan ocasional, en todo caso, como para que los prehistóricos porteros del salón reservado para los socios del club dejaran de reconocerlo.

—Adelante, joven —le había dicho aquella tarde el portero de párpados capotudos. A continuación había bloqueado la entrada, con los mismos buenos modales, a un tipo que pretendía pasar detrás de Coto.

—¿El caballero es socio?

Impruneta giró y se topó con las facciones planas y el bigote ralo, tan comunes como inolvidables para él.

—El señor viene conmigo —dijo, y el portero se hizo a un lado.

En el salón, una mirada de arriba a abajo le bastó al detective para reconocer a Impruneta.

—Carlos Barrera, para servirle. En caso que se le vuelvan a perder los documentos, écheme una llamadita a este teléfono.

Coto examinó la tarjeta. Bajo el escudo con un cóndor y

un huemul, especialmente esmirriados, se leía: Policía de Investigaciones, Chile.

## 13

«*She loves you, yeah, yeah, yeah*», cantaban Los Beatles, y Berkeley Barclay en este momento cree lo mismo. John, Paul, George y Ringo estarían de acuerdo si pudieran ver la dulzura con que ahora lo trata Valentina.

Con sonrisas y alabanzas lo presenta al grupo de jovencitas que se ha tomado el centro de la fiesta de cumpleaños. Él las saluda con un balbuceo que delata sus orígenes foráneos. Ellas quieren escuchar de los labios saludables de Berkeley lo que ya saben. ¿A qué se dedica en Chile?

—Es ecologista —se apresura a responder Valentina.

Las chicas están aleccionadas: nada de ironías, les ha advertido Valentina tras narrar el incidente con Gómez y la aparición de Berkeley.

—¿Ecologista? Qué interesante —dice una.

—Tengo una tía paisajista —dice otra.

—Bien *heavy*... —acota una tercera.

Valentina sonríe, incluso cuando Berkeley larga su historia de siempre: «Arrestado por desobediencia civil... California del Norte... árboles centenarios...».

—No está nada de mal el gringo —observa una de las chicas en voz baja, y sus amigas asienten con risitas incontrolables. Él sólo oye un coro de gorjeos.

—¿Otro pisco *sour*, Berkeley? —ofrece al cabo de un rato Valentina.

—¿Por qué no? —responde feliz, constatando que ya no le dice Bob.

# Diez

*Social Textualities*, Nueva York, Volumen V, Número 3, Verano de 1988:

Las instalaciones del artista alemán Hans von Turpitz privilegian el espacio del cuerpo como un elemento estratégico de su configuración conceptual. Un espacio desde luego cultural, siempre poblado de signos que hablan del «poder» o lo delatan (en la conceptualización de Foucault) y de su insistencia secular en colonizar el cuerpo, inscribiendo en él, soterradamente, sus códigos. En principio se trata de un cuerpo sexuado, sometido por lo tanto a la problemática de las identidades. Pero el cuerpo, en Von Turpitz, admite estratificaciones, en el sentido de que partiendo de la premisa que los cuerpos son siempre «cuerpos sociales», ello no excluye la categorización de «cuerpos animales», y por qué no de cuerpos caninos, felinos, equinos, caprinos o bovinos. En esa materialidad primigenia, en ese significante de base, se apoya el artista para construir la obra de su segunda fase, equidistante tanto de los lineamientos del pensamiento post-estructural (en especial Derrida y la Kristeva) como de las directrices agobiantes de la Sociedad Protectora de Animales.

Mas Von Turpitz no es un artista propenso a ceñirse a una estrategia monocorde de representación, o menos aún adherirse a una tipificación de su obra de probado éxito crítico y comercial. Es de la esencia del alemán un permanente rehuir de los «centros», un incansable cuestionamiento de los significados —siempre ideológicos, es decir, siempre encubiertos. En su anunciada colaboración con el compositor Frank Steele y la coreógrafa suiza Petra Starck, Von Turpitz regresa a la problemática corporal, pero ahora desde una perspectiva inclusiva: en una sutil dialéctica las corporalidades humanas se mezclan con las animales, tendiendo hacia un movimiento sintético mediado tanto por el atávico péndulo de la fortuna como por la tecnología que le da su carácter propio a la modernidad.

## 2

Feliciano Impruneta se vanagloriaba de sus nervios de acero, pero de todos modos le temblaron los dedos al marcar el número del comandante Carlos Barrera. Éste recibió el llamado en el cuartito que le servía de oficina: tercer piso del edificio de General Mackenna, con vista privilegiada al patio principal de la Cárcel Pública de Santiago.

—Lo llama un señor Impruneta —le avisó la secretaria, entreabriendo la mampara de vidrio esmerilado que separaba a Barrera de la algarabía de la sede de la Policía de Investigaciones de Chile. Levantó el auricular con desgano.

—Buenos días, habla Feliciano Impruneta. ¿Se acuerda de mí, comandante?

Barrera entornó los ojos, barriendo los muros descascarados de su despacho. Estiró el meñique y contempló el anillo de ónix comprado en la Zona Franca de Iquique. Al cabo de unos segundos, sintió clic cerebral.

—Por supuesto que sí. En este cargo no puedo darme el lujo de olvidar.

## 3

Los objetivos del Panda Club eran, a juzgar al menos por las declaraciones de principios que comisiones y grupos de trabajo redactaban sin cesar, igualitarios a más no poder: pretendía democratizar las relaciones no sólo entre los seres humanos, sino también entre las especies. Aunque la institución era jerárquica a más no poder. Contaba con miles de miembros diseminados por toda América del Norte, los que enviaban puntuales su cheque cada mes. Algunos miembros se reunían trimestralmente en *chapters* locales o estatales (gran casa suburbana prestada por el presidente local, limonada y café descafeínado a destajo, venta de camisetas a beneficio de alguna especie en vías de extinción), celebrando reuniones en que cada miembro tenía oportunidad de verter sus sentimientos más íntimos acerca de éste o aquel desastre ecológico. Pero las decisiones se tomaban en un solo lugar: Nueva York.

Allí, Cornelia Best reinaba sin contrapesos. El pensamiento de la señora era una incógnita, y en eso radicaba buena parte de su influencia. Sus pronunciamientos resultaban escasos, aunque dotados del timbre autoritario de quien tiene en el banco varias decenas de millones de dólares. Durante cónclaves y encuentros solía instalarse en la cabecera con los ojos cerrados, en una pose que a los no iniciados pudo parecer somnolienta, pero que, según aseguraban con vehemencia sus subordinados, era de profunda meditación. Contrastaba con esta actitud el talante chismoso y gregario que mostraba cuando, al darse por terminada la reunión, se iniciaba el cóctel.

La señora no se inmiscuía en el manejo cotidiano del

club: sólo reinaba, delegando en otros la pedestre labor de gobernar. La responsabilidad de recolectar aún más fondos, presidir comisiones, organizar protestas, revisar la redacción de innumerables documentos y, en fin, conducir al organismo blando con mano dura, recaía en un hombre de barba y ademanes hoscos.

Linden Weyerhauser había sido ecologista desde la cuna, y rico también; lo segundo gracias a la primogenitura de una familia dueña de un gran imperio forestal. Ecologista todavía era, y de la variedad más militante. Pero rico ya no: el *pater familias* lo había desheredado cuando Linden encadenó a su propia madre a un roble centenario con tal de impedir que fuera echado abajo (la señora, de contextura frágil y salud delicada, no resistió la noche a la intemperie, despachándose al día siguiente de pulmonía). Acaso debido a ese incidente o al sueldo de hambre del Panda Club con el que se veía obligado a subsistir, Linden Weyerhauser no estaba jamás de buen humor: legendarias eran entre las secretarias sus rabietas causadas por el menor percance logístico. Pero legendarios eran también sus talentos para orquestar las más demoledoras protestas y campañas de opinión pública. Los ejecutivos de empresas contaminantes temblaban ante la mención de su nombre.

—Muy bien —concluyó Weyerhauser—. La propuesta queda adoptada.

Él mismo la había presentado al directorio del Panda Club, a petición de Mrs. Best. Y también se había encargado de explicarla y justificarla, admitiendo comentarios breves del Dr. Fowl, recién llegado de Chile. Los documentos secretos de Dunwell & Greid habían resultado decisivos. A Diego Cienfuegos, invitado especial a la sesión y parte interesada en el asunto, le había bastado asentir con la cabeza —especialmente cuando se emitían alabanzas respecto de su persona, cosa que ocurrió varias veces.

La decisión estaba a punto de quedar consignada en el acta de la reunión del directorio: detener el Proyecto Forestal Millennium, en la Décima Región de la República de Chile, sería una meta prioritaria y centralísima del Panda Club. Para alcanzar ese objetivo la institución movilizaría todos sus recursos, recurriría a su amplia red de expertos y *lobistas*, pondría en estado de alerta a sus *grassroots*, lanzaría una campaña para crear conciencia en la opinión pública nacional e internacional, enviaría representantes a terreno, y no se detendría hasta…

—Un momento —objetó una voz desde el otro extremo de la mesa—. Hay un punto que no hemos considerado.

La voz pertenecía a un lobo. O, mejor dicho, a un hombre con traje de lobo. Lobo rojo de Alaska. Especie declarada en peligro de extinción por la Environmental Protection Agency allá en los años setenta.

—Hay que discutir el impacto del Proyecto Millennium sobre la fauna del sector. ¿No hay lobos en la comarca? —preguntó el lobo.

El directorio del Panda Club no podía ignorar esta inquietud. Linden Weyerhauser tenía muy claro que él daba las órdenes, pero Tom Katz —ése era el nombre del lobo— las llevaba a la práctica. A Katz le debía el club algunos de sus triunfos más celebrados: una vez irrumpió, oculto dentro de un traje de conejito de laboratorio, en la reunión anual del Board of Trustees de Princeton, forzando a aquella universidad a abandonar toda experimentación con animales. El perfil con que el Village Voice lo endiosó en esa oportunidad aún lucía, sobriamente enmarcado, en el salón de reuniones. Y había sido el mismísimo Katz, disfrazado de oso panda y acompañado de cientos de jóvenes con el mismo atuendo, quien sitió la Embajada china en Washington, forzando a Beijing a suscribir un compromiso para resguardar la especie. A esa épica gesta se debía el nombre de la organización, que antes cargaba con el pedestre rótulo de Wildlife Preservation Society.

¿Osos, coyotes, chacales, hienas? Pumas tenía que haber. ¿Qué harían al respecto? El punto le interesaba sobremanera.

Un zoólogo residente respondió con consideraciones generales, pero Katz exigió precisiones. Entonces Weyerhauser esbozó, a la carrera, un plan de protección de la fauna local y propuso una campaña de agitación pública para lograr que un par de miembros influyentes del Congreso norteamericano hicieran lo suyo. El lobo estiró sus garras, se rascó el pelaje y finalmente dio su asentimiento.

A Cienfuegos, quien seguía atentamente el debate, no le cupo la menor duda. «Puedo matar dos pájaros de un tiro», concluyó, sin compartir tan antiecológica reflexión con el directorio del club. A la salida de la reunión detuvo a Weyerhauser y a Katz, y les enseñó los contenidos de varias carpetas. Los activistas, al enterarse de un proyecto artístico que ponía en peligro la vida de una docena de animales, entornaron los ojos y expresaron su espanto.


4

Vivir en Santiago de Chile tiene su recompensa.

La recompensa llega un buen día de julio o agosto cuando la lluvia cesa. Justo antes del regreso de la bruma que todo lo cubre, el valle del Mapocho resplandece y se deja ver como lo vio Ercilla. Las montañas nevadas se encienden y su reflejo ilumina el valle: la metrópolis siempre a medio construir, los charcos de invierno, los edificios grises que por un instante no lo son.

Ese día, precisamente, Berkeley Barclay y Valentina Hurtado dejaron el valle y se adentraron en los cerros. En la mañana ascendieron con el vapor que busca las cumbres.

Con paso firme, dejaron atrás contrafuertes, quebradas y peñascos. Al mediodía merendaron sobre un risco. Él hizo alarde de las caminatas emprendidas y macizos escalados en su Norteamérica natal. Ella le enseñó, con orgullo mal disimulado, los cactus recién florecidos: inesperados invitados desérticos a esa fiesta andina.

La caída de tarde los pilló junto a un arroyo recién formado. Sentados sobre un tronco bebieron café de un termo. Acaso haya sido efecto del paisaje, o un arranque de excesivo optimismo juvenil. Berkeley Barclay miró a su alrededor y no pudo más.

Detendría el proyecto Millennium, prometió.

Valentina, al menos en ese instante, le creyó.

La esperanza tiñó el paisaje de colores. El cielo se volvió anaranjado y después violeta y azul metálico al final. Valentina y Berkeley se contemplaron embobados, con la vista fija, hasta que no pudieron verse más.

## 5

*New York Times*, 6 de julio de 1988

Grupos ecologistas y pro derechos animales han lanzado una campaña para impedir el estreno de una *performance* de danza moderna que, según sostienen, maltrataría cruelmente a una media docena de ovejas, pudiendo causarles incluso la muerte.

La *performance*, producto de una colaboración entre el artista conceptual alemán Hans von Turpitz y la coreógrafa suiza Petra Starck, con música de Frank Steele, es uno de los puntos culminantes del Festival de Verano de la vanguardista Brooklyn Academy of Music. Si los activistas logran su objetivo, la oficina del alcalde podría suspender la licencia del recinto, aduciendo razones de orden humanitario. Con ello, el estreno, programado para pasado mañana, quedaría suspendido.

«Meter animales vivos dentro de una gigantesca moledora de carne no es arte», dijo Linden Weyerhauser, director ejecutivo del Panda Club, institución que ha liderado las protestas. «Es crueldad pura y simple», añadió.

Según han informado personas ligadas al montaje, que solicitaron permanecer en el anonimato, las ovejas serán encerradas en gigantescas licuadoras, tostadores, moledoras y otros artefactos de línea blanca, los que estarán conectados al tendido eléctrico y listos para ser echados a andar. Pero ello sólo podría ocurrir de modo fortuito, en caso de que los bailarines interrumpan con sus cuerpos alguno de los haces de luz que cruzarán el escenario.

Tanto la publicista de Petra Starck como la oficina de prensa de la Brooklyn Academy se han negado a hacer declaraciones. No obstante, son muchos los artistas y críticos que han salido en defensa de la obra. «La posibilidad de una muerte súbita y aleatoria en las fauces de un gigantesco aparato electrónico constituye una metáfora reveladora de la condición humana en la sociedad post-industrial», sostuvo la Dra. Anette Levy, directora del Departamento de Literatura Comparada del City College de Nueva York. Consultada si ello no conlleva un riesgo para los animales, respondió tajante en su lengua natal: «*C'est la vie*».

Otros académicos han adoptado un enfoque más científico. David Wong, profesor de Estadísticas de Columbia, argumentó: «A lo largo de las seis presentaciones, cada oveja tiene una probabilidad en veinte de sobrevivir. Más o menos las mismas chances que enfrenta un usuario cotidiano del metro de Nueva York. Me cuesta ver la razón de tanta alarma».

No es la primera vez que Von Turpitz se ve involucrado en una controversia con los adalides de los derechos animales. Ya en 1984 su exposición en la galería Koyoumdian de Nueva York, en que cerdos trozados longitudinalmente fueron montados sobre diversos dispositivos de locomoción, suscitó protestas y manifestaciones encontradas. Lo mismo ocurrió en la Bienal de Venecia el año pasado, cuando el artista alemán descuartizó a un perro vagabundo con sus propias manos y repartió los despojos por los salones de un *palazzo* frente al Gran Canal.

La coreógrafa Petra Starck ha gozado, hasta este momento, de una reputación muy distinta. Tras el estreno de su obra *Jungla* en 1986, puesta en escena en una casa de ópera semi-abandonada en el corazón de la amazonía brasileña, a la suiza se le había identificado con las causas ecologistas.

Desde el anuncio de este nuevo estreno tal percepción ha cambiado. «Esta *performance* constituye un atentado contra los derechos más básicos de los animales», sostuvo Weyerhauser del Panda Club. «Por eso no vamos a permitir que se ponga en escena, ni aquí en Nueva York ni en ninguna parte». Miembros del club y de otros grupos activistas han recurrido a los tribunales, además de planificar actividades de desobediencia civil con miras a bloquear la realización del evento artístico.

## 6

¿Cuál es el momento culminante de una película de acción? No la balacera final en que el bueno mata a todos los malos y se queda con la chica, pensaba Cienfuegos. Mucho más inquietante, más preñado de posibilidades, es el instante en que el protagonista (¿Bond? ¿El Santo? ¿Maxwell

Smart?), silencioso en su habitación de lujo en Bermuda o la Costa Azul, se alista para emprenderlas contra la villa del villano.

Durante ese remanso de calma antes de la tormenta, nuestro héroe inspecciona sus armas (¿funciona el seguro de la Walther PPK?) y se cerciora del riguroso luto de su atuendo. Pasa revista mental a su plan de acción. Y finalmente sale al balcón, olfatea el aroma de los hibiscos en el aire denso de la noche, enciende un cigarrillo de tabaco negro y permite que por el más breve de los instantes lo invada la melancolía. ¡Qué vida la suya, dedicada a asesinar y evitar ser asesinado! Cuando la muerte distante de Tracy, su único amor, se le entromete en la conciencia, por la mejilla del agente secreto se desliza una lágrima solitaria.

La noche del 8 de julio de 1988, Diego Cienfuegos se ciñó con fidelidad al guión. Dedicó media hora a probar el traje de chiporro que vestiría la tarde siguiente. Tras cerrar las cremalleras y alisar los pliegues, Cienfuegos se estiró, flectó los bíceps, encorvó la espalda, dobló las piernas. Sí, el atuendo le quedaba bien. Abrió la ventana y contempló la acera sucia del West Village. Sólo al oír el murmullo de la noche neoyorquina fue víctima del previsible ataque de *blues*: qué vida era ésa, tan lejos de Valentina y en pleno Estados Unidos.


### 7

Margaret Worth cepilló con cuidado la trenza moteada de gris y se embadurnó la cara con un ungüento de aloe. Después aplicó una leve traza de colorete sobre las mejillas. Al terminar sus labores evitó contemplar el resultado en el espejo. Consultó el reloj. En cualquier momento llegaría el taxi para llevarla al aeropuerto.

El artículo del *New York Times* la había dejado perpleja.

¿Ovejas torturadas en el estreno de la compañía de J. J., al que se preparaba para asistir? Margaret no sabía qué pensar.

Sintió un dolor de cabeza y el corazón se le encogió. En Nueva York la acechaban demasiados fantasmas. Entre ellos, el de Diego Cienfuegos.

## 8

Tres o cuatro veces a la semana, durante un par de temporadas cortas, ocurre en el metro de Nueva York un fenómeno peculiar. Alrededor de las siete de la tarde un grupo de personas vestidas de negro aborda un tren de la línea número 3. Tras salir de Manhattan y cruzar el río llegan a la estación de Brooklyn Heights, donde se bajan banqueros, arquitectos, consultores y estudiantes. El grupo de audaces sigue de largo con inquietud apenas disimulada. Nerviosos revisan los letreros en cada parada posterior: no vaya a ser que se equivoquen y terminen perdidos en las profundidades infernales de Brooklyn.

Estos viajeros saben que no están solos. Con miradas furtivas se van identificando mutuamente en lo que queda del trayecto. Ahí va uno, y otro, y una pareja al fondo. Son una media docena por carro. Siempre de pie, conversan en voz baja, con una actitud de desgano a todas luces fingido.

Finalmente, el tren arriba a la estación de Atlantic Avenue. Se abren las puertas y por un instante nadie se mueve. «¿Estamos en el lugar correcto? ¿Estás seguro?». Los viajeros se miran unos a otros, ya sin recato alguno. Hasta que se produce la estampida. Basta que el primero haga el ademán de bajarse para que todos los otros lo imiten. Los pasos rápidos resuenan sobre el andén, y retumban magnificados por el eco de la estación cavernosa.

Aunque hayan hecho el trayecto muchas veces, los ciudadanos de vestimenta negra no están muy seguros adónde ir. Pero el instinto de rebaño los salva. Uno asume el papel de líder, acaso sin buscarlo, y otros lo siguen. El grupo baja por un pasillo, cruza dos plataformas que apestan a orina, se detiene brevemente para leer un cartel y finalmente emerge, a través de una escalera interminable, al aire puro de la noche.

Una vez en la calle las precauciones se multiplican. Piquetes de adolescentes merodean en las esquinas, tomando cerveza. Los recién llegados son calados por miradas torvas. Frases sueltas, pronunciadas en un idioma incomprensible, los inquietan más aún. Apuran el paso. El grupo se vuelve más compacto. «*Hurry up, hurry up.*» Cuidado con ése, que se nos queda atrás. La luz amarillenta de los faroles le da a la procesión un aire fantasmagórico. Caminan, caminan… Jamás dos cuadras parecieron tan largas. Hasta que al fin, tras girar una esquina, llegan a la tierra prometida.

Frente a ellos se alza, monumental, la Academia de Música de Brooklyn.

\* \* \*

La noche del estreno del proyecto conjunto de Hans von Turpitz y Petra Starck, los *habitués* de la academia hicieron lo de siempre. A las diez para las ocho inundaban ya el gigantesco *foyer*.

En ese mismo momento, en una *van* estacionada a una cuadra de allí, la actividad era frenética. Tres muchachos se calzaban, acelerados, trajes de chiporro.

—Rápido, rápido —les ladró Tom Katz, el lobo, vestido de oveja en esta ocasión, y acto seguido transmitió unas órdenes por *walkie talkie*.

Los muchachos se dieron prisa, pero los nervios les impedían dar con las mangas del disfraz. El chofer aumentó la confusión prendiendo la radio y sintonizando una estación de *rhythm and blues*. Sólo Linden Weyerhauser permaneció impávido, estudiando un plano del sótano de la Brooklyn Academy.

—El comando Oveja Blanca está en su puesto —confirmó Katz tras oír algo en el *walkie talkie*.

Apuntando al mapa con un dedo, indicó a Weyerhauser un vértice en el sótano del edificio:

—Ahí están. Por ese punto pasa todo el cableado eléctrico.

Los tres muchachos, ahora sí ataviados en sus trajes lanudos y albos, se escabulleron por la portezuela trasera de la *van*. Katz los miró alejarse saltando entre los charcos del callejón sombrío. Miró su reloj.

—Sólo falta el comando Oveja Negra —masculló.

Weyerhauser siguió leyendo sin inmutarse. Las paredes de la *van* vibraron con los acordes del *rhythm and blues*. El chofer golpeteó al ritmo de la música sobre el volante. Weyerhauser bostezó. Katz volvió a mirar su reloj.

Finalmente, entre la música y la estática del *walkie talkie* se oyó la voz de Diego Cienfuegos:

—Aquí Oveja Negra.

\* \* \*

El inmenso anfiteatro quedó totalmente en silencio. Al cabo de unos instantes se oyó el alboroto de una docena de pies desnudos sobre las tablas. Luego más silencio. Mientras un tipo en la segunda fila se pasaba la mano por la pelambrera, Margaret Worth, dos hileras más atrás, contenía la respiración.

Nada. La señora estiró el cuello, adolorido por la tensión. Nada aún.

—*¡Tuuuuuuut!... ¡Tuuuuuuuut!*—la zampoña al fin develó el misterio, su cantar amplificado por cincuenta mil watts.

—*¡Poooommm!... ¡Poooommm!* —le respondió el bombo, con aún más decibeles.

—*¡Twang! ...¡Twang!* —terció el contrabajo.

Los entendidos reconocieron el sello inconfundible de una composición de Frank Steele.

—*¡Tuuuuuuut!... ¡Tuuuuuuuut!*

Un foco aislado iluminó al bailarín a un extremo del escenario. Éste se tomó un pie, lo levantó, saltó apoyándose en el otro, echó la cabeza atrás, y sacó pecho. *Exit left.*

—*¡Twang! ...¡Twang!*

Otro foco iluminó a otro bailarín, que ejecutó la misma rutina. *Exit right.*

Una pausa. Margaret contuvo el aliento.

—*¡Poooommm!... ¡Poooommm!*

En ese instante se desató el pandemonio. Focos multicolores iluminaron el escenario. Los miembros del público que no fueron encandilados por tan súbita luminosidad se encontraron con un montaje desolador: gigantescos electrodomésticos repartidos por el escenario, cuyas tapas se abrían y cerraban al compás de la música. Aquí una juguera y un tostador, allá un exprimidor, al fondo una moledora. Y dentro de cada uno... alba, ingenua, desvalida, tierna... una pequeña oveja.

*Baah, baah*, gimieron las ovejas..., *pooom, pooom, poom*, resonó el bombo..., *tuuuuuut, tuuuuuut*, añadió la zampoña, y el tablado se repletó de bailarines desplegados en un semicírculo, saltando de un lado a otro, ejecutando piruetas inconcebibles, moviéndose frenéticos entre los haces de luz...

*Baah, baah*... volvieron a balir las ovejas.

Y luego, de nuevo, el silencio y la oscuridad. Dos, tres, cuatro segundos…

«Lo previsible…», musitaron con desgano los *habitués*. Seis, siete, ocho segundos. «Qué pausa más larga…», pensaron, sorprendidos, los advenedizos. Nueve, diez…

Hasta que la voz de Linden Weyerhauser, transmitida por un centenar de altoparlantes, llenó el anfiteatro:

—*Ladies and gentlemen*… excusen esta interrupción. No se alarmen. No hay nada que temer. Ésta es una operación humanitaria.

Junto con encenderse las luces se abrió una compuerta al borde del escenario y por allí aparecieron cinco ovejas. Menos albas y desvalidas que sus hermanas en cautiverio, pero ovejas al fin y al cabo. Los cinco animales se desplegaron en formación de abanico, corriendo a toda velocidad en dirección a los electrodomésticos. J. J. Barclay, la tercera bailarina de izquierda a derecha, observó pasmada cómo una oveja enérgica rescataba de un tirón al corderito atrapado en el tostador. Los otros bailarines, igualmente paralogizados, contemplaron cómo los miembros del comando de liberación ovina abrían las tapas de jugueras y exprimidores y de allí emergían, libres, las ovejitas.

*Baaaah, baaaah, baaaah…*

En el centro del escenario, al fondo, estaba la gigantesca moledora de carne. La oveja que parecía comandar al grupo de rescate se trepó a ella de un salto, desapareció tras una puertezuela, y reapareció un instante más tarde con un corderito que gimoteaba en sus brazos.

La oveja líder cruzó a grandes pasos el proscenio. Al borde de la fosa de la orquesta se tomó un pie, lo levantó, saltó apoyándose en el otro, echó la cabeza atrás, y sacó pecho. Resultado inesperado: la máscara se abrió y le cayó sobre los hombros. Un foco le iluminó la cara al descubierto.

—¡No puedo creerlo! —pensó J. J. desde el escenario.

—¡Diego! —exclamó Margaret desde la cuarta fila.

Estalló un *flash*. La señora lanzó un suspiro. La oveja soltó un balido. Cienfuegos corrió con el animalito en brazos, camino a la libertad.

## 9

Una vez más, Feliciano Impruneta se puso nervioso. Empezaba a arrepentirse del llamado inicial a Barrera. Definitivamente no le gustaba el aspecto que tomaba la cosa; menos aún le gustaba el lugar donde el comandante había sugerido juntarse: una marisquería en la calle Bulnes, cerca de la plaza Brasil. El problema no era que el comandante hubiese recibido su propuesta con recelo. Al contrario: la había acogido con demasiado entusiasmo. El tiempo que tardaron en consumir una ronda de pisco *sours*, un mariscal y dos corvinas margarita bastó para que Barrera ideara una estrategia. «¿Está seguro de que la cosa resultará así no más?» Impruneta no pudo evitar que se le escapara la pregunta mientras Barrera arremetía contra un plato de higos rellenos con nueces.

—Lo hacemos todo el tiempo, no se preocupe.

Coto manifestó dudas, pidió clarificaciones.

—Tranquiiiloooo, tranquiiiiloooo —insistió el comandante, zampándose el bajativo, y Feliciano Impruneta se puso más nervioso aún.

—Tengo que advertirle una cosa, sí. Esto no va a salir barato. Treinta por ciento por adelantado y en efectivo para cubrir gastos. Y además… —Barrera arrastró la cuenta sobre la mesa en dirección a Impruneta, y luego se chupó los dedos.

La algarabía de la calle lo despertó la mañana siguiente. Cienfuegos se desperezó, salió desnudo de la cama y gruñendo se dirigió a la ventana a ver qué diablos pasaba afuera.

En la vereda frente a su departamento, entre la tintorería del chino y la *delicatessen* del coreano, estaba congregada la prensa de Nueva York: reporteros hiperkinéticos blandiendo libretas, fotógrafos con lentes hiperfálicos, equipos de canales locales de televisión, vecinos curiosos.

Cienfuegos contempló la escena, confundido. De repente uno de los camarógrafos le apuntó con el dedo.

—¡Está allá arriba!

*Click, click, click, clack…* sonaron los obturadores. *Wiiiiiiirrrr…* chirrió una cámara de televisión. «Mr. Cienfuegos!, Mr. Cienfuegos!…», chillaron los reporteros.

Cienfuegos buscó la cortina para tapar su desnudez, pero no había. De un salto se dejó caer sobre la cama. Sólo en ese instante se dio cuenta de que el teléfono no paraba de sonar. «¿Qué mierda…?», pensó.

Afuera el bullicio aumentaba. Sigiloso, Cienfuegos se acercó nuevamente a la ventana y echó un vistazo. Reporteros y fotógrafos se arremolinaban en torno a un pobre diablo que trataba de cruzar la acera en dirección al edificio de Cienfuegos: Witherspoon. Lentamente se fue abriendo paso entre los micrófonos que amenazaban con decapitarlo. Cienfuegos finalmente oyó el portazo y los trancos escalera arriba.

—Hola, *celebrity*. ¿Estás gozando de tus quince minutos de fama?

Le alcanzó un diario. Allí estaba, en una foto de media página: cabeza echada atrás, pecho henchido, máscara de oveja cayéndole sobre los hombros. *Freedom fighter!*, afirmaba el titular, en gigantescas letras de molde.

—Y eso es sólo el *Daily News*. Deberías ver el *New York Post* y el *Observer*.

El teléfono seguía sonando. Al cabo de muchos *rings*, Witherspoon se paró a atenderlo. Sostuvo una conversación corta y colgó. Casi instantáneamente la campanilla volvió a repicar. De nuevo habló y cortó. *Ring, ring...*

—Llamó un agente de prensa que ofrece representarte. Dos diarios y la National Public Radio te piden entrevistas. Y hablé con la productora de Charles Clavell. Te quieren llevar al programa, en lo posible esta semana.

Witherspoon transmitió esta información a gritos desde la sala. Cienfuegos, en la ducha, no entendió lo que su amigo le decía.

## 11

Feliciano Impruneta no sólo era hombre de acción. También era líder de hombres: capitán del equipo de rugby a los quince años, gerente antes de cumplir los treinta. Para mandar hombres es preciso ser un buen conocedor de la especie. Coto creía serlo.

Parado en una esquina del salón principal de la Embajada de Francia, Impruneta puso en práctica sus talentos. Los diplomáticos ya se habían condecorado a ellos mismos, intercambiando brindis y loas injustificadas. Ahora el resto de los invitados deambulaba por el gran living con un vaso en la mano y los ojos bien abiertos, tratando de identificar a tanto prohombre.

—Allí va el ministro Tapia —dijo un tipo cercano a Impruneta.

—Ése con que está hablando es el general Banderas —respondió, sobrexcitado, su acompañante.

Poco más allá, un joven subsecretario conversaba con un burócrata de rango medio. El subsecretario no dejaba de levantar la barbilla y otear por sobre el hombro de su interlocutor. Al fin halló lo que buscaba. Homero Balic, gran hombre de empresa y dueño de medio Chile, entraba al salón.

—Asuntos de Estado —se excusó el subsecretario y partió a la caza del ricachón.

Coto escudriñó con paciencia a la concurrencia hasta que dio con él. Una mirada le bastó para adivinar que era el tipo adecuado. El Dr. Aliro Gómez (traje marrón dotado de un leve brillo, corbata granate, gran pañuelo en el bolsillo) conversaba con dos damas cuyos peinados simulaban con gran precisión un casco. Con la sonrisa siempre en los labios, Gómez prestaba atención a lo que decía una, y luego la otra. «Efectivamente, efectivamente…», murmuraba de vez en cuando.

Impruneta se sabía de memoria la ficha que entregara el comandante Barrera. Recordaba, por supuesto, que Gómez había sido embajador de Allende, exiliado, y ahora ejercía de supuesto experto en temas ambientales. Todo eso estaba bien. Mejor aún era que el doctor tuviera un sobrino frentista («existe una elevada probabilidad que el violentista en cuestión se encuentre en Cuba», decía un documento en la carpeta). Y, claro está, la donación que Berkeley Barclay había hecho a su organización lograba la cuadratura del círculo.

Pero nada de eso convenció a Impruneta. Más persuasivos fueron los mohines almibarados que Gómez le prodigaba a las señoras, su actitud servil, sus modales untuosos. Y la gran piedra negra engastada en oro que lucía en el anular.

«De ese tipo podría creerse cualquier cosa», pensó Impruneta, feliz al constatar que Gómez estaba mandado hacer para el papel que le había asignado. Acto seguido, llamó por teléfono a Barrera para darle el vamos.


## 12

Charles Clavell anunció el próximo bloque, y la transmisión pasó a comerciales. Al escuchar su propio nombre, Cienfuegos sintió un vacío en el estómago.

—Bienvenido al programa, Mr. Cienfuegos —lo saludó Clavell, gesticulando con sus dedos de pianista.

El estudio estaba decorado en grises y azules; contenía sólo una mesa y dos sillas de oficina. El entrevistador vestía suéter y chaqueta de tweed en los mismos colores. No así el invitado de esa noche, enfundado en un traje multicolor de campesino chiapaneco-serrano-chilote. Cienfuegos pestañeó bajo el resplandor intenso de los focos. El cuero cabelludo comenzó a hormiguearle bajo un gorro de lana altiplánico. «Concéntrate en la estrategia que te recomendaron los publicistas», pensó.

—Vamos al aire —gritó uno de los productores y Clavell empezó a presentar a su invitado.

«Atrevida operación de rescate», dijo el entrevistador, y Cienfuegos creyó reconocer algunas frases del artículo al respecto del *New York Times*: «Activista valeroso, líder del ecologismo militante, hispano que remontó sus orígenes humildes...», etcétera. Al final de la letanía, Clavell se permitió una pausa, sonrió hacia la cámara, carraspeó. El interrogatorio estaba a punto de comenzar.

Clavell, decano de la sesuda televisión pública, había hecho sus tareas e iba a demostrarlo. Sabía en qué pasos andaban los activistas como este Mr. Cienfuegos. Y lo afirmaría antes de que pudiera decirlo el invitado. Por eso comenzó con una pregunta que no era tal.

—El sabotaje de la función en la Brooklyn Academy

marca un punto de quiebre en el activismo en favor de los derechos animales, ¿no es así?

Cienfuegos no debía competir. Al menos no en la esgrima verbal. Las instrucciones de publicistas y asesores habían sido tajantes… Sin decir palabra echó mano al bolsito guatemalteco que le colgaba del hombro y de ahí sacó una foto. En ella aparecía una oveja. En el borde inferior se leía:

TAMBIÉN TENEMOS DERECHO A VIVIR.

—Cámara, cámara —pidió con ahínco el entrevistador—. Los camarógrafos, obedientes, enfocaron sus aparatos y el director seleccionó un primer plano de la foto.

—También tenemos derecho a vivir —leyó Clavell en tono reverente—. Las ovejas, los cerdos, las gallinas y, por qué no, la iguana y el leopardo, el águila majestuosa y el modesto topo de las praderas. ¡Claro que tienen derecho a vivir!

Acto seguido se lanzó a elaborar una compleja justificación de tales afirmaciones. Al minuto, el director le recordó que debían ir a comerciales.

—Ésta no es la única causa que su grupo se apresta a defender —afirmó Clavell una vez que volvieron al aire, formulando otra pregunta que no era tal.

Cienfuegos una vez más echó mano al bolsito guatemalteco. Sacó la foto de un paisaje campestre: al fondo de un pastizal se divisaban una ladera boscosa y una cascada de aguas cristalinas. Al pie de la foto, una leyenda afirmaba:

ESTA ES NUESTRA TIERRA.

Esta vez los camarógrafos no necesitaron instrucciones. Cada televidente pudo echarle una mirada a la ladera boscosa. Lo mismo hizo Clavell.

—¿Y qué ocurre con esa tierra?

—Nos la quieren quitar —dijo finalmente Cienfuegos, y

por el gesto con que reaccionó Clavell supo que no sería necesario decir nada más.

## 13

Los majestuosos *redwoods* de California del Norte… Árboles gigantescos cuyo perímetro los brazos de tres adultos juntos no alcanzan a abarcar. Bosques monumentales que coronan los roqueríos salobres en que América se funde con el Pacífico. Región de mañanas brumosas, fragantes de coníferos, y de tardes soleadas en que la luz se refracta en la espuma de los rompeolas. Paraíso de las focas y los leones marinos; también de los humanos que, avecindados allí, pronto empiezan a asemejárseles.

Berkeley camina sobre los riscos en dirección a una caleta emboscada. De tanto en tanto las olas chocan contra las rocas, y a Berkeley lo cubre una garúa salada y refrescante. Muy por sobre él, al borde del acantilado, se yerguen los *redwoods* imponentes. Levanta la vista y contempla el cielo azul, interrumpido sólo por un par de algodones albos. Al llegar a la playita desierta se tiende a ver subir la marea. Qué bien se está allí, tan lejos de Chile y del proyecto Millennium. Lentamente, el mar va trepando por los peñones. Lentamente trepa también por la pendiente de arena volcánica de la cala. Cuando el agua alcanza sus pies, Berkeley Barclay celebra su frescura. La espuma sube por sus piernas, apaciguando su alma y estimulando también sus ansias de orinar.

Majestuosa California del Norte…

Berkley otea el horizonte. El sol pálido lo ciega. Las aguas siguen subiendo. Suavemente susurra el *surf*…. Sólo al lanzar el primer chorro que empapa las sábanas, Berkeley Barclay se percata de la aciaga realidad.

# 14

California costeña y norteña, *redwoods* majestuosos, bosques imponentes, roqueríos salobres, brumas matinales, atardeceres que acoquinan. California de cuerpo y espíritu, cuna de la *nouvelle cuisine* macrobiótica, sitio fundador de la aromaterapia, fuente de aguas y vinos medicinales, lugar de origen de innumerables sectas y cultos que hoy difunden su espiritualidad por los caminos del mundo... Ahí había llegado, al fin.

Pero no era Berkeley Barclay quien observaba los árboles tremebundos, sino Diego Cienfuegos. Y no estaba atado a uno de ellos, sino sentado en medio de un claro en el bosque tomándose un *kir royale*.

—¿Algo para comer, *sir?* —preguntó un mesero, poniéndole al frente una bandeja de grandes hongos, relucientes a la luz del atardecer.

Cienfuegos se zampó dos mientras olisqueaba el aire marino. Si no hubiese sido por la horda de gringos y las mesas plegables cubiertas de lino en que pronto se serviría la cena, bien podría haber estado en la costa chilena de su infancia. Las plantas suculentas que cubrían dunas y roqueríos eran, sin duda, un detalle evocativo; también los geranios bermellón, los cerros resecos a la distancia y la frescura que invade el aire al caer la tarde. Pero la clave no estaba allí, sino en el aroma. Cienfuegos cerró los ojos y se llenó los pulmones de olor a pino y a mar: Santo Domingo, febrero de 1969.

—¿Todo bien? —preguntó Cornelia Best, aparecida súbitamente tras un gran *redwood*. La acompañaba el Dr. Fowl.

Cienfuegos negó enfáticamente con la cabeza. Arrugando el ceño, apuntó con un dedo al gorro altiplánico que llevaba.

—Sí, ya sé que no te gusta —respondió Cornelia—. Pero

qué le vamos a hacer.

Cienfuegos levantó un pie enfundado en una sandalia campesina, mezcla de ojota chilena y huarache mexicano.

—Me quedan chicas —reclamó.

La señora lo regañó. Si hablaba podría despertar sospechas.

—Le sienta muy bien la manta onaniche —dijo—. Sus dibujos geométricos representan las varias etapas en el ciclo de la fertilidad de la tierra, que se inicia con la siembra…

—No tienes de qué quejarte —interrumpió Cornelia Best.

Aparte del disfraz y la tajante prohibición de decir una palabra en inglés, Cienfuegos efectivamente no tenía de qué quejarse. Los invitados al encuentro anual del Panda Club con la Chipmunk Society, su similar californiana, se alojaban en cabañas de troncos —«austeras, pero cómodas», decía la invitación—, que no eran lo primero, aunque sí definitivamente lo segundo. Cada mañana una camarera mexicana le traía una bandeja repleta de granola tostada, frutas de la estación, panes integrales varios, café orgánico. Cienfuegos estuvo a punto de confesar que había gozado el chapuzón en la poza de aguas termales y el masaje profundo, pero estimó más prudente quedarse callado.

* * *

La cena anduvo a pedir de boca. Mrs. Best se paró de la mesa de honor a la hora de los postres y pronunció el discurso de clausura. Sembraba, claro está, sobre terreno ya arado. Le bastó a la señora dar algunos datos acerca del proyecto Millennium para enardecer —en la medida en que pueden enardecerse banqueros y abogados— a la concurrencia. Cornelia contaba, además, con un arma secreta:

—Esta noche tenemos el privilegio de contar, aquí mismo en el Chipmunk Lodge, con el líder de una de la muchas comunidades afectadas por la crisis del medio ambiente, un visionario que además de luchar por sus derechos, ha hecho suya la causa global de la ecología…

Los aplausos tronaron a rabiar.

—Sólo me queda presentarles a Diego…

El público estalló en otra ovación antes de que pudiera terminar la frase.

Cienfuegos sabía exactamente qué hacer. Se puso de pie y, con una cojera que Cornelia y su *trainer* habían insistido en practicar una y otra vez, se acercó a los micrófonos. El aplauso continuaba.

—Mr. Cienfuegos no ha querido aburrirlos con un discurso —dijo la señora una vez que se acallaron los vítores—. Sólo desea pronunciar unas breves palabras en su lengua nativa.

Cienfuegos tomó el micrófono.

—Es nuestra tierra —dijo, balbuceante—. Nos quitaron nuestra tierra y la vamos a recuperar.

—¡La vamos a recuperar! —repitieron aquellos comensales que habían dejado de masticar.

—Iremos personalmente a Chile a detener esta tropelía —aulló Cornelia, entusiasmada, por los altoparlantes—. ¡Acompáñennos!

—*Right on!* —exclamó un ex *hippie* (hoy oftalmólogo) desde una mesa del fondo.

Cientos de damas y caballeros se largaron a aplaudir una vez más. A Cienfuegos le costó reprimir la tentación de bajar del proscenio con los brazos en alto.

* * *

La cena ya había terminado. Cornelia, Cienfuegos y el Dr. Fowl compartían un *calvados* en la cabaña de la señora.

«Misión cumplida», pensaba ella. A estas alturas, todo ecologista de Estados Unidos estaría en contra del proyecto Millennium.

—¿Puedo hablar ahora? —preguntó Cienfuegos.

—Por supuesto, *darling* —dijo Cornelia y le lanzó un picotazo en la mejilla.

Fowl concluyó que había llegado la hora de retirarse.

Cienfuegos cerró los ojos y pensó en la costa de Chile: Santo Domingo, verano de 1969.

# Once

Cornelia Best colgó el teléfono y miró a Cienfuegos con mueca de satisfacción. Todo estaba listo para el periplo a Chile. Nada de reservas o colas en los aeropuertos: volarían en el jet de la compañía de Mr. Bigsby Best. «Es tanto más agradable viajar así», había sentenciado la señora. Y nada de demorarse pasando por Santiago: aterrizarían directamente en el aeródromo de la hacienda Illahuapi, propiedad de Milo Forrester, viejo conocido de Cornelia. Eso facilitaba la tarea más delicada:

—Entrar contigo clandestino a Chile, *dear*. El aeródromo de Milo está en un lugar remoto. Ahí no podrán detectarte las autoridades.

Pero no por eso iban a dejar de tomar precauciones, concluyó la señora. Tenían que darle a Cienfuegos una identidad nueva. De eso se encargaría ella misma. Cornelia se levantó del sofá, dio un paso hacia la ventana y giró para contemplar a Cienfuegos de arriba a abajo.

—¿Quién podrías ser, *my dear* Diego?

Cienfuegos pidió garantías: no volvería a ponerse un gorro de lana o sandalias. La señora lo calmó. Ahora necesitaban un look distinto. Un *gentleman*. Alguien que no despertara sospechas.

—Con esos ojazos amarillentos podrías ser italiano. Un caballero milanés, un arquitecto joven quizás. Pero el idioma… *Tu non parli italiano, vero?*

Cienfuegos admitió que no.

—¿Y si fueses un marino francés, discípulo de Cousteau? Te verías encantador en una de esas camisetas a rayas azules y blancas…

Pero el idioma resultaba, una vez más, obstáculo insalvable. Al fin la señora dio en el clavo.

—¡Ya sé! Esteban…, Ernesto…, Emilio…, ¿cómo se llamaba? Sí, Emilio.

Lo había conocido durante la regata de Henley. A fines de los cincuenta, pero este dato Cornelia juzgó prudente omitirlo.

—Argentino. Remaba en el equipo de King's College, Cambridge —dijo, alzando la mirada en un gesto soñador que Cienfuegos nunca le había visto—. Eso es, serás un *gentleman* argentino. Ahora sólo tenemos que vestirte como él.

Tomando a Cienfuegos por la muñeca, lo arrastró escaleras arriba. Tras cruzar habitaciones y adentrarse por corredores, llegaron a una pieza pequeña, enteramente enchapada en madera, que resultó ser la sala de vestir del marido. Cornelia se puso a hurgar en clósets y cajoneras. Cienfuegos buscó refugio en una poltrona.

Finalmente, la señora dio con lo que buscaba.

—Aquí está. Bigsby nunca bota nada. Su familia es de Boston, *you know*. Son unos avaros incorregibles. Sí…, aquí está. La ropa de la época universitaria de mi marido. La que se ponía cuando se graduó de Yale el año 56.

De un armario gigantesco, Cornelia fue desenterrando *blazers* azul marino, chaquetas de *tweed* en diez combinaciones de gris, pardo y musgo, pantalones de franela marengo y otros de lino blanco (para navegar, explicó), trajes de lana peinada, corbatas con las rayas de varios regimientos británicos, camisas de algodón de Sea Island, camisetas de remo, de polo, de golf y de squash, un sombrero de paja blanca de Panamá, otro de fieltro, y finalmente un chaquetón verde oscuro de tela impermeable y cuello de pana.

—¿Qué esperas? Empieza a probártelos.

Cienfuegos obedeció de inmediato.

## 2

Cuando Valentina, con ojos chispeantes, le pidió a Berkeley una «prueba de amor», él reaccionó confuso. Su confusión era, por supuesto, idiomática. Ésa no es una expresión que los profesores de Greenwich Country Day School suelan enseñar a sus pupilos; tampoco es una frase con la que Berkeley pudiera haberse topado en el análisis de bonos y acciones latinoamericanas que, por dos largos años, había realizado para los herederos del Dr. Dunwell y Mr. Greid. Pero de haber entendido el significado de la expresión igual habría quedado perplejo, pues la pareja había hace ya mucho tiempo superado el umbral de la fornicación.

Menos sabía Berkeley que Valentina le estaba tomando el pelo, pues no conocía la expresión ni el sarcasmo que ella implica. Ni el muy común *kidding* ni el más desusado *pulling your leg* (literalmente, «tirar la pierna») se acercan siquiera a la virulencia del acto de «tomar el pelo». No es que los anglosajones carezcan de sentido del humor. La esgrima verbal se practica con más destreza en Inglaterra que en ninguna colonia ibérica: ni Oscar Wilde ni Winston Churchill tienen equivalente sudaca. Y en la literatura —como Valentina Hurtado, licenciada en letras, muy bien sabía—, los anglosajones cultivan con éxito la novela cómica, género desterrado del universo castellano desde la decadencia de la picaresca. Los novelones históricos y las sagas mágico-realistas que la reemplazaron carecen de muchas cosas, entre ellas levedad.

La diferencia entre los actos de «tirar la pierna» y «tomar el pelo» estriba en la intención: en el segundo de éstos se intenta sin excepción mofarse del interlocutor. Ingleses o norteamericanos, acaso por gozar de convicciones más igualitarias, aspiran a mofarse *con* el prójimo. En el acto de tironear la extremidad, claro está, se embauca al interlocutor; pero el engaño se revela a poco andar, y el incidente suele culminar en una risa compartida. No así en la tomadura de pelo, que se extiende hasta lograr el bochorno total del embaucado.

Hay saña en el idioma que nos legó España, qué duda cabe. ¿Cómo entender de otro modo lo que Valentina dijo a continuación a Berkeley?

—Sí, una prueba de amor. Demuéstrame que me quieres para bien.

Entornando los ojos y acentuando el sonsonete de teleserie, añadió:

—¿O no eres capaz?

Berkeley, por supuesto, seguía sin entender. Valentina finalmente se apiadó, aunque a regañadientes, pues le asaltaba la incómoda sospecha que jamás llegaría a reírse *con* él.

—Pisaste el palito una vez más —dijo y le plantó un beso langüeteado en la mejilla.


3

Tratando de ignorar el tráfico de la Sexta Avenida, Cornelia Best se acomodó en el asiento trasero del *car* y viajó en el tiempo: Florencia, 1960.

Milo Forrester estudiaba en Stanford; ella, en Vassar. Ambos se habían tomado un semestre para pulir los modales en la misma academia de Florencia. Seguían un curso de historia del arte. Ella se desvivía por la obra de Vasari; él, por los cafés en que de tanto en tanto las chicas locales dejaban de arriscar sus filosas narices y accedían a mezclarse con los muchachos norteamericanos. Ese matiz de diferencia no había sido obstáculo para que Milo y Cornelia se volvieran amigos. Muy buenos amigos.

Fue una primavera de visitas a museos y caminatas por la ciudad, conversaciones *al fresco* y excursiones, montados en una Vespa bamboleante, a la campiña toscana. Allí pudieron estar: pasando de la luz enceguecedora de la plaza al *chiaroscuro* de la iglesia de la Santa Croce. Allí también: trepando las laderas hacia Fiesole para compartir un picnic. Cornelia de vestido floreado y sombrero alón. A su lado... Milo. ¿Milo? Forrester había desaparecido. La señora se esmeró por encontrarlo. La manta extendida sobre el pastizal sombreado, menestras suculentas, botella de vino blanco... Pero, en el lugar de su amigo, sólo un vacío inquietante.

«¡Milo!» estuvo a punto de gritar. Cornelia Best insistió una y otra vez en conjurar la presencia escurridiza de su amigo. Crispó las manos tratando de asirlo. Al fin se quedó dormida, acunada por la suavidad piadosa con que Karim conducía el *car*.

4

—En esto opera un principio básico —dijo el comandante Barrera—. El culpable se resguarda. Hace como que no es.

Impruneta lo miró, confundido.

—La mente del criminal funciona siempre del mismo

modo. Mi labor consiste en entender el razonamiento del antisocial, y adelantarme a sus acciones.

Coto empezaba a acostumbrarse a las disquisiciones criminológicas del detective, pero de todos modos se preguntó adónde iba con esto. Barrera prosiguió:

—Si Gómez estuviera metido en el asunto, trabajando a sueldo para Mr. Barclay, ¿que haría el tipo para protegerse? Probablemente declararía a los diarios que está a favor de Millennium. O su instituto evacuaría un estudio que certifica que el proyecto cumple con todas las normas vigentes. Así ocultaría el terrorista sus propósitos.

El detective se echó atrás en la silla. Resopló. Había otro punto mucho más interesante.

—El antisocial siente un orgullo patológico por sus acciones. Goza al contemplarlas de cerca. Por ello estaría ahí presente, en el momento de los hechos, en la mismísima ceremonia. ¿No habrá que mandarle una invitación a este señor Gómez?

Feliciano Impruneta sonrió. Finalmente había entendido.

* * *

La mañana siguiente llamó al doctor Aliro Gómez. Y para que el caballero se sintiera halagado, marcó directamente. Cuando el director del Centro de Acción Comunitaria y Ambiental recibió el aviso de su secretaria y levantó el fono, allí estaba el gerente de Finanzas de Dunwell & Greid Chile, esperando en línea.

—Don Feliciano, qué agradable sorpresa. Tengo espléndidas referencias suyas por míster Barclay —mintió Gómez.

—Mis colegas tienen gran admiración por la labor de su instituto —mintió Impruneta.

Mientras completaban la segunda y tercera ronda de halagos mutuos, el doctor hizo un cálculo mental. A pesar de repugnarle la escuela de Chicago y su caterva de apóstoles, Gómez suscribía su lema: no hay almuerzo gratis. No hay peso recibido que algún día no se pague. Eso lo sabía el doctor por experiencia propia. «Este tipo llama para pasarme la cuenta», pensó. Al subordinado le correspondía hacerlo.

Impruneta mencionó la importancia de que «la opinión pública esté bien informada acerca del Proyecto Millennium, con acceso a estudios serios», y Gómez creyó ver confirmadas sus sospechas; el banquero añadió que «quizás el Centro de Acción Comunitaria y Ecológica podría colaborar en esta labor» y al doctor ya no le cupo duda.

—Con mucho gusto —afirmó—. Con mucho gusto.


## 5

—Milo es un poco excéntrico —dijo Cornelia Best a Cienfuegos— así es que no te sorprendas. Desde que se vino a Chile que apenas sé de él. Pero en eso no puede haber cambiado.

Volaban sobre la jungla ecuatoriana, pero al interior del Gulfstream III, a dos mil quinientos metros de altura, no se sentía la más mínima molestia. Por el contrario, los cómodos sillones de cuero, repartidos a prudente distancia los unos de los otros sobre la alfombra espesa, y las mesitas de madera sobre las que el aeromozo ponía de tanto en tanto botellas de agua mineral Evian y platillos con trozos de verduras crudas, aseguraban un viaje agradable.

La señora y Cienfuegos ocupaban los dos sillones de más adelante. Atrás, ordenados en la cabina por estricto orden de patrimonio neto, iban un par de empresarios (generosos donantes a las arcas del Panda Club), Esther y las otras damas del directorio, Linden Weyerhauser, Tom Katz, un par de activistas de brazos musculosos y, en el último asiento junto al baño, el profesor Fowl. El académico, pretendiendo colaborar con las labores del sobrecargo, se paraba de tanto en tanto en un esfuerzo vano de entablar conversación con los millonarios.

—Milo habla poco —prosiguió la señora—. Y cuando abre la boca, cita a Mao Tse-Tung. Que se abran cien flores…, ese tipo de cosas.

—¿Mao?

—Los *sixties*, los *sixties* —suspiró Cornelia—. Milo se sentó a leer el librito rojo de Mao durante un *trip* de ácido y se quedó pegado. Eso dicen, al menos.

—Es un fenómeno que ha sido documentado en varios casos —irrumpió el profesor Fowl, estirando el cuello por sobre el respaldo de los asientos—. Una estudiante del campus de Santa Cruz de la Universidad de California se tragó una sobredosis de *brownies* orgánicas mientras tarareaba *Brown Sugar*, y ahora no puede parar de hacerlo. El caso más famoso es el del chico de Chicago que se vistió de hombre de hojalata para una fiesta de disfraces, y acabado el *trip* seguía creyendo que estaba en el reino de Oz. Una posible interpretación de este fenómeno es puramente farmacológica. Pero es también posible abordarlo desde la perspectiva de Foucault, quien en su ensayo sobre la medicina y el poder sostiene…

Cornelia Best mandó al académico a buscar unas bebidas.

—¿No quieres pasar a la cabina del piloto? —le dijo a Cienfuegos apenas estuvieron solos—. A Bigsby le vendría bien algo de compañía civilizada.

Cienfuegos miró por la ventana. En la distancia remota, entre dos *cirrus* y un cúmulo, pudo avistar un rincón de verde. Concentrando la mirada se esmeró por ver más.

Cornelia insistió hasta salirse con la suya. En la cabina, Bigsby los recibió con una sonrisa de oreja a oreja. Vestía el atuendo completo de piloto de combate: un buzo amarillo repleto de cremalleras y anteojos ahumados de marco metálico. Apenas Cornelia y Cienfuegos entraron en la cabina, el copiloto se puso de pie y salió: debía revisar el sistema de ventilación. Cornelia Best cerró la puerta y de inmediato se abrió la blusa, revelando un sostén bordado y un pecho huesudo.

—Siempre he querido hacerlo en vuelo, ¿tú no? —le susurró a Cienfuegos.

—Como usted sabe, a mí me gusta observar —añadió Bigsby.

Ambos miraron fijamente a Diego.

La señora se le fue encima con la intención de abrirle la braugueta. Sólo argumentando razones de seguridad aérea pudo Cienfuegos librarse de su suerte.


6

Valentina y Berkeley estaban sentados en extremos opuestos de una mesa interminable. Entremedio, los compañeros de ella berreaban celebrando alguna cosa (siempre había una buena excusa para emprender su periplo mensual a la Casona Tropical de la avenida Matta). Valentina no tenía la menor idea de *qué* podría estarle diciendo Berkeley al pobre tipo sentado a su lado. Pero sí tenía muy claro *cómo* se lo estaba diciendo. En la frase que pronunciaba ese instante parecía que se le iba la vida. Tenía el cuerpo rígido y la cara también, excepto por la mandíbula que se desplazaba a mil por hora. Su interlocutor lo contemplaba desconcertado, aunque de ese desconcierto Berkeley no tenía la menor sospecha. Toda su atención, cada gramo de su energía, estaba cifrada en la importancia de las palabras que pronunciaba. «Árboles centenarios, especies en extinción, recalentamiento global, capa de ozono…», daba lo mismo. Valentina escudriñó en vano el otro lado de la mesa buscando una mueca, un gesto de complicidad, un destello en los ojos, una pizca de humor. Nada.

«Qué agotamiento», suspiró.

—Ahora vamos a gozar del ritmo… —exclamó el tecladista de la banda y la pista de baile se repletó de oficinistas.

En ese momento, Valentina volvió a mirar hacia el otro extremo de la mesa y entonces ocurrió lo inevitable. Entre los gritos, el humo y el calor, a Valentina le pareció que Berkeley se veía rosado.

*Rosado.*

La culpa no era de las luces del local, se cercioró Valentina. El color tampoco podía deberse a un bailoteo demasiado agitado, porque Berkeley Barclay de salsa, cumbia o merengue, no sabía absolutamente nada. Sin embargo, no cabía duda: estaba rosado.

¿No estaría alucinando? Valentina revisó mentalmente las dos o tres horas anteriores. ¿Marihuana? No. ¿Hachís? Tampoco. No había fumado el opio que hiciera tan feliz a De Quincey ni participado en la prueba del *electric cool-aid* de Ken Kesey. Sin embargo… Berkeley se veía… *rosado.* La conclusión era inevitable. Su pololo *era* rosado.

Rosado como gringo.

Valentina Hurtado observó largamente a Berkeley Barclay y lo detestó. «Qué agotamiento», suspiró.


# 7

A los militares les gusta el orden, y a los militares chilenos, orgullosos herederos de la tradición prusiana de marchas paso de ganso y jerarquías inamovibles, les gusta aún más. En su afán de ordenarlo todo no tardaron, tras llegar al poder, en eliminar las viejas provincias chilenas con sus nombres inmemoriales, reemplazándolas por regiones numeradas. Ya a fines de la década de los setenta cada chileno vivía en la orwelliana Región II, o la VII, o la XI.

Cienfuegos tenía años suficientes para recordar el antiguo régimen en que uno podía ser oriundo de la provincia de Coquimbo o la de Magallanes. A los diez años de edad, Cienfuegos ya se había memorizado las veinticinco provincias del país, ordenadas de norte a sur: Tarapacá, Antofagasta, Atacama… También las circunscripciones electorales: Curicó, Talca, Linares y Maule conformaban la sexta; Ñuble, Concepción y Arauco la séptima… Intentaba recordar la composición de la novena cuando el avión empezó a descender.

Tras cruzar Perú habían volado sobre el mar, y el descenso coincidió con la entrada a territorio chileno. Debían estar sobrevolando la provincia de Valdivia, pensó Cienfuegos; más allá vendrían las de Osorno y Llanquihue. Oteó una vez más por la ventanilla: nubes. Por ahí debe estar el volcán Puyehue, fantaseó. Y los lagos: Ranco, Llanquihue, Todos los Santos. Cienfuegos saboreó estas palabras insólitas pero irremediablemente familiares: Puye-hue, Llan-qui-hue.

Miró hacia el interior de la cabina y advirtió que nadie le prestaba atención. Bajo las luces demasiado brillantes, Cornelia y Esther contrastaban los talentos de dos decoradores neoyorquinos. «Para mi gusto Jean-Paul Moulin es insuperable», decía una; «prefiero los diseños de Renzo Cello», respondía la otra. Más allá Linden Weyerhauser demostraba las virtudes de la nueva parka con aislación de Gore-tex doble que había comprado para la ocasión. Katz revisaba atuendos de castor de Alaska, jaguar del estrecho de Darién y puma de los Andes, intentando decidir cuál vestir para el desembarco en Chile. Al fondo de la cabina, el doctor Fowl finalmente lograba entablar una conversación con uno de los potentados; quince minutos más y se atrevería a pedirle un aporte para el nuevo programa de investigación eco-lingüística de su universidad.

Cienfuegos echó otra mirada hacia afuera: aún no se veía nada. Estiró las piernas entumecidas por nueve horas de vuelo y constató que los pantalones de franela de Bigsby le quedaban cortos. Cerró los ojos, pero las luces de la cabina resplandecían incluso a través de sus párpados, en una fosforescencia mareadora. La sangre pareció agolpársele en la cabeza.

—*Ladies and gentlemen* —anunció el copiloto por los altoparlantes—. En quince minutos aterrizaremos en el Aeródromo Illahuapi.

Cienfuegos abrió los ojos y volvió a mirar por la ventanilla. La capa de nubes se había abierto para dejar pasar a la nave. Por un instante temió que chocarían con el macizo nevado de la cordillera que se les venía encima, picachos filosos en ristre. Pero el Gulfstream III ejecutó un giro suave y apuntó la nariz hacia el sur, planeando —flotando, casi— sobre la campiña.

Sintió que el mareo desaparecía. A la distancia se divisaba un lago, que bien podría ser el de Todos los Santos, y un río que bien podía ser el Petrohué. Iluminaban el paisaje los destellos platinados del sol sobre el agua. El avión descendió aún más. En ese momento, la vio: al fondo de un pastizal, la ladera boscosa y el salto de agua junto al pehuén centenario. No cabía duda.

Era la tierra de su familia.

Diego Cienfuegos soltó un suspiro que pareció gemido, pero nadie lo oyó. Los otros pasajeros parloteaban como siempre.

## 8

Berkeley Barclay chasqueó las coyunturas de los diez dedos, señal inconfundible de que pensaba intensamente. Hacía casi una semana que revisaba las cuentas de la transacción con Caramelos Hurtado S.A. Tres veces había reconstruido la trayectoria de los fondos: de yenes en el mercado japonés a dólares a través de una operación en el mercado *forward,* en que se intercambiaban monedas a un precio convenido anticipadamente con el Credit and Commerce Bank de Tokio; tres días en que mantuvieron la plata estacionada en un depósito a corto plazo en Londres, con un retorno anualizado en dólares igual al *interbank offer rate,* más un margen de doce puntos base; de allí, mediante una transferencia electrónica, a la cuenta en dólares de Dunwell & Greid en un banco comercial de Santiago, realizándose la venta de los dólares de acuerdo a un calendario convenido con antelación; una vez en pesos, los fondos quedarían inmovilizados de nuevo, en esta ocasión en un depósito a plazo denominado en unidades de fomento, desde donde se girarían los desembolsos a la empresa de don León.

Berkeley dejó de torturarse los dedos: tenía que teclear unas cifras en el computador. Con una sucesión de golpes efectuó un último cálculo en la planilla. «Por aquí va la cosa», pensó. Las complejidades del sistema cambiario chileno finalmente se le develaban.

La última etapa de la transacción era la sospechosa. En Chile operaba *de facto* un mercado dual de cambios, con una brecha entre el precio oficial y paralelo de la divisa que, a no mediar un shock externo inesperado, fluctuaba entre uno y dos por ciento. Los documentos indicaban que se registraría la operación con el Banco Central, por lo que la conversión de monedas debería efectuarse en el mercado oficial. Pero el primer desembolso ya había ocurrido, y no había registro alguno de una venta de dólares en dicho mercado. Bastaba un par de llamados telefónicos, como Berkeley bien sabía, para liquidar las divisas en el mercado paralelo, incurriendo en una operación de dudosa legalidad ante la que, en todo caso, los reguladores solían hacer la vista gorda. Si así se había hecho, ¿dónde estaba el margen de ganancia...? ¿Quién se había quedado con ese uno o dos por ciento?

—Algo huele a podrido —exclamó.

Berkeley Barclay tomó el *mouse* y efectuó un cálculo rápido: pasar la transacción de un mercado a otro, vendiendo dólares en el mercado paralelo, implicaba una tajada de entre sesenta y ciento veinte mil dólares. Un porcentaje pequeño de una transacción grande.

—Podrido, podrido... —repitió, y volvió a tironearse el anular.

## 9

El comandante Barrera se hurgó la boca con un mondadientes hasta que ubicó el pedazo de carne tras un premolar. Ése era el problema con la plateada. Los hilitos siempre se le atascaban entre las tapaduras. Y el comandante tenía muchas, todas de oro de 12 kilates.

—¡Vieeejaaa! —aulló—. Tráeme una copita de manzanilla.

Su mujer, solícita, cumplió con esta instrucción. Barrera le contempló el trasero con orgullo mientras ella arrastraba las pantuflas de vuelta a la cocina, cargando una ruma de platos sucios entre los brazos.

La Carmen no era la única pertenencia de la que el comandante Barrera se enorgullecía. Mirando alrededor del living de su chalet de ciento diez metros cuadrados con muros de ladrillo fiscal y tejas de verdad («no esa mugre de latón que les ponen hoy en día a las casas», se dijo), alhajado con un juego de living comprado a crédito en la calle Ñuble, una butaca de tevinil, premio de una rifa de Fiestas Patrias, un arrimo de madera legítima con patas de león, cubierta de vidrio y origen desconocido, y, por supuesto, una televisión Sony Trinitron de 32 pulgadas, el comandante constató lo lejos que había llegado. «La disciplina reditúa…», pensó. «El esfuerzo recompensa…»

Pronto recibiría la recompensa más grande de todas, apenas terminara este negocito que tenía con Impruneta. ¿Simular un atentado? El comandante no había podido evitar una sonrisa cuando el banquero se lo propuso. ¿Plantar un explosivo para después echarle la culpa a un gringo y a unos ecologistas? ¿Cuántas veces no había organizado Barrera atentados de verdad, volando torres y causando apagones, culpando después a grupos violentistas varios? Y en esos casos no había hecho más que cumplir con su deber, sin recibir un puto peso más allá de su miserable sueldo mensual. Ahora no sería así… Barrera había negociado bien con Impruneta. El adelanto de treinta por ciento ya estaba depositado en la cuenta convenida. Y además… Un grito proveniente de la cocina interrumpió estas cavilaciones. Como la separación entre el living y la cocina estaba hecha con un simple tabique de madera aglomerada, el berrido le retumbó al comandante en la oreja.

—¡Carlos! ¡El refrigerador de nuevo se echó a perder!

—¿Qué?

El comandante había oído perfectamente el reclamo de su esposa, pero no iba a concederle así nomás el privilegio de interrumpir sus reflexiones de sobremesa.

—¡El refrigerador, te digo! Hace una semana no más estuvo aquí el vecino del pasaje, el eléctrico, y lo arregló.

—¿Y?

—¡De nuevo no funciona! Se está descongelando todo. ¿Refrigerador? ¿Refrigerador? ¿Su mujer lo jodía por un puto refrigerador? Las cosas que tenía que aguantar. Pero ya vería ella. Un mes más y recibiría el ascenso y además el pago. Un mes más y Carlos Barrera le compraría un refrigerador y una hielera y una enceradora y máquinas de coser y de lavar y de secar y hasta un auto si insistía. «La disciplina reditúa...», pensó. «El esfuerzo recompensa...» De eso Carlos Barrera, comandante de la Policía de Investigaciones de Chile, estaba seguro. Para celebrar tal certidumbre eructó y volvió a hurgarse las encías con el mondadientes.

## 10

«Bienvenido al *fucking* Tercer Mundo», exclamó Berkeley Barclay por enésima vez desde su llegada a Chile. Pero en vez de gritar, como solía hacerlo, pronunció las palabras cuidadosamente, en un susurro. No podía darse el lujo que lo descubrieran. Trató de acomodarse una vez más. Se le había dormido una pierna. Apoyándose sobre las cajas, depositó el peso de su cuerpo sobre la otra nalga. El aire fétido a encierro lo ahogaba. Por ese rincón, pensó, hacía mucho que no pasaba el encargado de limpieza.

«¿Cuándo trabaja esta gente...?», se preguntó. Llevaba más de una hora escuchando las conversaciones telefónicas del gerente de finanzas, y el tipo aún no hacía un llamado que significara alguna utilidad para el banco. Berkeley había tenido que tolerar media hora de chismes compartidos por Coto con algún compinche. Después vino la conversación con su mujer, que Impruneta parecía ansioso por terminar, pero igual acabó extendiéndose por quince minutos. Y entonces el llamado a... Berkeley no aguantaba más. Qué *bullshit*. Esconderse en el clóset de la oficina de Impruneta no había sido, al parecer, una buena idea.

El gerente general tenía un cuartito de guardar igual en su despacho. Por eso sabía que los constructores de la casa matriz del Banco de Linares, allá a fines del siglo pasado, no sólo habían dispuesto zaguanes de mármol y techos altos de cornisas intrincadas, sino también generosos clósets adyacentes a la oficina de cada ejecutivo. Berkeley mantenía el suyo limpio y ordenado. ¿Cómo iba a pasársele por la mente que el de Impruneta servía de bodega, repleto de cajas y trastos polvorientos? Apenas, entre un alto de papeles amarillentos y un abrigo de pelo de camello azumagado, había descubierto la rendija que ahora lo cobijaba.

Sonó el teléfono y Barclay se hizo ilusiones. Intentó acomodarse una vez más y levantó una nube de polvo. Debió morderse la lengua para evitar el estornudo, mientras se esforzaba en descifrar lo que decía Impruneta. Éste le prometía a una tal Virginita que llegaría a casa antes de las ocho. De ningún modo se le olvidaría el oso de peluche. Despachado ese asunto, Impruneta recibió otra llamada: debía fijar la hora de un partido de squash. Diez minutos le tomó saldar el asunto. Nuevamente sonó el teléfono. Berkeley, ya sin esperanza, oyó que Impruneta exclamaba:

—¡Comandante! Le he pedido veinte veces que no me llame al banco.

*Comandante*, escuchó Berkeley, y la cabeza se le llenó de militares con demasiadas charreteras, anteojos oscuros y bigotitos hitlerianos. A pesar del cosquilleo en la nariz logró concentrarse en lo que venía:

—Dígame, pero por favor que no se repita.

—…

—No es así, comandante. No, pues.

—…

—Pero pensé que habíamos quedado en que…

En ese instante Impruneta largó la tremenda verdad. A Berkley Barclay, gerente general, le falló la pierna dormida. Sólo la buena fortuna lo salvó de desplomarse sobre las cajas.


## 11

Verde. Mucho verde. Verde del bosque virgen, de los árboles deciduos que a fines de septiembre ya recuperan sus copas, de las coníferas perennes, de los helechos, del musgo. *Verde.* Y en medio del verde, el negro. El negro del asfalto. Entre las araucarias milenarias y los pastizales fragantes y los huertos orgánicos, Milo Forrester había hecho construir una descomunal pista de aterrizaje. En esa faja de asfalto, reluciente bajo la llovizna que recién amainaba, aterrizó el Gulfstream III.

El copiloto abrió la puerta y la humedad del aire invadió la cabina. Cienfuegos, quien se había adelantado a los otros pasajeros, la sintió venir. Apenas estuvo sumergido en un chiflón de aire puro y septentrional, respiró hasta el fondo y se llenó los pulmones.

*Aaaaahhhh.*

Tres pasos más, un salto sobre un maletín y otro sobre un alto de frazadas, y alcanzó la puertezuela. Contemplando el reflejo del crepúsculo sobre la loza, otra inhalación. *Aaaaahhhh.* Y otra…

—¡Milo! ¡Milo!

La voz era de Cornelia Best, recién emergida de la cabina. La señora deslizó su flacura por la rendija que quedaba entre Cienfuegos y el marco de la puerta y empezó a descender a saltos.

Cienfuegos recién vio a la silueta alargada al pie de la escalerilla. Cornelia saludó una vez más.

—¡Milo! ¡Milo!

—Para hacer la revolución se necesita de una vanguardia revolucionaria —dijo al fin la silueta.

Cienfuegos ya ponía un pie en tierra. Fue presentado como Eliseo Fontana, *from* Argentina. Forrester saludó a Cienfuegos con una leve inclinación de cabeza. El resto de la comitiva tuvo igual recepción.

Al costado de Forrester acechaba un tipo de bigotes, cuello y corbata. Apenas lo divisó, a Cienfuegos se le aceleró de golpe el corazón.

—Policía Internacional. ¿Me permite su pasaporte?

Con una mano sudada, Cienfuegos le alcanzó el documento de tapas celestes. El bigotudo lo revisó con desgano. Anotó el número en una libreta y lo cotejó con los que aparecían en un listado de computador. Devolvió el pasaporte sin levantar la vista.

—Bienvenido a Chile, señor Fontana.

Una camioneta todo terreno giró en torno a la cola del avión a demasiada velocidad y se detuvo en un rechinar de neumáticos y frenos. La pilotaba una mujer que bajó de un salto y de otro salto se acercó al grupo. No tenía más de veinte años. La tez pecosa, el pelo rubio y la parka sin mangas de un color chillón anunciaban a gritos sus orígenes: California. Se presentó como Pam Frisbee, asistente de Mr. Forrester.

Acaso porque llevaba meses hablando inglés con una cuadrilla que a duras penas entendía el castellano, o porque alguna vez fue moda entre las adolescentes en San Fernando Valley donde creció, Pam Frisbee hablaba con labios y manos a la vez. «¿Puedo ayudarlos con su equipaje?», ofreció, y al mismo tiempo trazó en el aire una maleta, con manija y gesto de asirla incluidos. Bastó el ademán de la jovencita para que un piquete de trabajadores vestidos con parkas anaranjadas se largara a amontonar valijas en la camioneta.

—Por aquí —dijo Pam Frisbee, y apuntó con el dedo—. Este sendero conduce a las casas de la hacienda.

Escoltados por los hombres de cabezas negras y uniformes naranja del ejército de Forrester, los viajeros emprendieron la marcha.

## 12

Fue como si el esmog de Santiago repentinamente se hubiera disipado. Berkeley Barclay lo vio todo con claridad. Después de demasiados intentos fallidos, sabía con certeza qué hacer.

«*Yes, that was it*».

Al cabo de un trote de siete millas, en medio de la euforia causada por las endorfinas que le aclararon la cabeza y le agitaron el corazón, Berkeley había visto la luz.

«*Fuck yeah. That was it*».

La idea era audaz. «Y qué». La revisó mientras la transpiración se le escurría por el cuello. «*No problem*». ¿Artilugios contables, trucos financieros? «Claro que sí». ¿Resultaría? «Why not?».

Entonces fue presa de un frenesí de actividad. Tras la ducha relámpago, envió un fax al Credit and Commerce Bank de Tokio y otro a NatWest en Londres; después efectuó una seguidilla de cálculos en una planilla contable; consultas discretas con los operadores de su mesa de dinero; finalmente una llamada a Nick Porter, desde hacía un par de meses Managing Director del Rhinoceros Fund, nueva y agresiva boutique de inversiones de Nueva York. Berkeley Barclay creyó sentir en el aire el aroma de una buena cerveza mientras esperaba en línea. Comenzaba a invadirlo la nostalgia cuando un clic y un gruñido indicaron que su amigo había levantado el auricular.

Berkeley le explicó con lujo de detalles la operación que

tenía en mente. Nick escuchó atento, insertando un comentario aquí, pidiendo una clarificación allá, admirado por la audacia de la movida. Discutieron montos, cotejaron cantidades. Buena ganancia para el Rhinoceros Fund y gorda tajada para Berkeley, concluyeron. Además —aunque esto Nick no lo sabía—, una gran patada en el culo para un tal Coto Impruneta.

—¿Esta operación es legal? —preguntó al fin Nick.

—Lo es si no dejamos rastros.

—Eso quería escuchar —respondió, añadiendo que si estuvieran los dos en Nueva York, deberían salir a tomar un trago para sellar el trato.

# Doce

El gran salón del ex Banco de Linares se reservaba para ocasiones célebres. El directorio prefería efectuar sus reuniones mensuales en un lugar más templado (la calefacción nunca funcionó) y menos imponente. Había pasado cerca de un año desde que las monumentales puertas dobles, revestidas en cuero color sangre de toro, se abrieran por última vez. En aquella ocasión había sido para recibir a Berkeley Barclay, flamante gerente general.

A fines de septiembre de 1988, el gran salón volvió a albergar a una multitud. Pero no eran distinguidos banqueros de abolengo y traje azul de pura lana los que instalaron sus posaderas sobre los sillones de cuero inglés importados poco después de la fundación del banco. No. De ningún modo.

El jefe de protocolo había hecho todo lo posible por evitarlo, argumentando que un evento así jamás se había permitido en la augusta historia de la institución. El jefe de seguridad también se había opuesto, temiendo por la integridad de los retratos de los fundadores e insistiendo en que «esta gentuza» se echaría al bolsillo los ceniceros de cristal.

Ambos habían perdido la batalla.

Allí estaba la turba esa mañana, tamborileando ansiosa con zapatones de la peor calaña sobre el piso de eucaliptus, parloteando incesantemente, intercambiando rumores en tonos demasiado estridentes, acarreando micrófonos, grabadoras y cámaras. Por primera vez en casi un siglo, el gran salón del directorio fue abierto a la prensa. Feliciano Impruneta, organizador del evento, lo había creído imprescindible. Se trataba de una ocasión muy especial: el anuncio de la inauguración del Proyecto Millennium.

Las elegantes puertas se abrieron de par en par, los periodistas dejaron de vociferar y Berkeley Barclay, gerente general, entró al salón del directorio. Apenas un paso más atrás lo seguía Coto Impruneta. Los gerentes tomaron asiento en un estrado improvisado. Chasquearon los obturadores, rechinaron las grabadoras y zumbó la cámara de televisión. Berkeley cerró los ojos. Por un instante creyó escuchar el chirrido de las sierras eléctricas que en ese preciso instante talaban árboles centenarios a diestra y a siniestra. Impruneta, maestro de ceremonias, tomó el micrófono.

—Damas y caballeros, ésta es una ocasión histórica. Estamos reunidos aquí para anunciar ante la opinión pública la materialización...

Continuó así por un par de minutos, alabando el «proyecto forestal e hidroeléctrico más grande de la historia» y enfatizando «el aporte que efectuará al desarrollo nacional, en especial ...» etc., etc. Acto seguido, con una actitud servil que no le resultó fácil fingir, presentó al gerente general. Berkeley, ciñéndose al texto que le había preparado el departamento de relaciones públicas, dijo más de lo mismo.

La pausa final alertó a la muchedumbre periodística: había llegado a la fase de preguntas y respuestas. El gerente general anunció que Feliciano Impruneta, «a quienes ustedes ya conocen», respondería a las inquietudes de la prensa. Comenzó entonces una rutina que es cotidiana en Santiago de Chile, pero que Berkeley Barclay no había presenciado jamás. Un periodista, con voz estentórea y tono amenazante, formulaba una pregunta; Impruneta la evadía por completo o derechamente soltaba un embuste. El representante del cuarto poder, adalid de las libertades públicas, garante del derecho ciudadano de estar informado, simplemente bajaba la cabeza.

«¿Es cierto que se han talado miles de especies nativas?», preguntó un petiso de la primera fila. «Sólo aquellas especies que estaban en avanzado estado de descomposición», respondió Impruneta; el periodista asintió. «Hay expertos internacionales que evalúan negativamente el impacto ambiental del proyecto», sentenció una morena que blandía un gran micrófono. «Esos son infundios esparcidos por extranjeros desinformados que desconocen la realidad nacional», le espetó Impruneta; la mujer grabó y además tomó nota.

Cumplida media hora, el jefe de seguridad se complació en desalojar de la sala a los advenedizos.


## 2

Esther y las otras damas del Panda Club querían saber por qué Milo Forrester se había instalado en Chile. La explicación era simple:

—Una rana en el fondo del pozo dice: el cielo no es mayor que la boca del pozo. Estados Unidos era mi pozo. Desde allí no veía todo el cielo.

Las señoras, que recorrían la hacienda Illahuapi a la mañana siguiente de su arribo, comprendieron.

—¿Y era necesario venirse tan lejos? —preguntó Cornelia Best.

—Hacer la revolución es como barrer el suelo: por regla general, donde no llega la escoba, el polvo no desaparece solo.

«El polvo… la escoba…». Esther se mostró impresionada. El Dr. Fowl y los muchachones del destacamento de Katz la imitaron.

Las damas y caballeros de la delegación del Panda Club tenían los atuendos *high-tech* y la expresión reconcentrada (mandíbula firme, ojos fijos en la senda) de quien emprende una aventura en la naturaleza más hostil. Enfrentaban, claro está, condiciones adversas. Habían caminado quince minutos entre huertos orgánicos, alejándose unos metros del gigantesco refugio de troncos que Milo Forrester había construido en aquellas latitudes. La casona —destacada por la revista *Condé Nast Travel* en su número especial «Living in the Wilderness»—, tenía doce cuartos calefaccionados, salones con grandes vigas a la vista, un *spa* y un hospital de campaña. Desde allí, una escuadrilla de cuatro jeeps, igual número de motos todo terreno y un helicóptero podrían haber alcanzado a los excursionistas en cosa de instantes. «Pero las precauciones no están nunca de más», pensaron las damas y caballeros, y siguieron avanzando con el ceño fruncido.

La caminata los llevó hasta el borde del estuario.

—Un estuario consiste en una conformación geológica e hidráulica en que un río caudaloso desemboca en el mar —acotó el profesor Fowl—. Suelen tener una forma que se asemeja al corte longitudinal de un embudo, cuyos lados van apartándose en el sentido de la corriente. Como ven más allá…

Esther, Cornelia y los otros divisaron el seno de Reloncaví.

Pam Frisbee ofreció golosinas orgánicas y una infusión de té *darjeeling*, helado y con hierbabuena local. Dos empleados de cortavientos naranja acarreaban la comida en mochilas descomunales y un tercero llevaba el termo con té.

—Cultivamos la hierbabuena con una técnica hidropónica —explicó Pam a Cienfuegos, simulando con las manos un estanque de agua en el que flotaban hortalizas varias—. Pruébala.

—Si quieres conocer el sabor de una pera, tienes que transformarla tú mismo comiéndola —añadió Forrester.

Los invitados, obedientes, engulleron el refrigerio. Cienfuegos se alejó, sintiéndose como rana en el fondo del pozo.


3

*El Mercurio*, 24 de septiembre de 1988

Con la asistencia del ministro de Obras Públicas y el ministro secretario ejecutivo de la Comisión Nacional de Energía, autoridades regionales y municipales, y destacados inversionistas tanto nacionales como extranjeros, se inaugurará mañana el primer tramo del megaproyecto Millennium.

La colosal obra, ubicada en la Décima Región, está constituida en su parte principal por una represa hidroeléctrica que, cuando entre plenamente en funciones, será la principal fuente de energía eléctrica en la zona sur del país. En el proceso de construcción se han talado más de siet mil hectáreas de bosque, lo que añade una dimensión forestal de gran magnitud al proyecto. «Es una obra pionera tanto en el ámbito energético como el forestal», declaró Feliciano Impruneta, gerente del banco de inversiones Dunwell & Greid Chile, entidad que ha liderado el financiamiento del proyecto. «Las exportaciones al Oriente y Europa generadas por

Millennium constituirán una importante fuente de divisas para el sector externo», añadió.

Se informó que la primera fase incluye la construcción de la represa e infraestructura aledaña, así como la exportación de la producción forestal resultante. El llenado de la represa recién se inicia y tardará al menos tres meses en completarse. Se espera que el proyecto esté finalizado y comience a generar energía a mediados del año entrante.

A pesar de los obvios beneficios que aporta a la economía nacional, Millennium ha sido víctima de las críticas de grupos ecologistas, en su mayoría extranjeros. Pero las acusaciones de depredación ambiental y tala de especies nativas supuestamente irreemplazables han recibido un vehemente mentís. El Centro de Acción Comunitaria y Ambiental, dirigido por el doctor Aliro Gómez, publicó ayer un detallado estudio que en sus conclusiones descarta un impacto ambiental adverso del Proyecto Millennium. «La flora y fauna local han sido debidamente resguardadas», afirmó el doctor Gómez a este matutino. Consultado por qué ciertos grupos ecologistas insisten en sus denuncias, el experto afirmó que tales acusaciones revelan un profundo desconocimiento de la realidad nacional. «En Chile, tenemos nuestras normas y el Proyecto Millennium las cumple cabalmente», concluyó.


4

Berkeley Barclay no sabía que, al igual que su homónimo, era empirista. Para el obispo Berkeley, profesor en Oxford allá por 1730, el patio de su *college* sólo existía con certeza cuando lo cruzaba camino al salón de clases; no podía estar seguro de que los árboles y muros y gárgolas seguirían en su lugar cuando dejaba de percibirlos. Tremenda incertidumbre la del pobre obispo, dictando su charla con tono inevitablemente ansioso al ignorar si los senderos empedrados aún estaban ahí para llevarlo de regreso a sus aposentos al concluir la clase. «*To be is to be perceived*», concluyó. La percepción sensorial es clave. Berkeley Barclay, gerente general, estaba de acuerdo. La imaginación resultaba insuficiente; también lo eran los rumores, los temores, las informaciones de prensa. El *fucking* hecho tenía que ocurrir. Y para eso tenía que ser percibido. Ojalá como un buen *shock* a los sentidos, con un potente estruendo y muchos fuegos artificiales.

Así se lo dijo al comandante Barrera. Se lo dijo en un llamado telefónico lleno de silencios y desconfianzas, amén de las inevitables confusiones provocadas por el castellano vacilante de Berkeley. Con dificultad pactaron el encuentro nocturno en un estacionamiento subterráneo del centro.

Berkeley bajó lentamente por la rampa, simulando no ver al tipo de traje café que se paseaba por la vereda y al otro de pelo muy corto que se ocultaba a medias tras la garita del cuidador. Incluso en la penumbra notó los bultos que ambos llevaban bajo el sobaco. Al fondo, junto a un charco aceitoso, Berkeley divisó a un hombre con un mondadientes en la boca. No le cupo duda de que se trataba de Barrera.

—*Hello* —dijo el comandante, pronunciando la palabra como si comenzara con jota.

Berkeley, conteniendo apenas sus nervios, fue al grano. Y para evitar malos entendidos, le alcanzó a Barrera una hoja escrita a máquina. La había tecleado con una Remington manual, comprada en una tienda de trastos en la calle San Diego y abandonada poco después en un basural de Renca. El comandante leyó arrugando el ceño, y abriendo la boca al llegar al párrafo final donde se mencionaban las cifras. Hizo un ademán de guardarse el papel en el bolsillo. Berkeley Barclay estiró la mano, exigiéndoselo de vuelta.

—Veo que no corre riesgos, míster Barclay.

«Esa es su misión, comandante, si decide aceptarla...», pensó Berkeley mientras le prendía fuego a la hoja con un encendedor.

## 5

Don León Hurtado escobilló hacia atrás los pocos pelos que le quedaban, revisó el nudo Windsor de su corbata y pasó a la sala de reuniones donde lo esperaba Elmensdorff. En Chile, todo caballero tiene su escudero y el presidente de Caramelos Hurtado S.A. no era la excepción. Cuando tocaba discutir cómo el flujo de caja afecta el valor presente de la empresa y como éste a su vez depende de los supuestos implícitos respecto a la tasa de descuento intertemporal, el caballero se hacía acompañar de Gustavo Elmensdorff, joven y robusto vástago de cuatro generaciones de colonos alemanes, egresado reciente de la Escuela de Negocios de UCLA y dueño de unas manazas con las que podía voltear un novillo o calcular una tasa interna de retorno a igual velocidad.

Especialmente importante era la presencia del escudero en la reunión de ese mediodía, en que el gerente de finanzas de Dunwell & Greid Chile firmaría el segundo y principal desembolso del préstamo destinado a convertir a Caramelos Hurtado S.A. en una multinacional, proveedora todopoderosa en el mercado de dulces, chicles y bombones de la región andina. Tras contemplar con aprobación el refajo de papeles que Elmensdorff había puesto sobre la mesa, junto a una pantalla cuya función el caballero ignoraba, don León ordenó a su secretaria que hiciera pasar a la contraparte.

—Buenos días, Feliciano —dijo, con el tono más cordial de su repertorio.

Firmar unos pocos papeles y girar un cheque no justificaba una reunión con el mandamás de la compañía; tampoco satisfacía el objetivo de Impruneta: impresionar a don León. Para lograr esto último, Coto tenía preparado un pequeño despliegue tecnológico. Un gesto bastó para que Elmensdorff encendiera el aparato que parecía televisor, pero que resultó ser un monitor de Reuters. Allí verían en «tiempo real», «minuto a minuto», explicó Impruneta, «la evolución del tipo de cambio» al que se efectuaría la conversión de los dólares traídos de Londres a los pesos que, expresados en unidades de fomento, se depositarían en la cuenta de Caramelos Hurtado. Don León replicó con un gruñido, apenas resistiendo la tentación de exigirle a Elmensdorff que le explicara qué carajo decía Impruneta. Con paciencia el gerente de Finanzas de Dunwell & Greid explicó que la línea roja representaba el valor del dólar en el mercado paralelo. Llegado el momento efectuarían…

Elmensdorff fue el primero en percatarse de que algo andaba mal. Tenía los ojos pegados a la línea roja que Coto, de cara a don León, no podía ver. Impruneta hablaba sin parar, y mientras más palabras pronunciaba, más bajaba la condenada raya roja en la pantalla.

—Eeehhh… —farfulló Elmensdorff, pero Impruneta no le prestó atención.

Gustavo Elmensdorff estaba dolorosamente consciente de que con cada baja del precio del dólar se reducía también el monto en pesos que Caramelos Hurtado S.A. recibiría, por contrato, esa mismísima mañana. «Eeehhh…», insistió, sin éxito. No le quedó otra que posar una de sus manazas sobre el hombro de Impruneta, deteniendo la perorata.

—¿Qué pasa?

Elmensdorff puso sobre la pantalla del monitor de Reuters un dedo tan gordo como un *hot dog*.

—El precio *spot* del dólar en el mercado paralelo...

Impruneta no veía nada. Se acercó, apartando el dedo de Elmensdorff. Al ver el monitor se le desencajó la mandíbula, y la mueca alertó a don León. El caballero alzó las cejas y retorció los labios, pero no supo qué decir. No había mucho que decir. El tipo de cambio se desplomaba y la línea roja amenazaba con salirse de la pantalla. Al tiempo que balbuceaba unas explicaciones, Impruneta tomó el teléfono más cercano y se comunicó con la mesa de dinero de Dunwell & Greid. Sus subalternos estaban en desbandada.

—El dólar paralelo se hunde —dijo una voz al otro extremo de la línea.

—Qué cosa más rara —dijo otra voz, retumbando con el eco de un teléfono de altavoz.

—Parece que un operador de Nueva York hizo una venta grande de dólares —añadió un tercero—. Dicen que es el Rhinoceros Fund.

Feliciano Impruneta empezaba a adivinar lo que ocurría. Pero no tenía ni la más remota idea cómo justificarle el embrollo a don León Hurtado, que con la barbilla trémula y los ojos echando chispas, exigía explicaciones.


6

Berkeley cerró los ojos y una vez más se imaginó a una Valentina angelical: primero huyendo de la policía y después en el claro de un bosque milenario rodeada de una familia de indios otavalos que al sonreír desnudaban sus albos dientes y saludables encías. Al reabrir los ojos, no fue menor su sorpresa cuando vio a aquel ángel parado firmemente frente a él, mirándolo con cara de reproche. «¿Acompañarlo a la inauguración del proyecto Millennium?» Berkeley tenía que estar loco. «¿Cómo se le podía ocurrir?»

—Te tengo una sorpresa —aseguró él con todo el aplomo de que fue capaz—. Ya verás.

—¿Una sorpresa? *My ass* —Berkeley le había enseñado la expresión y ahora Valentina no perdía oportunidad de usarla—. *My fucking ass.*

Él insistió e insistió, pero ella no daba su brazo a torcer. A dos semanas del plebiscito, el gringo quería que lo acompañara a un acto lleno de ministros de Pinochet. Valentina no podía creerlo. En un castellano inesperadamente fluido, Berkeley reiteró promesas y esbozó explicaciones; había en su tono una determinación que ella no le conocía.

Valentina le clavó los ojos. Insistente, sí; tozudo, también; «pinteado», por supuesto. Pero… eso no bastaba. Allí donde ella alguna vez vio a Jay Gatsby ahora creyó descubrir a Jim Dixon, con rasgos insoslayables de Paul Pennyfeather.

—Por favor —suplicó él.

Con tal de cerrar ese capítulo, Valentina finalmente dijo que sí.


# 7

El comandante Barrera era un profesional; no dejaba nada al azar. Instalado en el Ford Explorer con tracción en las cuatro ruedas que Impruneta le había prestado para la ocasión, oteó el valle. Allá abajo, entre las laderas a medio pelar y el dique recién construido, su operativo estaba a punto de ponerse en marcha.

En un mapa extendido sobre el volante el comandante revisó los puntos en que se apostarían sus hombres. «Dos por aquí, tres por allá, un piquete en el punto central», calculó. Las vías de acceso y retirada, abiertas. Llegado el momento, los efectivos ejecutarían la Operación Pinzas tal como lo había planificado.

A continuación, Barrera pasó revista a los plazos. Infiltración del terreno: la noche anterior. Toma de posiciones: mucho antes del alba. La ceremonia estaba fijada para las once de la mañana y duraría aproximadamente una hora. El tiempo justo y suficiente para... Sí. Todo estaba «listo y dispuesto ya».

Satisfecho, el comandante dobló el plano y se echó atrás en la butaca. Reparó en la suavidad del volante y de los asientos de cuero legítimo. El revestimiento del tablero era de madera pulida y barnizada hasta dejarla reluciente como un espejo. Barrera deslizó sus manos sobre el delicado instrumental. «Luego...», pensó. Luego tendría él un «vehículo» así.

La oferta del gringo lo hacía más probable aún. «Raro el gringo...». Su telefonazo inicial había tomado al comandante completamente por sorpresa. Pero en esos titubeos nerviosos, en el acento vacilante, Barrera había intuido una oportunidad. Su instinto de sabueso le servía una vez más.

El comandante, por supuesto, había asentido. O, al menos, había fingido asentir. Con el adelanto del gringo podía pagar los gastos: mantener contentos a sus muchachos le estaba saliendo cada día más caro. El resto de la operación seguiría igual. Los mismos preparativos; la misma labor de desinformación. Y llegado el momento, el desplazamiento oportuno de sus efectivos, la Operación Pinzas ejecutada con «gran profesionalismo», los arrestos ineludibles, el complot develado. Los diarios se volverían locos. De todos modos saldría en la tele. Y a sus superiores no les quedaría otra que reconocer su hazaña. La estrategia valía la pena, aunque perdiera el pago final del gringo. Elogiado por la prensa, ascendido a comisario, o incluso a prefecto…

Carlos Barrera volvió a contemplar extasiado la cabina del jeep todo terreno. Examinó una vez más la madera lustrosa del tablero y el cuero «legítimo» de los asientos. Se imaginó a sí mismo sentado allí, desplazándose a altas velocidades, escoltado por dos motocicletas con sirenas ululantes.

## 8

Tom Katz, el hombre-lobo, tampoco dejaba nada al azar. La tarde previa al día D reunió a su destacamento. Se sentaron en el suelo, con los venidos de Nueva York a la diestra; Pam Frisbee y sus lugartenientes (dos holandeses y un francés) más allá; Milo Forrester cerrando el círculo, a la izquierda de Katz.

La revisión de los planes fue breve. Despertar mucho antes del alba. Desayuno orgánico, con suficiente contenido calórico para sostener el necesario nivel de energía durante la larga jornada. Después los jeeps de Forrester los llevarían, por una huella de montaña, hasta un punto a diez kilómetros de la represa. Allí emprenderían la caminata.

Acaso alguno de los neoyorquinos se amilanó ante la perspectiva de esa travesía. Cruzar bosques milenarios, barriales y peñascos… ¡en la oscuridad! Pero nadie dijo nada. Los delegados del Panda Club apretaron la mandíbula y fruncieron el ceño, como lo venían haciendo desde que llegaran a Chile. Cualquier temor, en todo caso, no habría resistido ante la ofensiva de paz espiritual que se desató a continuación.

—Sea cual fuere el momento en que estalle la guerra, debemos encontrarnos bien preparados. Si se produce mañana por la mañana, también tenemos que estar preparados —canturreó Milo Forrester con entonación de monje tibetano.

—Así es, así es —replicaron Pam Frisbee y sus lugartenientes, en el mismo tono—. Bien preparados en la mañana.

Los neoyorquinos no tardaron en comprender lo que debían hacer.

—Así es, así es —entonaron—. Bien preparados en la mañana.

—La revolución es una marcha prolongada —sermoneó Forrester.

—Marcha prolongada —respondieron los fieles.

—Luchar, fracasar…

—Luchar, fracasar…

—Volver a luchar, volver a fracasar…

—Volver a luchar, volver a fracasar…

Y así por largos minutos, hasta que la palabras se confundieron unas con las otras y sólo quedó la vibración sostenida de diecinueve pares de pulmones.

—*Ooommmm, ooommmmm* —les hizo eco la voz de Forrester.

—*Ooommmm, ooommmmm...* —respondió la congregación.

El sonido apacible y sedante llenó los salones de la casa que tan elogiosamente describiera la revista *Condé Nast Travel* en su número especial.

## 9

Cerca de las diez de la noche en el sur de Chile. El sol se ha puesto, pero en el horizonte un resplandor azuloso se niega a desaparecer. La humedad fresca se apodera del aire. Con la oscuridad y el frío llega el silencio. Sólo se oye de tanto en tanto el graznido de algún queltehue desde un potrero. Sigilosas, las criaturas del bosque regresan a sus madrigueras. Lo mismo hacen los humanos, buscando refugio en una de las veinticinco camas *queen size* con sábanas de hilo y edredones de pluma, repartidas por las doce habitaciones de la residencia austral de Milo Forrester.

En el primer cuarto a la derecha, Esther Mittelman aguarda impaciente que se enfríe el té chino que acaba de preparar. Tras veinticinco años de uso regular, la señora ha constatado que los efectos de la infusión son mayores cuando se la bebe templada. Esther palpa el exterior del tazón e inserta la punta del dedo meñique en el líquido. Satisfecha, se lo zampa en tres tragos largos.

Viene ahora la segunda espera, más larga y por ello más inquietante. Diez o quince minutos, nunca se sabe. Como hace todas las noches en ese mismo momento, la señora trata de recordar el rostro de su ex marido, el titán de las propiedades Herbert Mittelman; y como le ocurre también cada noche, Esther advierte que en su memoria las facciones del caballero se vuelven más y más borrosas. Justo cuando logra imaginar las descomunales orejas que son rasgo hereditario y distintivo de la familia Mittelman, la asalta el primer retortijón. Se apresura en dirección al baño, a sabiendas que su rutina nocturna está próxima a concluir.

Dos habitaciones más allá, Pam Frisbee se sale finalmente con la suya. Al cabo de roer por media hora, logra atravesar la piel hirsuta del traje de lobo de Tom Katz. Un par de dentelladas más y el orificio en la ingle alcanza el tamaño suficiente. Los dedos de Pan escarban hasta dar con un órgano que parece humano. El lobo emite un par de gruñidos de placer. Un *crescendo* de rugidos apenas amortiguados por la máscara lupina amenaza con quebrar el silencio.

Cuando intuye al lobo demasiado cerca del despeñadero, Pam Frisbee se echa atrás. Practica el yoga hace más de una década y su *self-control* es total. En un movimiento de gran elasticidad pasa un pierna sobre la cabeza de Katz y se pone de rodillas. *Baaahhh…* el balido apenas es audible. Pam alcanza una manta de chiporro, cubriéndose con ella. *Baaahhh…* bala Pam cuando el lobo la penetra desde atrás. *Baaahhh…* Copulan pausada pero rítmicamente, sudando bajo sus respectivas pieles, hasta que los alcanza el orgasmo súbito. Tres minutos más tarde, Pam Frisbee y Tom Katz ya se han dormido.

En la suite del fondo del corredor, desde cuyos ventanales de doble altura puede avistarse el estuario bajo la luz de la luna menguante, Cornelia Best intenta recrear el pasado. *«Firenze…»*, le susurra en el oído a Milo Forrester, con la esperanza de que el millonario ecologista le brinde al menos un guiño de complicidad. «Firenze, el Palazzo de la Signoria, la iglesia de la Santa Croce, el paisaje desde el fuerte Belvedere, el Ponte Vecchio, la caminata hacia el Palazzo Pitti…», insiste la señora. Pero no obtiene respuesta.

Cornelia Best rehusa darse por vencida. Ordena el pelo ensortijado de Forrester en un gesto que pretende ser tierno, mientras se devana los sesos tratando de recordar un lugar, un evento, especialmente memorable. Al fin da con él. *«Le déjeneur sur l'herbe»*, murmura con suavidad… «en los cerros de Fiesole, con el duomo a lo lejos en el valle. La botella de blanco, la manta extendida sobre el pasto». El millonario parpadea y parece pronto a decir algo. Cornelia recibe el gesto con alborozo. «Debemos…», balbucea Milo. «Debemos…». La señora contiene el aliento.

—Debemos extirpar las raíces del ultrademocratismo en el plano teórico —exclama finalmente.

Cornelia Best se pone de pie y da el primer paso hacia su cuarto. Le espera un día muy pesado.

\* \* \*

Un par de horas más tarde y a cincuenta kilómetros de

allí, en uno de los muchos moteles que rodean el lago Llanquihue, Feliciano Impruneta se retuerce en la cama. Al centro del colchón hay un valle casi tan grande como el que sus propios esbirros aún no terminan de talar, y con cada giro Coto corre el riesgo de caer en él. Encaramado en uno de los costados del camastro, su mano derecha asiendo firmemente el catre por si las moscas, Impruneta cierra los ojos y por enésima vez trata de conciliar el sueño.

Resoplidos. Vueltas y más vueltas. Impruneta se concentra en vaciar la mente, pero a cada instante lo asaltan imágenes de terror: diques que se desploman, detectives veleidosos, fluctuaciones cambiarias, ecologistas fuera de control. ¿Cuál es el equivalente banqueril de contar ovejas? Coto no acierta a dar con él. Hasta que la solución se le revela en un despliegue pirotécnico de signos peso. «Proyecto Millennium… Proyecto Millennium…, recita». El negocio con don León ha sufrido un traspié; ya no tiene cómo pagarle el saldo a Barrera. Pero aún queda el Proyecto Millennium. «¿Cuánto iré a ganar una vez que desplace al gringo de la gerencia general? ¿Qué tan grande será la bonificación de fin de año que autorice Nueva York?». Impruneta revisa mentalmente una, dos, tres cifras, hasta que da con el monto adecuado. Complacido, lo expresa en pesos, dólares, yenes, marcos, pesetas, escudos, florines, coronas, libras esterlinas, francos suizos, francos suizos, suizos, suizos, zzzzzz.

En otra habitación al extremo opuesto del motel, Berkeley Barclay contempla el sueño de Valentina. Por razones de protocolo se instalaron en piezas separadas; a Berkeley le costó un mundo lograr que ella lo admitiera en la suya. Y esos esfuerzos poco le valieron. Ella lo contempló desde la cama con una mirada que pudo ser de somnolencia o desdén, y al instante se quedó dormida. Ahora respira acompasadamente, apartándose el pelo de la cara de tanto en tanto.

Berkeley no puede tolerar un cuadro tan apacible. Se pasea por el cuartucho, abre las ventanas y las cierra, hojea una revista, alivia la vejiga. Finalmente se instala al costado de Valentina, resignado a pasar la noche en vela. Pero ella sólo finge estar dormida. Está tan despierta que sin necesidad de abrir los ojos ha seguido cada gesto y cada movimiento irritante de Berkeley por la habitación del motel. Él abre la ventana y a Valentina el chirrido se le mete en los sesos; aparta una silla y ocurre lo mismo. Ahora Berkeley se ha recostado junto a ella y con cada movimiento sobre el colchón demasiado blando, provoca una tormenta en la que casi zozobra el barco de Valentina.

En vano busca la reserva de piedad que le permita compartir los desvelos de Berkeley; sólo consigue que se apodere de ella una irritación creciente. Han llegado al fin de este viaje. Tendida en un camastro incómodo en el último rincón del mundo, Valentina hurga el último rincón de su alma hasta que da con la verdad: los desvelos de Berkeley le importan un pepino. Abre un ojo con disimulo y Berkeley se le aparece como un Marlon Brando gordo y avejentado, envuelto en una tenebrosa luz amarilla. «El horror, el horror», piensa Valentina. «El horror». Finge una vez más: con los ojos cerrados gira el cuerpo bruscamente hacia la izquierda, asestándole a Berkeley un codazo en la cadera. Éste, con buenos modales, desaloja su costado de la cama y se instala en un sillón. Valentina Hurtado finalmente se estira a sus anchas. Intuye que en pocos instantes sentirá el alivio del sopor.

\* \* \*

El único que esa noche duerme apaciblemente, y desde muy temprano, es Diego Cienfuegos alias Eliseo Fontana. Pero a las cuatro de la mañana lo despabila un murmullo junto a la ventana, apenas audible, que sobresale en el silencio de la noche. Son voces que susurran, pero Cienfuegos, aún semi dormido, no lo sabe; sólo percibe un zumbido plácido. Con los ojos cerrados se deja acariciar por las consonantes suaves y las vocales aspiradas y el sonsonete extrañamente conocido. «*Mmaabbbgggecccsssootttrnnnn…*», resuenan las voces en los oídos de Cienfuegos, y se siente feliz. El efecto sedante del murmullo no se debe a que las voces sean especialmente melifluas. Hombres y mujeres por igual hablan a través de la nariz, con un tono agudo que se extrema cuando, como ocurre un par de veces, el que habla se queda sin aliento.

Poco a poco, Cienfuegos va tomando conciencia de lo que oye. Lleva tres días en Chile, pero, en medio del palabrerío gringo, apenas ha escuchado el castellano. Ahora… «*mmaabbbggeecccsssoottrrnnn*». El murmullo lo alcanza en un chileno insoslayable.

Pronto empieza a construir la geografía lingüística del patio. Las voces junto a la ventana son acaso de dos mucamas que conversan nerviosas, acarreando las menestras para el desayuno. Algo más lejos se oyen las órdenes estentóreas de una mujer mayor. Mucho más allá, en la campiña que da al estuario, Cienfuegos cree discernir la voz de un hombre joven que le pide un cigarrillo a su compañero. «Aquí tenís», le responde el otro.

A lo lejos canta un gallo. *Quiquiriquí*, cree oír Diego Cienfuegos. Abre los ojos y se yergue de un salto. Afuera casi amanece. La travesía está por empezar.

# Trece

—Señor ministro de Obras Públicas —dijo don Remigio Irureta desde el podio—. Señor ministro secretario ejecutivo de la Comisión Nacional de Energía. Señor gobernador de la Décima Región de los Lagos. Señores miembros del Consejo de Desarrollo Regional. Señor alcalde de la localidad de Cochamó. Señores miembros del Consejo de Desarrollo Municipal de Cochamó. Señor obispo de la Diócesis de Puerto Montt. Señor obispo auxiliar de la Diócesis de Puerto Montt. Señor comandante del Regimiento de Caballería de Puerto Varas. Señor vice-comandante del Regimiento de Caballería de Puerto Varas...

El viejo siguió descendiendo por la pirámide jerárquica de las autoridades civiles, militares y eclesiásticas, listando excelentísimos y beneméritos caballeros, hasta llegar al previsible señoras y señores. En ese momento, Don Remigio se permitió una pausa. Levantó el mentón y giró lentamente la cabeza como escudriñando la majestuosa campiña que lo rodeaba, pero no vio nada: la miopía avanzada se lo impedía. De todos modos concluyó el gesto grandilocuente antes de proseguir.

—Estamos reunidos aquí para celebrar un evento de

innegable carácter histórico. Se yergue ante nosotros una obra de proporciones épicas, testimonio…

Feliciano Impruneta miró su reloj. Le habían asignado al viejo diez minutos para dar la bienvenida a los invitados; ya llevaba seis y apenas comenzaba el discurso. Pero ninguna de las cuatrocientas personas instaladas en corrida tras corrida de sillas plegables parecía inmutarse. Para alcaldes, obispos y generales, pensó, los discursos interminables son cosa de todos los días.

Tanta palabrería de don Remigio no le impidió a Coto sentir una palpitación orgullosa en el pecho. Siete mil hectáreas de bosques, en su mayoría debidamente taladas y ya camino a Japón. Impruneta adivinó en los cerros ralos, en los pastizales terrosos que sólo interrumpía de tanto en tanto un muñón, una belleza salvaje: la belleza de un negocio bien hecho.

Y unos metros hacia el oriente el dique monumental, tan alto que a Impruneta le cortaba la vista de la cordillera. Cemento, cemento, cemento… y cielo azul. Concreto de más para construir dos World Trade Centers. El azul del cielo se uniría pronto con el de las aguas, pensó Coto. La cornisa superior del dique se convertiría en muelle. Botes, lanchas, niños que juegan… ¿y por qué no un club de yates? Ésa era la cara del progreso que Millennium traería a Chile.

—Los invito a contemplar unidos este vasto y macizo panorama —proclamó Irureta por los altoparlantes.

Por primera vez, Coto le hizo caso y levantó la frente. Cerros, cemento y cielo azul… Justo en ese momento, un aplauso festejó el término del discurso. Impruneta sintió que, en realidad, lo aplaudían a él.

\* \* \*

Tres asientos más allá, separado de Impruneta por autoridades varias, Berkeley Barclay no compartía estos sentimientos. Los cerros polvorientos y recién talados le crispaban los nervios. Más ansioso aún lo ponía el gesto con que Valentina, desde la fila de más atrás, ojeaba sin cesar esas mismas laderas.

¿Dónde mierda se había metido ese Mr. Barrera? Junto al estrado no estaba. En la tribuna tampoco. Un par de miradas rápidas hacia la retaguardia no le sirvieron a Berkeley para ubicarlo en el gentío, aunque sí para constatar la expresión inquieta de Valentina. Ya no se atrevía a seguir mirando.

—Coincidimos en el directorio del Banco de Linares el año 72 —murmuró a su lado Aliro Gómez, apuntando con el mentón a Irureta, que a duras penas descendía del podio.

Impruneta se había encargado de asignarle al presidente del Centro de Acción Comunitaria y Ambiental un asiento de preferencia. Qué sorpresa la de Berkeley al encontrarse sentado junto a Gómez, ataviado para la ocasión con una guayabera blanca.

El comandante le había asegurado que nadie saldría herido. Pero Berkeley, al contemplar la cercanía masiva del dique, no podía creerlo. No se trataba, *of course*, de echar abajo el armatoste, sino de inutilizarlo. Daño apenas suficiente para evitar que se inundara el valle. Sin embargo... Él mismo estaba sentado a menos de trescientas yardas, calculó, del punto que el detective había señalado en el plano. Era una locura. Berkeley Barclay echó un vistazo hacia atrás, en otro intento infructuoso de ubicar a Barrera. ¿Cómo pudo haberse metido en este embrollo? Al toparse con la mirada de Valentina, recordó la respuesta.

\* \* \*

—Apúrense —dijo Tom Katz a su gente—. Por aquí.

Con trancos menos elásticos que en el momento de su partida, cinco horas antes, el grupo de ecologistas alcanzó el extremo sur del dique. Habían bajado por una quebrada, invisibles para la concurrencia. Un descuido de algún subalterno de Impruneta le había salvado la vida al bosquecillo que ahora los ocultaba. Katz les dio apenas tres minutos de descanso y los viajeros se desparramaron sobre troncos y piedras.

Todos excepto Cornelia Best, que no iba a estarse quieta en ese momento culminante. Arrastró a Cienfuegos hasta la punta de un risco que servía de mirador. La rutina de ésta-es-la-tierra-de-tu-familia y cuánto-debes-haber-sufrido ya se había cumplido en las alturas, al cruzar el portezuelo y contemplar por primera vez el valle. (Fueron muchas las miradas solidarias y murmullos de congoja que Cienfuegos debió tolerar en ese momento.) Correspondía ahora ampliar el registro emocional, pasando de la empatía a la indignación.

—¡Qué verguenza! —exclamó Mrs. Best furibunda, recorriendo con la vista los cerros resecos donde antes se alzara un bosque.

—Y qué me dices de eso —dijo Esther, quien se esmeraba por trepar al farallón—. Otra vergüenza —añadió, y soltando una mano para apuntar al dique, estuvo a punto de despeñarse e ir a parar al fondo del valle.

La salvó el brazo musculoso de Tom Katz, vestido para la ocasión con sus mejores pieles, esta vez de castor. «Ya basta de palabras», dijo el hombre-castor. Abrió una mochila y comenzó a repartir candados y cadenas. Las señoras respondieron con risas ansiosas.

* * *

El comandante Barrera consultó el reloj de oro que le había «incautado» a un narcotraficante. Las once veintisiete de la mañana. En poco más de media hora sus efectivos entrarían en acción. Tiempo suficiente para que el ministro de Energía terminara su discurso y el gobernador de la Décima Región agradeciera a nombre de la comunidad. Después vendría el corte de cinta, y el momento en que las autoridades abrirían una compuerta para demostrar al mundo el mecanismo de relojería de la represa. Ministros y autoridades, empresarios y prohombres, todos trepados sobre la plataforma norte del dique, exponiéndose sin saberlo a un peligro fatal…

¿Quién era capaz de salvarlos? «La intervención providencial de un destacamento de la Policía de Investigaciones de Chile, dirigido por el intrépido comandante Carlos Segundo Barrera Espejo». Eso dirían los titulares de prensa, pensó el comandante.

\* \* \*

Cienfuegos cerró los ojos e inhaló. El aroma del bosque le llenó los pulmones. Un soplo de brisa acrecentó el murmullo de las hojas. En la distancia se oyó el canto de una loica. Diego soltó el aire. A su alrededor, catorce adultos hacían lo mismo, siguiendo las órdenes de Milo Forrester. Obediente, Cienfuegos trató de desalojar todo pensamiento de su alma, pero no pudo. Se contentó con respirar rítmicamente.

Poco más allá, Pam Frisbee también tenía problemas con el alma. Empeñada en recrear imágenes de rompeolas bañados de espuma marina, no podía evitar que de tanto en tanto se entrometiera en su mente el recuerdo del *mall* de Woodland Hills, California del Sur, donde había pasado su niñez.

—Lo que necesitamos es un estado de ánimo entusiasta pero sereno, un trabajo intenso pero ordenado —canturreó Forrester.

Katz se acomodó el traje de castor. Esther Mittelman pasó revista mental al movimiento de sus intestinos. El doctor

Fowl trató inútilmente de recordar una cita de Bordieu. Cornelia Best evocó extasiada aquel *drive* primaveral por Central Park. Bigsby, su marido, calculó que pronto serían las doce, y echó de menos un vodka con mucho hielo. Todos respiraron acompasadamente.

—A extirpar las raíces del ultrademocratismo en la praxis —aulló Forrester, y los ecologistas se abalanzaron hacia la represa.

* * *

Impruneta fue el primero en verlos avanzar por el borde superior del dique, ahí mismo donde había soñado construir el muelle de un club de yates. El gigantesco murallón de concreto tenía un kilómetro de largo, de ribera a ribera del futuro embalse. Esa misma distancia separaba a Impruneta de los ecologistas cuando los divisó. Las figurillas corrían con pasos rápidos hacia el extremo norte del dique. Poco a poco se fueron acercando. Al avistar a un tipo disfrazado de animal y a otros que acarreaban banderas y lienzos, Coto pensó que eran parte del espectáculo; una parte, claro está, no contemplada en la propuesta original de la viuda que se encargaba de las producciones y eventos en Dunwell & Greid Chile.

La confusión se aclaró cuando dos tipos que encabezaban el grupo arrojaron por sobre el costado del dique un gigantesco lienzo, que en cosa de instantes se desplegó contra el murallón. «NO A LA REPRESA ASESINA» deletreó Impruneta, atónito. Los manifestantes continuaron su avance. Pronto surgieron los refajos de otro lienzo. Impruneta miró a su alrededor. Los políticos aún escuchaban boquiabiertos el discurso del ministro; no se habían percatado de nada. Pero en los asientos de más atrás cundía la agitación. Un zumbido nervioso empezó a competir con la voz que resonaba en los altoparlantes.

Berkeley Barclay estaba tan absorto en sus preocupaciones que tardó en advertir lo que pasaba. Sólo al recibir un codazo del gobernador regional, que abruptamente había despertado de su letargo, el gerente general de Dunwell & Greid Chile reparó en los manifestantes. Sobre el dique, el segundo lienzo se desplegó con toda su sabiduría anglosajona: «TREES ARE LIFE», leyó Berkeley, y casi se le fue la vida en ese instante.

TREES ARE LIFE.

Berkeley Barclay quiso ponerse de pie y correr a abrazar a los autores del lienzo. Lo detuvo el temblor incontrolable de sus piernas. También la voz de Valentina, quien intentaba susurrar, pero en verdad le gritaba al oído:

—¡Berkeley! ¡Berkeley! No me defraudaste.

Él giró bruscamente y se topó con los ojos encandilados de la chica, que balbuceaba entusiasta:

—Fuiste tú, ¿cierto? Tienes que haber sido tú.

La esperanza flotó en el polvo por un instante.

El gesto de Berkeley pudo ser menos revelador, o la mirada de ella menos atenta. El bullicio y la muchedumbre en otras circunstancias habrían ocultado la verdad. Acaso el desenlace pudo ser distinto.

—Valentina… —balbuceó él, buscando una respuesta.

Pero el gesto boquiabierto de Berkeley, el asombro patente en cada poro de su cara, resultaron insoslayables.

—¡Berkeley! —exclamó de nuevo Valentina, esta vez con amargura.

Se desplomó sobre su silla. ¿Una sorpresa?… ¡qué ingenuidad! El gringo la había defraudado una vez más.

\* \* \*

Por orden tajante de Katz, Cienfuegos cerraba la retaguardia. Con los bototos hundidos en el barro asistió a los neoyorquinos a montarse en la escalinata que llevaba a la parte superior del dique. En su hombro se apoyaron las dos señoras, Linden Weyerhauser y finalmente el Dr. Fowl, que con dificultad logró encaramarse al primer escalón. Luego Cienfuegos se hizo a un lado para no ser atropellado por los dos muchachones holandeses, a los que seguía Pam Frisbee dando saltitos nerviosos.

Sólo entonces se trepó al encatrado metálico. «Uno, dos, tres… *Clang, clink, clang…*». Sus pasos seguían el ritmo de las cadenas arrastradas por la vanguardia. Le bastaron pocas zancadas para alcanzar la cima. Al salir de las sombras, el brillo inesperado del sol austral lo cegó por un instante. Con los ojos llenos de puntos de colores, Cienfuegos corrió tras el grupo, acezando. Cuando al fin pudo ver el valle que por cuatro generaciones había sido propiedad de su familia, no le faltaban muchos metros para llegar al lugar en que debía encadenarse.

* * *

Montado en una torrecilla de observación, *walkie talkie* en mano, el comandante Barrera permanecía impasible. Su primera reacción había sido echarse la culpa. Al concentrar a sus efectivos en torno a la plataforma norte del dique había desguarnecido el extremo sur. Por allá se habían colado los manifestantes. El comandante estuvo a punto de tirar sus planes por la borda, deteniendo la ceremonia y mandando a todos sus hombres, más los cincuenta carabineros repartidos por el lugar, en pos de los revoltosos.

Pero una vez más primó la razón fría, producto de treinta años de experiencia al servicio de la ley y el orden. ¿Manifestantes? ¿Ecologistas? Daba lo mismo, razonó Barrera. Con un rictus burlón, contempló el avance de aquellos pelucones sobre el dique.

El chisporroteo constante del *walkie talkie* se transformó en pregunta:

—¿Intervenimos, comandante?

Era el detective Becerra, su lugarteniente.

—No se atarante, detective —respondió Barrera—. Lo importante es resguardar la integridad de la ceremonia.

—¿Cómo dice?

—Ciérreles el ingreso a la plataforma sur, nomás. Y proceda con cuidado, hombre.

—Afirmativo —balbuceó, aliviado, Becerra.

* * *

Tom Katz alcanzó el bandejón central del dique. De cara al valle que pronto sería lago, lanzó un aullido espeluznante. Desde las tribunas, doscientos metros hacia el norte y treinta más abajo, los prohombres más alertas detectaron en el retumbar de esos pulmones y en la vibración de esas cuerdas vocales un tenue acento yanqui.

Katz esperó que lo alcanzara Forrester y sin más lo encadenó a la baranda. Lo mismo hizo con el Dr. Fowl, ignorando los ruegos del catedrático, que suplicaba a gritos que no le dejara las esposas tan ajustadas. Pocos metros más allá, Weyerhauser y los muchachones holandeses procedían sin miramientos con el resto de los neoyorquinos, dejándolos firmemente atados a postes, vigas y pasamanos.

Katz decidió constatar el avance de la retaguardia. Buscó a Cienfuegos hasta divisarlo sorteando la caseta de las maquinarias para entrar al descampado del bandejón central. Los rayos del mediodía se reflejaron en la camisa blanca de Cienfuegos y el resplandor pareció iluminar el valle. Justo en ese instante se desató el caos en la tribuna.

—¡Diego! —bramó Valentina Hurtado, poniéndose bruscamente de pie—. ¡Diegoooo!

El salto abrupto de la chica desplazó las sillas de más adelante, pero no lo suficiente para abrirle paso entre los brazos fofos del intendente y las nalgas protuberantes del gobernador. Valentina giró desesperada, intentando ahora el escape por sobre Coto Impruneta. Con un empujón tremendo al fin lo logró, lanzando de bruces al gerente de finanzas y emprendiendo una carrera desbocada hacia el dique.

Berkeley Barclay no podía creerlo.

—¡La bomba! —aulló, parándose en ademán de seguir a Valentina.

—¿Una bomba? —hizo eco ansioso Aliro Gómez, y también se puso de pie.

Desde la torre de observación, al comandante Barrera no le cupo duda de que había llegado el momento de intervenir.

—Me neutraliza inmediatamente a los sospechosos en las tribunas —ordenó al detective Becerra por el *walkie talkie*—. Despliegue a todos sus efectivos.

Al instante surgió, quién sabe de dónde, una docena de tipos con pelo muy corto y trajes sebosos.

—Aquí hay un error —balbuceó Gómez, mientras los tipos lo maniataban.

—¡Cuidado, Valentina…! —siguió gritando Berkeley.

Coto Impruneta no alcanzó a decir nada, ni tampoco a ponerse de pie. Los detectives lo esposaron tras un par de empellones de rutina y algunos codazos en las costillas. Pero la Operación Pinzas, tantas veces ensayada, no contemplaba a una mujer que corría hacia la única escalera de acceso en ese extremo del dique. El movimiento de los detectives hacia la tribuna de honor le dejó el camino despejado a Valentina, quien en cosa de segundos alcanzó el primer peldaño.

—¡Diegoooo! —aulló una vez más, mientras saltaba de dos en dos los escalones.

Al alcanzar el fin de la escalerilla y trepar hasta la plataforma sur, Valentina Hurtado se topó con un espectáculo pavoroso. Carabineros con casco y traje de combate apenas lograban frenar los tironeos frenéticos de un escuadrón de perros policiales. Las fauces babosas de los mastines tenían un destino indudable: decenas de muslos, al descubierto bajo los pantalones cortos de los ecologistas encadenados.

Valentina los siguió despavorida, pero al llegar al bandejón central, le cortó el paso otro destacamento de la policía. «Suéltenme, mierdas», gimió, mientras un sargento la alzaba en vilo y un cabo la tomaba por las piernas.

Al otro extremo del bandejón, Cienfuegos los vio acercarse. Los perros ladraban, repartiendo dentelladas a diestra y siniestra. Esther y Fowl chillaban, con aun más decibeles. Tom Katz, ya debidamente esposado al pasamanos, intentó pegarle una patada a un perro; sólo logró que el animal le atrapara la pierna entre las fauces. Valentina gritó el nombre de Diego una vez más. Pero él no la oyó, aunque los separaba apenas una veintena de metros. Hasta que por un instante los perros dejaron de ladrar y los ecologistas de gritar.

—¡Por la puta madre, soy yo! —bramó Valentina.

Esta vez, Cienfuegos sí oyó el llamado. Tras los perros y la policía y la batahola la vio, retorciéndose bajo el abrazo asfixiante del sargento. La vio y se quedó paralogizado, con el candado abierto en una mano y la cadena ya tendida en torno a la baranda. Tenía los ojos fijos en Valentina; ella tenía los ojos fijos en él.

Los perros estaban a pocos pasos. La policía los azuzaba, asestando golpes a destajo. En cosa de instantes porras y fauces lo alcanzarían. Cienfuegos se aprestó para cerrar el candado. Tironeó las cadenas, como para asegurarse de que estuvieran en su lugar. Tomó de nuevo el candado… Pero no completó el gesto.

Ya casi podía oler la carroña en el aliento de los perros.

—¡Diego! —gritó Valentina por última vez.

Cienfuegos arrojó el candado por sobre el pasamanos, soltó las cadenas, y de un salto emprendió la huida.

# Catorce

## 1

Margaret Worth llegó a Santiago con unas ojeras tremendas, que ni siquiera los lentes oscuros que se había permitido en un rapto de vanidad lograban ocultar. Doce horas en vela al interior de un avión repleto de periodistas que viajaban a cubrir el plebiscito habían dejado sus huellas. Al salir de la aduana, la batahola de bocinazos y gritos de familiares ansiosos la turbó. Quizás por eso no reconoció al tipo de camiseta rayada azul y blanca, a la usanza de los marinos franceses, que se le acercaba. Se quedó de una pieza al advertir que el sujeto se aprestaba a saludarla con un beso.

—*My God,* Diego, me asustaste —balbuceó al recuperar el habla.

Lo miró de arriba a abajo. Cienfuegos también llevaba anteojos ahumados y un sombrero cuya visera le tapaba casi toda la cara.

—Pareces gondolero de Venecia.

—¿Gondolero? De ningún modo. Soy *monsieur* Tirole, de Bouchon-sur-Mer.

Si Margaret se sentía extranjera en Nueva York, sus primeros atisbos de Chile la hicieron sentir casi extraterrestre. Incómoda, contempló al enjambre de maleteros de uniforme y no supo cómo hacerle el quite a la media docena de tipos que insistía en subirla a un taxi. Su bienamado pueblo tercermundista una vez más le jugaba una mala pasada.

—Llévame a ver a Berkeley —le exigió a Cienfuegos apenas estuvieron instalados en el auto alquilado a nombre de ella—. Y en el camino quiero que me cuentes en detalle lo que pasó. Desde un comienzo.

Con el auto enfilado al sur, camino al Anexo Capuchinos de la Cárcel de Santiago, Cienfuegos se largó a desenredar la madeja.

## 2

*El Mercurio*, 26 de septiembre de 1988

Una intentona terrorista no logró impedir ayer la inauguración del megaproyecto Millennium, en la Décima Región. La acción conjunta de Investigaciones y Carabineros de Chile permitió desactivar un artefacto explosivo cuyo propósito era inutilizar el mecanismo de control de las compuertas de la polémica represa, que una vez en funcionamiento será la principal abastecedora del Sistema Interconectado Central.

Veintiún individuos fueron detenidos por su presunta vinculación con los hechos. Entre ellos, destacan el millonario ecologista y filántropo Milo Forrester y el gerente general del Banco Dunwell & Greid Chile, Berkeley Barclay, ambos de nacionalidad estadounidense. También resultó detenido el presidente del Centro de Acción Comunitaria y Ambiental, Aliro Gómez. Si bien ningún grupo subversivo se adjudicó la autoría del frustrado atentado, las hipótesis policiales apuntan a estos tres sujetos como responsables intelectuales del complot. Los detenidos, en su gran mayoría extranjeros, fueron llevados a la primera comisaría de Puerto Varas en espera de ser puestos a disposición del tribunal correspondiente.

Faltando pocos minutos para las 11:30 horas, y en momentos en que el Ministro Secretario General de la Comisión Nacional de Energía se dirigía a la concurrencia, diecinueve manifestantes ecologistas comandados por Forrester, quienes portaban pancartas con consignas alusivas a su causa, burlaron la vigilancia de Carabineros y se encadenaron a las instalaciones de la represa. De acuerdo a fuentes policiales, los sujetos se encontraban coludidos con el gerente general de Dunwell & Greid Chile, quien habría participado en la conspiración contra el proyecto maderero-hidroeléctrico por motivaciones aún no determinadas.

A pesar del oportuno accionar policial, uno de los violentistas se dio a la fuga, siendo su paradero todavía desconocido. Por otra parte, en el curso de los confusos acontecimientos fue detenido Feliciano Impruneta, gerente de Finanzas de la mencionada institución bancaria. El destacado ejecutivo fue puesto en libertad en horas de la tarde tras comprobarse que su arresto había sido consecuencia de un lamentable malentendido.

Ante las reiteradas consultas periodísticas, el comandante de Investigaciones Carlos Barrera, cuyos efectivos llevaron a cabo los arrestos, descartó cualquier vinculación entre este incidente aislado y los comicios a realizarse en pocos días más. «Estamos ante un complot aislado de grupos ecologistas foráneos que, a pesar de decirse pacifistas, pretenden alterar nuestra convivencia mediante actos frustrados de violencia», indicó la autoridad.

El comandante Barrera contempló los muros resquebrajados de su oficina y resopló. Seguía allí mismo, en el mismo recinto maloliente con dos ventanas tan sucias que apenas dejaban pasar la luz matinal.

Barrera no se conformaba. Había estado tan cerca de conseguir el ascenso a prefecto. Un poco más de suerte y el comandante habría estado gozando de un despacho «como Dios manda», con puertas de madera sólida en vez de esa mampara maltrecha que no lograba aislarlo del bullicio exterior. Pero al maldito Becerra se le había ocurrido detener a Feliciano Impruneta, un Impruneta Sotomayor, egresado de los mejores colegios, hijo y nieto de dos pilares de la hípica nacional, y gerente de banco por si lo otro fuera poco… El arresto del gringo estaba planificado; contra él sobraban las pruebas. Lo mismo corría para el viejo Gómez. ¿Pero detener a Impruneta…? ¿Qué carajo pretendía el cabrón de Becerra?. Hasta el ministro del Interior había llamado para quejarse. «Adiós ascenso, chaíto oficina». Eso Barrera lo tenía claro.

Y más encima Impruneta, libre de polvo y paja tras un par de horas machucadas en el furgón de los pacos, ahora pretendía desconocer el acuerdo que tenía con Barrera. «Se hacía el huevón» cuando aún faltaba el pago jugoso, el final, el que le permitiría al comandante arreglar su situación. Este había cumplido su parte: al gringo Barclay lo tenía encerrado. No sería necesario esperar la encargatoria de reo para que además perdiera el trabajo. ¿Qué más quería el maldito Impruneta?

Previendo una traición así, claro está, Barrera había tomado sus precauciones. Pruebas contra Impruneta, cuidadosamente manufacturadas, no faltaban en el cárdex herrumbroso sobre el que en ese momento el comandante apoyaba los pies. Pero ahora, con sus superiores lívidos de rabia y el ministro del Interior colgado del teléfono reclamando, Barrera no se atrevía a usarlas. Poco le habría costado amenazar a Impruneta con una condena por asociación ilícita y tenencia de explosivos. ¿Pero cuánto valían las amenazas proferidas por el ocupante de una oficinita de muros descascarados? Un carajo, eso valían. Y sin pago ni ascenso no habría segundo piso para la casa, ni refrigerador nuevo. «¿Cómo le voy a explicar eso a la vieja?», pensó.

La mampara se abrió de sopetón y un detective de bajo rango anunció:

—Lo buscan, comandante.

Barrera, resignado, recordó las muchas veces que le había advertido al detective que no abriera sin golpear. Menos aún que hiciera pasar desconocidos a su oficina sin aviso previo.

—Me llamo Margaret Worth y vengo de Estados Unidos —dijo la señora, en un castellano apenas comprensible—. Y éste es el señor Tirole de Francia.

Barrera contempló con aire de superioridad a los recién llegados, que ya ocupaban todo el espacio libre del pequeño despacho. Ella le pareció un verdadero espantapájaros: flaca, ajada, con mechas plomizas que apenas lograba agrupar en una cola de caballo. Pero el desdén le duró al comandante sólo un instante: algo en el ademán enérgico de la señora lo impulsó a ponerse de pie y ofrecerle una silla.

—Dígame, señora, qué se le ofrece.

A Margaret la explicación le salió a borbotones y Cienfuegos no hizo nada por ayudarla. El comandante tardó en entender que la última frase se refería a Berkeley Barclay:

—Usted tiene que dejar libre a mi hijo. Él no ha hecho nada.

—¡Pero mi hijo no ha hecho nada! —repitió Margaret.

Era una de las frases que había ejercitado con Cienfuegos en el trayecto desde el aeropuerto.

Barrera, ya compuesto, sonrió.

—Su hijo atentó contra nuestra convivencia, señora —dijo, y mientras pronunciaba estas palabras la cabeza se le llenó de imágenes de indiscutible progreso material. Sus instintos de sabueso una vez más le indicaban el camino.

El comandante se explayó, sin poner atención a la expresión confusa de la señora.

—Nuestro país ha emprendido un esfuerzo nacional para dejar atrás el violentismo. Por muchos años sufrimos esa lacra en carne propia. Y ahora, cuando estamos próximos a alcanzar la victoria en esa lucha esforzada, constatamos que son algunos extranjeros los que pretenden volver atrás en la historia, utilizando métodos que en Chile creíamos superados. La clemencia es atributo natural de nuestro pueblo, pero comprenderá usted que en estas circunstancias se vuelve cuesta arriba practicarla.

Cornelia portestó pero el comandante Barrera no se dejó amilanar. Paseó a sus inesperados visitantes por la historia patria, desde la «gesta heroica de la pacificación de la Araucanía, en que nuestros ejércitos debieron enfrentar a un enemigo primitivo pero gallardo», hasta «la lucha fratricida a la que pretendió llevarnos el marxismo, y de la que nos salvó el pronunciamiento oportuno de las Fuerzas Armadas». Después de rodeos y merodeos varios, Barrera entró en la recta final:

—En esta sociedad apacible que estamos abocados en construir, la familia es célula básica. Y esa célula crece y se multiplica mejor en un ambiente de frescor. Para decirlo derechamente, de frío. Algunos extranjeros piensan que somos un pueblo tropical, cálido. Pero no es así. Habrá visto usted las fotos de los tremendos ventisqueros del extremo sur de nuestro país, esos témpanos de gran tamaño.

Puro hielo, señora, puro frío. Es la presencia de esos hielos aquí en Santiago, o en el norte, donde el clima es más templado, lo que nos permite crear un entorno sano en que pueda desarrollarse el núcleo familiar.

Cienfuegos, alias Tirole, que hasta ese momento había permanecido silencioso, de pronto entendió.

—Nos está pidiendo un refrigerador —susurró al oído de Margaret—. Con un refrigerador estamos listos.

Fue necesaria una larga explicación de Cienfuegos en inglés (idioma en que malamente trató de emular un acento afrancesado) para que la señora entendiera el trato que insinuaba Barrera. Éste siguió las palabras del supuesto francés con expresión de comprenderlo todo. Margaret, tras bruscos movimientos de cabeza y una seguidilla de suspiros, al fin accedió.

Pidió garantías, exigiendo que Berkeley fuera liberado de inmediato. Barrera transó en el día siguiente, «después que algunos procedimientos legales se hayan completado». Margaret quiso llevarle ropa y comida a su hijo esa tarde. El comandante estuvo de acuerdo. La conversación parecía terminada. Pero Margaret volvió a la carga. Tenía una última cosa que pedirle al comandante. Algo relacionado a un conocido chileno en Estados Unidos con problemas legales. «Problemas para volver a Chile».

Barrera levantó las cejas.

—¿De quién se trata?

Margaret pronunció el nombre completo, incluyendo el segundo apellido incomprensible que tuvo que deletrear dos veces. La oficina quedó en silencio, excepto por el tecleo del comandante en un computador antediluviano.

—¿Diego Alberto Cienfuegos Subiabre? —dijo al fin—. Ese señor no tiene impedimento alguno para ingresar al país.

# 4

Berkeley Barclay vio a Pam Frisbee por primera vez en el patio del Anexo Capuchinos de la Cárcel Pública de Santiago, cuando los gendarmes reunieron al grupo de gringos minutos antes de su liberación. Allí estaban todos menos Tom Katz, quien ya había sido sometido a proceso —por «infligir mordeduras a un agente de seguridad», según rezaba el dictamen judicial.

Y la volvió a ver al instalarse en el avión que los llevaría a Miami. Su madre había insistido en cederle su asiento de *business class*, pero Berkeley se negó una y otra vez. Ya no era banquero, había dicho, y no viajaría como tal. Por eso iba sentado junto a Pam Frisbee, allá en la penúltima fila, casi al llegar al baño.

—¿De dónde eres? —le preguntó cuando volaban sobre la costa de Papudo.

—Los Angeles. ¿Y tú?

—Crecí en Connecticut, pero ahora voy de vuelta a Nueva York.

—Yo me mudo a California del Norte. Estoy consiguiendo un trabajo de guardaparques.

Al pronunciar esta frase, Pam Frisbee trazó con las manos la silueta de un árbol.

—¿Un parque de *redwoods*? —preguntó Berkeley, aunque ya adivinaba la respuesta.

Ella asintió con una sonrisa.

# 5

Santiago recibió la derrota de Pinochet en el plebiscito con euforia incrédula. La tarde siguiente, calles y parques se llenaron de manifestantes que abrazaban al vecino como si lo hubieran conocido de toda una vida. El jolgorio fue mesurado, sin ventanas rotas ni necesidad de pisotear el pasto. La muchedumbre no hostigó a los policías que custodiaban el Palacio de la Moneda: les regaló flores. Más de algún ejecutivo encorbatado se sumó a la celebración. Hasta las señoras de vestidos estampados y brazos regordetes que el día antes habían votado por el dictador, se detuvieron camino al almacén y les endilgaron una mueca comprensiva a los jóvenes enfiestados.

Bajo la luz rosa de un atardecer primaveral las calles abarrotadas de buses, los almacenes de barrio con sus escaparates coloridos, los árboles escuálidos que apenas subsisten en la sequedad polvorienta de los arrabales, las techumbres decrépitas de los edificios del centro desde las que flamea altanera la ropa recién lavada, parecieron ser por un momento lo que no son: atisbos, ahora sí, de un futuro esplendor.

Frente al Parque Forestal, en medio de la multitud que se disgregaba, Cienfuegos divisó a Valentina. Junto a los amigos universitarios ella coreaba un estribillo. La siguió desde lejos con el corazón palpitante, tratando de alcanzarla con miradas furtivas, atragantándose cuando la muchedumbre o un árbol le cortaban la vista.

Diego buscó los signos de su propia ausencia. El entusiasmo con que gesticulaba al hablar era el de siempre; la elegancia insolente del cuello largo y el mentón en alto, también. En ese tiempo, ¿había cambiado?

Cienfuegos persiguió en vano la respuesta. El sol ya se ponía, la fiesta terminaba, y Valentina Hurtado se obstinaba en desaparecer entre las sombras del parque.

# Quince

**Dos meses después**

La carta de J. J. venía escrita en un papel tosco, sin duda reciclado. Diego Cienfuegos la leyó a saltos, hasta llegar a los párrafos finales.

*Conversando con mommy y Berkeley a su vuelta de Chile me puse nostálgica. Mientras hablaban de los bosques de tu país me acordé de nuestro primer paseo por las afueras de Burlington. ¿El follaje de otoño en Chile es tan rojo como el de Vermont? Acaso vaya yo misma un día a descubrir la respuesta.*

*Como ves, no puedo dejar de pensar en ti (just kidding). Y además la semana pasada, al embalar mis cosas, encontré al fondo del clóset unas revistas y un suéter tuyo. Pensé que en su momento te los había devuelto. Las revistas ya las tiré, pero con el suéter pienso quedarme. Es uno azul, muy suave, que en esa época te dio por ponerte casi a diario.*

*Embalé mis cosas porque me mudo. Siempre te reías cuando yo te hablaba con demasiada certeza de mis planes. Perdóname si lo hago de nuevo. Lin-da y yo arrendamos un departamento (minúsculo, pero encantador) en el East Village. Allá nos instalaremos después del Año Nuevo.*

*¿La quiero? No lo sé. Hoy no creo saber nada con mucha seguridad (ésta puede ser una mala –o buena– influencia tuya). Pero sí sé que quiero quererla. Querer, según dicen (¿eras tú el que lo decía?), exige corazón, pero también paciencia. Como sabes, corazón tengo mucho, aunque un poco volátil. Paciencia, casi nada. But, who knows... Si con el tiempo todo cambia ¿por qué no yo?*

*Casi me olvido de contarte: mommy al fin tiene pretendiente. Un chileno más, of course. Es un tipo que conoció en Santiago, uno de los que estaba preso con Berkeley. De apellido Gómez, o algo así. Mi querido hermano parece que no lo quiere mucho, pero mommy dice que el pobre sufrió tanto porque fue exiliado. Según supe (esto no me lo quiso confesar), el caballero en cuestión –como buen latino–, le mandó flores para su cumpleaños. El problema es que vive en Chile, así es que para llevarla al cine no sirve, pero ya ha amenazado con una visita en febrero. Parece que algo bueno resultó de todo esto, ¿no?*